CW01521226

Cara Maria

Die Mallorca-Kommissarin –
Tödliche Siesta

Über die Autorin:

Cara Maria Cardenes ist das Pseudonym einer deutschen Autorin, die ihr Herz schon vor vielen Jahren an die spanischen Inseln verloren hat. Ihre zweite Heimat ist Mallorca, wo sie mit Blick auf das Meer schreibt und die dortige Lebensart genießt. Sie wäre sofort bereit, sich mit ihrer Hauptfigur Thea in die nächsten Ermittlungen stürzen!

Cara Maria Cardenes

Die Mallorca-Kommissarin

Tödliche Siesta

lübbe

Vollständige Taschenbuchausgabe
der bei Bastei Lübbe erschienenen E-Book-Ausgabe

Copyright © 2023 by Bastei Lübbe AG, Köln
Umschlaggestaltung: Christin Wilhelm, www.grafic4u.de
Satz: 3w+p GmbH, Rimpar (www.3wplusp.de)
Gesetzt aus der Adobe Caslon Pro
Druck und Verarbeitung: GGP Media GmbH, Pößneck
Printed in Germany
ISBN 978-3-404-19286-1

5 4 3 2 1

Sie finden uns im Internet unter luebbe.de
Bitte beachten Sie auch: lesejury.de

1

Eine Wolke schob sich vor den Mond, und Finsternis legte sich über das alte Haus am Waldrand. Das war ihre Chance. Um das Gebäude zu erreichen, musste die Kommissarin den Schutz der Bäume verlassen und die offene Wiese überqueren. Sie fasste sich ein Herz und sprintete los. Geduckt und mit gezückter Waffe hielt sie auf ihr Ziel zu. Im selben Moment fielen Schüsse …

Thea fuhr zusammen, als das Telefon läutete. Flüssigkeit ergoss sich kalt in ihren Schoß und spritzte auf das Sofa. Verdammt. Sie angelte nach der Fernbedienung und stellte den Ton leiser. Zum Glück hatte sie vorhin dem Wunsch nach einem Glas Wein widerstanden. Mineralwasser hinterließ keine fiesen Flecken. Während sie sich hochrappelte, um aus der Küche ein Tuch zu holen, ergriff sie im Vorbeigehen das Telefon auf der Anrichte.

»Molt.«

»Thea, warum so förmlich? Mal wieder nicht aufs Display geschaut?«

»Becca. Grüß dich.« Thea nahm das Geschirrtuch vom Haken. »Habe nicht drauf geachtet. Ich hatte es eilig, ein Tuch aus der Küche zu holen. Ich habe ein Glas Wasser verschüttet.« Weil ihre Nerven zum Zerreißen gespannt waren, wenn irgendwo Schüsse fielen – und sei es nur im Fernsehen. Sie klemmte sich das Telefon zwischen Ohr und Schulter und begann, den Fleck vom Rand her abzutupfen. »Wie geht's? Was gibt es Neues im Paradies? Erzähle mir bitte etwas von Sonne und Meer. Hier regnet es seit Tagen.«

»Wir haben es ein bisschen kühl und windig. Aber die Sonne scheint, fünfzehn Grad sind für Januar okay, und das Meer ist sowieso immer hier.«

»Ich beneide dich.« Eine ihrer blonden Locken rutschte nach vorne und kitzelte ihre Nasenspitze. Seit sie ihre rückenlange Mähne gegen einen schulterlangen Bob ausgetauscht hatte, entkam immer mal wieder eine Strähne aus dem Haargummi. Ungeduldig schob Thea sie hinter das Ohr. »An Tagen wie diesen frage ich mich ernsthaft, ob ich mein Glück nicht auch in Spanien hätte suchen sollen.«

»Ach, Liebes. Noch kein Stück weiter in der Sinnkrise?«, fragte Rebecca voller Mitgefühl. Sie gehörte zu den wenigen, die wussten, warum Thea diese Auszeit so dringend brauchte. Sie und ihr direkter Vorgesetzter, denn der hatte ihr Gesuch um ein freies Jahr unterstützen müssen. Natürlich hatte er eine Erklärung verlangt, aus welchem Grund jemand im Alter von gerade einmal achtundzwanzig Jahren schon ein Sabbatical einlegen wollte. Sie hatte lange mit sich gerungen, ihm dann aber reinen Wein eingeschenkt.

»Noch immer nicht.« Thea warf das Tuch auf den Couchtisch. Im Fernsehkrimi saß die junge Kommissarin mit einer Decke und einer Tasse eines dampfenden Getränks auf den Stufen eines Rettungswagens. Im Hintergrund wurde der Täter abgeführt. Mit ihrer kleinen, schlanken Statur sah ihr die TV-Ermittlerin sogar ein wenig ähnlich. Ihr hatte jedoch an jenem Tag niemand einen Kaffee gereicht. Sie schaltete den Fernseher aus und ließ sich neben der feuchten Stelle aufs Sofa fallen. »Wenn Todesermittlerin nicht eigentlich mein Traumjob wäre, würde ich einfach alles hinwerfen. Aber sollte ich das jetzt machen, würde ich es in einigen Jahren bereuen. Also warte ich weiter auf eine Erleuchtung, wie es ab Herbst weitergehen soll.«

»Du musst mal raus. Mit Chips, Wein und Netflix bekommst du den Kopf nie frei.«

»Flips, Mineralwasser und Prime«, versuchte Thea zu witzeln.

»Was?«

»Es waren keine Chips. Ich saß heute mit Erdnussflips und Wasser auf dem Sofa und habe Amazon angehabt.«

»Haha. Selbst deine Witze sind lahm. Krieg endlich den Hintern hoch. Ein Jahr auf dem Sofa wird dir nicht weiterhelfen, du brauchst Abwechslung, um den Kopf freizubekommen.«

»Und was stellst du dir vor?« Langsam fand sie Beccas ständig gleiche Ratschläge nervtötend. Seit drei Monaten drehten sich ihre Gespräche im Kreis. Anfangs hatte Becca es noch für eine gute Idee gehalten, dass Thea sich für eine Weile aus dem Polizeibetrieb herausnahm, um in Ruhe zu überlegen, ob sie den Job weiterhin machen konnte. Inzwischen drängte ihre Freundin sie jedoch bei jedem Telefonat, aktiv zu werden.

»Komm nach Mallorca!« Becca klang triumphierend. »Du hast doch selbst gesagt, dass du mich um Sonne und Meer beneidest. Beides haben wir hier im Überfluss. Im Winter ist es auf der Insel so ruhig, dass du garantiert ausreichend Zeit zum Nachdenken hast – und mit Meerblick denkt es sich viel leichter.«

Das war verlockend. Wenn da nur nicht ein anderes Problem im Weg stünde. »Mallorca kostet auch im Winter Geld. Du weißt doch, dass die Sache mit dem Sabbatical zu plötzlich war, um darauf zu sparen. Ich muss mit meinem Geld echt haushalten, um über die Runden zu kommen.«

»Auch dafür habe ich eine Lösung.«

Thea konnte das Grinsen ihrer Freundin förmlich vor sich sehen. »Aha?«

»Es ist nämlich so – ich brauche jemanden für den Laden.«

»Was? Machst du mir ein Jobangebot? Oder willst du die Insel verlassen, und ich soll übernehmen?« Thea lachte auf. Wenn jemand eine sichere Fehlbesetzung für Beccas Geschäft war, dann sie. Im *Cocinar con corazón*, von Becca meist *Coco* abgekürzt, gab es alles, was der Liebhaber der mediterranen Küche begehrte. Und genau das war Theas neuralgischer Punkt. Ihre Kochkünste erstreckten sich weitestgehend auf das Aufwärmen einer Lasagne gemäß Packungsaufdruck. Die Kantine im Polizeipräsidium war ausgezeichnet, und so hatte Thea nie die Notwendigkeit gesehen, selbst zu kochen. Von Spezialitäten der mallorquinischen Küche brauchte sie gar nicht erst zu reden.

»Hör mir doch erst mal zu«, ertönte Beccas Stimme aus dem Hörer. »Ich habe mir alles genau überlegt.«

»Ich bin ganz Ohr.« Irgendetwas sagte Thea, dass nun doch der Moment für ein Glas Wein gekommen war. Im Kühlschrank stand ein angebrochener Rosé.

»Es ist so«, begann Rebecca, während Thea in der Küche hantierte, »meine Mutter hat eine Kreuzfahrt gewonnen. Vier Wochen Karibik. Sie wollte die Tour mit einer Freundin machen, aber die hat sich das Bein gebrochen, hat jetzt irgendwas aus Stahl im Knochen stecken und eine frische OP-Narbe. So kann sie nicht aufs Schiff. Und meine Mutter sitzt nun da mit einem freien Bett in einer schicken Außenkabine.«

»Mir schwant etwas.« Thea schnupperte am Wein. Roch nicht säuerlich. Ein Probierschluck bestätigte es. Der war definitiv noch trinkbar.

»Kluger Kopf.« Becca lachte. »Mein Problem ist nur: Ich kann hier nicht ohne Weiteres weg. Das Coco ist quasi eine One-Woman-Show.«

»Was ist mit deinem Geschäftspartner? Mit diesem Oliver?«

»Der macht mit Ángel die Wochenmärkte. Und hat daneben die Boots-Charter. Der Laden ist allein meine Sache. Ich brauche also jemanden, der einspringt. Jemand, der flexibel genug ist, um mal eben für vier Wochen von zu Hause wegzukönnen.«

In Thea wurde Sehnsucht wach. Sie hatte Rebecca nie auf Mallorca besucht, doch die Fotos, mit denen die Freundin regelmäßig ihr Fernweh anfütterte, waren neiderregend. So überfüllt die Küstenregion im Sommer war, so schön war es dort in den ruhigen Wintermonaten. »Du weißt aber schon, dass ich nie in einem Geschäft gearbeitet habe? Ich habe keine Ahnung, was ich tun muss.«

»Das ist nicht schwer. Im Winter sind kaum Touristen hier. Wer dann in den Laden kommt, ist meist Stammkunde und weiß genau, was er haben will.«

»Mein Spanisch ist auch eingerostet. Und Mallorquinisch kann ich schon gar nicht.«

»Chica, du sprichst besser Spanisch als der Großteil der hier lebenden Ausländer, und Mallorquí wird nur im Hinterland gesprochen, und selbst die verstehen das normale Spanisch. Mach dir darüber keine Gedanken.« Becca lachte auf. »Und bevor die Liste deiner Bedenken noch länger wird: Die Flugtickets bezahle ich dir, wohnen kannst du bei mir, und Lebensmittel müsstest du auch in Deutschland kaufen. Es geht also wirklich nur um die Frage: Hast du Lust, vier Wochen am Meer zu leben, oder nicht?«

»Oh ja, die habe ich!«, antwortete Thea, bevor sie es

sich anders überlegen konnte. »Ich muss mir nur eine Nebentätigkeitserlaubnis von meinem Dienstherrn holen, dann packe ich die Koffer!« Sie hob ihr Glas. »Auf nach Paguera! Auf zu neuen Abenteuern!«

2

Im Winter waren die Flieger nach Mallorca nur spärlich besetzt. Thea hatte eine Reihe für sich allein, saß am Fenster und drückte sich an der Scheibe die Nase platt. Der Blick auf die schneebedeckten Alpen war spektakulär. Einen Vielflieger hätte es sicher amüsiert, doch Thea stand dazu, dass es sie faszinierte, die Welt aus zehn Kilometern Höhe zu betrachten.

Als sie das Festland verließen und aufs offene Meer schwenkten, stieg ein unbändiges Glücksgefühl in ihr auf. Wellen waren von hier oben weiße Tupfen, Schiffe dunkle Striche in den Weiten der See. Sie konnte es kaum erwarten, endlich am Strand zu sein. Das Rauschen der Brandung, der Salzgeschmack in der Luft. Sie wollte den Sand unter den Füßen spüren, die Sonne auf der Haut, den Wind im Haar. Den typischen Geruch einer Meeresküste in sich aufsaugen. Warum war sie nicht eher auf die Idee gekommen, einfach ihre Koffer zu packen? Reif für die Insel war sie definitiv, und die Flüge nach Mallorca hatten sich außerhalb der Saison als durchaus bezahlbar entpuppt.

Becca hatte recht – sie hätte ihren Hintern früher hochbekommen sollen. Aber nun war es ja so weit. Fast fünf herrliche Wochen lagen vor ihr. Morgens würde sie den Laden für einige Stunden öffnen. Die Nachmittage gehörten ihr, dem Strand und einem guten Buch. Sie hatte neue Wanderschuhe im Gepäck und große Lust, die Insel zu erkunden, die im Winter ihre wildromantische Seite zeigte.

Zwei Stunden, nachdem sie Schmuddelwetter und Schneematsch verlassen hatten, setzte die Maschine in Palma de Mallorca auf, und wenig später kletterte Thea zu Becca in den kleinen Corsa.

***

Thea warf einen Blick zu Becca hinüber. Ihre Freundin hatte sich keinen Deut verändert. Nur die einst langen hellbraunen Haare trug sie inzwischen als trendig fransige Kurzhaarfrisur, die ihre dynamische Ausstrahlung unterstrich. Obwohl Thea alles andere als dick und phlegmatisch war, kam sie sich neben ihrer großgewachsenen, superschlanken Freundin immer ein wenig behäbig vor. Was wohl auch an deren energiegeladener Art lag: Wenn Thea noch das Für und Wider einer Sache abwog, machte ihre Freundin einfach. So hatte die sich inzwischen einen gutgehenden Laden auf dieser Insel aufgebaut, während Theas Leben in einer Sackgasse steckte und sie in drei Monaten Sabbatical nicht einmal den Rückwärtsgang gefunden hatte, um den Karren hinauszumanövrieren.

Beccas Augen strahlten vor Freude. »Es ist toll, dich mal wieder zu sehen.« Konzentriert steuerte sie durch den Verkehr der Umgehungsautobahn. Ein Transporter querte von links alle drei Fahrbahnen, um die nächste Abfahrt noch zu erwischen, doch Becca zuckte nicht einmal mit der Wimper. »Hier ist immer die Hölle los«, kommentierte sie trocken. »Die fahren alle wie die Irren.«

Thea entschied spontan, Beccas Angebot nicht wahrzunehmen, in ihrer Abwesenheit den Corsa zu benutzen.

»Im Hinterland ist es ruhiger«, erklärte Becca, die

ihre Gedanken erraten zu haben schien. »Dafür sind die Straßen dort absurd schmal.«

Also auf jeden Fall Bus oder Fahrrad.

Über die Autobahn war die Fahrt von Palma nach Paguera der berühmte Katzensprung. Thea verrenkte sich den Hals, um ab und zu einen Blick aufs Meer zu erhaschen. Wie hatte sie nur so lange ohne auskommen können?

Ihr verschlug es schier den Atem, als sie kurz vor ihrer Ausfahrt einen Tunnel verließen und geradewegs auf die Berge zufuhren, die sich plötzlich zum Greifen nah vor ihnen in den tiefblauen Himmel reckten. So schön und ein bisschen unwirklich. Fast wie eine Fototapete. Unvorstellbar, dass in Deutschland noch trüber Winter herrschte. Die Natur war hier so viel weiter. Saftiges Grün, gespickt mit gelben Blüten, bildete einen Teppich für Bäume, an denen sich erste Knospen zeigten.

»Die Mandelblüte beginnt.« Becca war ihrem Blick gefolgt. »In zwei, drei Wochen wird hier alles in Rosa und Weiß erstrahlen. Du musst dann unbedingt nach Es Capdellà wandern. Der Weg dorthin führt an den Mandelhainen vorbei.«

Thea konnte sich nicht sattsehen. »Ich habe nicht geahnt, dass du so traumhaft wohnst«, sagte sie beinahe ehrfürchtig. Dann grinste sie. »Wenn ich das gewusst hätte, wäre ich schon viel eher gekommen.«

Becca warf ihr lachend von der Seite einen Blick zu. »Du hättest wirklich längst einmal kommen sollen«, pflichtete sie bei. »Es ist schön, dich zu sehen«, fügte sie ernster hinzu. »Online oder per Telefon ist einfach nicht dasselbe.«

»Asche auf mein Haupt«, murmelte Thea zerknirscht. Sie kannte Becca seit dem Sommer nach ihrem Abitur.

Beide hatten nach der Schule nicht sofort mit Studium oder Beruf beginnen wollen und waren auf den Kanaren gelandet. Gleich am ersten Abend hatte Thea die Hamburgerin kennengelernt. Eine Saison lang hatten sie zusammen gekellnert, gefeiert und eine Menge Spaß gehabt.

Danach hatte für Thea der Ernst des Lebens mit einer Ausbildungszusage von der Polizei begonnen, während Becca in Spanien geblieben war und nur die Inseln gelegentlich gewechselt hatte.

Zwei-, dreimal hatte sie Becca noch besucht, dann war Ben vor fünf Jahren in Theas Leben getreten. Ihren Jahresurlaub verbrauchte sie daraufhin für die Renovierung der ersten gemeinsamen Wohnung und drei Jahre später, um dort wieder auszuziehen. In der Zeit dazwischen konnte sie Ben nicht dazu bewegen, auf die »Insel der Sauftouristen« zu fliegen.

»Aber nun bin ich ja hier, und wir holen alles nach«, sagte Thea unternehmungslustig, und eine lange nicht mehr gespürte Freude stieg in ihr auf.

Beccas Bungalow lag in einer Seitenstraße oberhalb des Bulevar de Paguera, wie die weitgehend für den Verkehr gesperrte Hauptstraße hieß, die sich an der Küste entlangschlängelte und das Zentrum des touristischen Lebens bildete.

Die Straße, in der Becca wohnte, war ruhig und schmal. Ein- und zweigeschossige Häuser reihten sich rechts und links aneinander.

Vor einer Bungalowanlage in mallorquinischer Optik – ockerfarbener Anstrich und flache Pultdächer mit Terracotta-Ziegeln – manövrierte Becca den Corsa in eine winzige Parklücke. Ein kleiner Garten trennte fünf Wohneinheiten von der Straße, die man über einen Weg zwischen blühenden Hibiskussträuchern und Obstbäumen hindurch erreichte.

»Sind das echte Orangen?« Thea blieb staunend stehen. »Die hängen hier einfach so herum?«

»Ja, sind es. Orangen und Zitronen. Und ganz viel Unkraut«, kommentierte Becca den Zustand des Stückchens Grün. »Bedien dich an den Früchten, wenn dir danach ist. Die sind reif, aber außer mal eine Zitrone für einen Longdrink pflückt hier niemand etwas ab.«

Der Weg teilte sich T-förmig und führte vor den Terrassen entlang, über die man den jeweiligen Bungalow betrat.

Becca lenkte ihre Schritte nach links und stoppte vor dem vorletzten Gebäude. »Hier wären wir.« Sie schloss auf und stellte Theas Rucksack neben der Garderobe ab. Thea folgte ihr mit dem Koffer. Sie wollte sich umdrehen, um die Tür zu schließen, als es hinter ihr maunzte. Überrascht wanderte ihr Blick nach unten. Ein schwarzer Kater starrte neugierig zurück. »Na, hallo, wer bist du denn?«

Der Kater wertete das als Aufforderung, sich zu nähern. Nachdem er den Koffer ausgiebig beschnuppert hatte, strich er an Theas Beinen entlang, die sich bückte, um ihn zu streicheln.

»Das ist Fred«, erklärte Becca.

»Gehört er dir?« Thea musste sich verrenken, um gleichzeitig den jetzt schnurrenden Kater weiterzukraulen und Becca anzusehen.

»Manchmal denkt er das«, antwortete ihre Freundin lachend. »Du weißt ja, was man über Katzen sagt. Sie suchen sich ihre Dosenöffner selbst aus. Eigentlich gehört er meinen Nachbarn.« Sie ging zur Küchenzeile, die durch einen Tresen vom Wohnzimmer abgetrennt war. »Möchtest du einen Kaffee?«

»Liebend gerne.« Thea richtete sich auf und nahm das Zimmer in Augenschein, das sie bisher nur als Hintergrund von Videochats kannte.

Ein Flachbildfernseher, ein Laptop und ein Stapel Zeitschriften teilten sich die Oberfläche eines Sideboards. Gegenüber stand ein gemütlich wirkendes Sofa mit bunten Kissen und einer Kuscheldecke, davor ein Couchtisch, daneben eine Stehlampe. Das Fenster auf der rückwärtigen Seite bot leider nur die Sicht auf die Hinterhöfe des nächsten Straßenzugs.

»Meerblick wäre schöner, ist jedoch unbezahlbar«, sagte Rebecca, die neben Thea ans Fenster trat. »Zum Strand sind es aber nur zehn Minuten von hier. Der Kaffee ist gleich fertig. Soll ich dir schon mal dein Zimmer zeigen?«

Sie ging voraus und öffnete die Tür. »Dein Reich. Du kannst aber nächste Woche auch gerne ins Schlafzimmer umziehen.«

Das Gästezimmer diente sichtlich den Großteil des Jahres als Abstellraum, doch Becca hatte sich Mühe gegeben, alles einladend herzurichten. Ein Teil des Kleiderschranks war leergeräumt, Bügelbrett und Staubsauger hinter einem Paravent verschwunden. Auf dem ausziehbaren Sofa lag hübsche Bettwäsche, und der Blumenstrauß auf dem Beistelltisch hieß sie willkommen.

»Also mir gefällt es.« Thea schob den Koffer in eine Ecke. Die nächste Stunde verbrachte sie mit Kaffeetrinken, Kofferauspacken und dem Erkunden der restlichen Wohnung, was schnell erledigt war, weil es nur noch Beccas kleines Schlafzimmer und das Bad gab.

Zwischendurch versorgte Becca sie mit den wichtigsten Informationen über Paguera und die Nachbarschaft.

»Hier in dieser Ecke leben hauptsächlich deutsche Residenten und Spanier. Die Hotels konzentrieren sich auf den Bereich entlang der Strände und in den Seitenstraßen vom Bulevar. Unsere Nachbarin zur Linken arbeitet im Winter immer in irgendeinem Skigebiet in Tirol, die wirst du also gar nicht kennenlernen, auf der Seite neben deinem Zimmer wohnen die Dosenöffner von Fred, Nils und Heiko. Beide gutaussehend, beide um die dreißig und leider nicht an Frauen interessiert, was vor allem in Heikos Fall aus meiner Sicht durchaus schade ist. Nils ist Küchenhilfe, Heiko repariert Fahrräder. Beide sind supernett, nur bekifft können sie schon mal nerven. In den anderen beiden Bungalows leben Spanier. Einmal Ana, eine alte Frau, schwerhörig und nicht mehr gut zu Fuß. Ich glaube, sie sitzt den ganzen Tag vor dem Fernseher, jedenfalls hört man den fast immer. Und ganz außen wohnen Pepe und Martina, die arbeiten beide in Palma und sind eigentlich nur zum Schlafen hier. So«, Becca rieb sich die Hände, »jetzt bist du im Bilde, und wir können los. Auf ins pulsierende Nachtleben.« Sie lachte auf, als sie Theas entsetztes Gesicht sah. »Keine Angst, das war ein Scherz. Im Winter klappen die um acht Uhr die Bürgersteige hoch. Ich dachte, ich lade dich auf ein paar Tapas zu Enrique ein. Ganz gemütlich und entspannt. Und morgen beginnt dann der Ernst des Arbeitslebens.«

3

Am nächsten Morgen schellte der Wecker viel zu früh. Thea hatte sich in den vergangenen drei Monaten ans süße Nichtstun – und Ausschlafen – gewöhnt. Nach einem Café solo, dem von ihr heißgeliebten spanischen Espresso, fühlte sie sich zum Glück beinahe munter. Die Strahlen der Morgensonne verscheuchten die letzte Restmüdigkeit, während sie in Richtung Bulevar durch das verschlafene Paguera schlenderten. Nur einige Lieferanten waren außer ihnen unterwegs.

»Da drüben ist es.« Becca blieb stehen und deutete auf die gegenüberliegende Straßenseite.

Inmitten einer Ladenzeile entdeckte Thea das Schild vom Coco. *Cocinar con corazón* stand in verschnörkelter Schrift und zarten Grün- und Rosatönen darauf. Kochen mit Herz. Letzteres rutschte Thea in die Hose. Jetzt wurde es ernst.

»Mach nicht so ein Gesicht.« Becca stieß sie in die Seite. »Du bekommst das schon hin.«

Sie überquerten den Bulevar und betraten die kleine Terrasse vor dem Geschäft. Becca zückte den Schlüssel, um das Rollgitter und die Tür zu öffnen. »Willkommen im Cocinar con corazón.« Sie machte eine ausholende Geste wie ein übereifriger Touristenführer vor einer Sehenswürdigkeit.

Neugierig trat Thea ein. Als Erstes stieg ihr ein wohliger Duft in die Nase. Eine würzige Note, gepaart mit einem Hauch Zitrusfruchtaroma. Sie schnupperte genießerisch.

Becca lachte. »Jetzt schaust du drein wie viele meiner Kunden. Irgendwann nimmt man das leider kaum noch wahr.« Sie schob Thea sanft weiter in den Laden und ging nach hinten durch, um die Alarmanlage zu deaktivieren.

Der Verkaufsraum war etwas länger als breit, ohne schlauchförmig zu wirken. An den fensterlosen Längsseiten befanden sich Regale, links mit Keramik und Tischwäsche, rechts mit allerhand Flaschen und Gefäßen. Vor dem Schaufenster stand ein Tisch, einladend gedeckt mit dem, was der Laden an Geschirr, Deckchen und Servietten hergab. Ein Drehständer mit Kochbüchern komplettierte den vorderen Bereich.

Mittig behinderte ein weiteres Regal den Durchgang.

»Das kommt nach vorne auf die Terrasse«, sagte Becca. »Deine erste Aufgabe morgens. *Nach* dem Anschalten des Lichts und der Kaffeemaschine.« Beides machte sie sogleich. Dann weihte sie Thea in die Bedienung der Alarmanlage ein und zeigte ihr dabei den Nebenraum mit der kleinen Küche, von der eine Tür in ein noch winzigeres Bad führte.

Eine Theke mit der Kasse trennte den hinteren Teil des Ladens ab, dahinter gab es eine weitere Tür. »Da geht es zum Lager, das kommt später dran. Jetzt erkläre ich dir erst einmal, was es hier vorne zu wissen gibt.«

In der folgenden Stunde flogen Thea Begriffe um die Ohren, von denen sie noch nie gehört hatte. Sie lernte, dass das Ikatmuster der angebotenen Tischdecken ursprünglich aus Asien stammte, die hiesige Abwandlung des Zungenmusters jedoch typisch für Mallorca war und hier in Handarbeit hergestellt wurde.

»Färben und Weben nach alter Tradition ist aufwändig, dauert mehrere Wochen, und der Stoff ist deshalb richtig teuer«, erklärte Becca. »Du wirst immer mal wieder Kunden haben, die darüber meckern, dass die Decken auf dem Markt viel weniger kosten. Je nach Zeit und Geduld kannst du ihnen erklären, dass die billige Ware weder durchgefärbt noch handgewebt ist. Oder du lässt sie gehen und das billige Zeug kaufen. Mit der Zeit lernt man, bei wem es Sinn macht, die Wertigkeit dieser Tischwäsche zu erläutern.«

Im Anschluss erfuhr Thea, was sich hinter den Brotspezialitäten Pa amb und Llonguets verbarg, und bekam prompt Hunger. Danach bedauerte sie, dass es für die Verkostung der Weine aus Binissalem und des Kräuterlikörs Hierbas de Mallorca noch zu früh am Tag war.

»So, wir öffnen jetzt, den Rest zeige ich dir im Laufe des Tages.« Becca schob das Rollregal auf die Terrasse. »Los geht's.«

Zu Theas Beruhigung gab es in den Wintermonaten so wenig zu tun, wie Becca versprochen hatte. Dennoch blieben Zweifel. Niemals würde sie so gut mit den Kunden fachsimpeln können, wie Becca es machte.

»Im Winter kommen überwiegend Stammkunden«, versicherte Becca mehrfach. »Die wissen genau, was sie wollen. Viele schauen nur aus Langeweile vorbei, um etwas zu plaudern. Bei denen drehst du den Spieß um und lässt dich von ihnen beraten.«

Gegen Mittag hatte Thea das Kassensystem verstanden, kannte die meisten Produkte und verkaufte selbstständig ihre erste mediterrane Kräutermischung. Während sie kassierte, erfuhr sie, dass der Kunde aus Heidelberg stammte, in Paguera überwinterte und dass Rosmarin und Thymian zu den Kräutern gehörten, die überall auf Mallorca wild wuchsen. Becca hatte recht – dem Mann war eindeutig mehr an einem Gespräch als an Beratung gelegen.

Sie fühlte sich gewappnet für den zweiten Teil ihrer

Kurzausbildung. »Willst du mich jetzt in die Geheimnisse des Lagers einweihen?«, wandte sie sich deshalb an Becca, nachdem der Heidelberger Kräuterliebhaber das Coco verlassen hatte.

»Das möchte Oliver selbst machen«, antwortete ihre Freundin.

»Ich dachte, der sei nur für die Wochenmärkte zuständig?«, erwiderte Thea erstaunt. Sie hatte bisher nicht den Eindruck gewonnen, Beccas Geschäftspartner kümmere sich besonders intensiv um die Vorgänge im Laden.

»Was das Lager angeht, ist er etwas eigen.« Becca zuckte mit den Schultern. »Eigentlich ist er ein lockerer Typ, aber er meint, im Lager dürfe nur einer das Sagen haben, sonst gibt es Chaos bei den Bestellungen. Soll mir recht sein, denn so kümmert er sich auch um die komplette Buchführung.«

Becca und Thea machten sich daran, den Tisch am Schaufenster neu zu dekorieren. Thea bewunderte eine bauchige Olivenölkanne, die in einer Glasbläserei auf Mallorca in Handarbeit gefertigt worden war. Am Ende ihres Aufenthalts wäre die ein perfektes Mitbringsel für ihre kochbegeisterte Nachbarin, die in Deutschland ihre Wohnung hütete.

In diesem Moment wurde die Tür mit Schwung geöffnet, und ein Mann trat ein. Als Erstes fielen Thea die unglaublich blauen Augen mit den leichten Lachfältchen auf. Die Sonnenbrille hatte er ins blonde Haar geschoben. Gekleidet war er lässig mit T-Shirt und auf Kniehöhe abgeschnittenen Jeans. Die nackten Füße steckten in Seglerschuhen. Wenn seine Haare nicht zu ordentlich kurz geschnitten und sein Gesicht zu sorgfältig rasiert gewesen wäre, hätte Thea sich ihn mit dieser sportlichen

Figur gut auf einem Surfboard vorstellen können. Sein Blick glitt durch den Laden, kreuzte Theas, und ein umwerfendes Lächeln breitete sich auf seinem Gesicht aus.

»Hallo, Oliver«, grüßte Becca.

Thea traute ihren Ohren nicht. *Das* war Oliver? *Dieser Mann* war Beccas Geschäftspartner? Rebecca hatte ihn selten erwähnt, und Thea hatte ihn höchstens auf den Fotos gesehen, die ihre Freundin ihr von der Ladeneröffnung geschickt hatte. Das war fünf Jahre her, und Thea konnte sich nicht an einen dermaßen attraktiven Mann erinnern. Den hätte sie bestimmt nicht vergessen.

»Hola, Becca«, entgegnete Oliver, wandte seinen Blick aber nicht von Thea. »Und du musst Thea sein.« Er kam näher und gab ihr dann nach typisch spanischer Art je einen Kuss links und rechts auf die Wangen. »Schön, dich kennenzulernen, und willkommen im Coco.«

»Hallo, ja äh … richtig, ich bin Thea, danke für die nette Begrüßung.« Seit er ihr so nah gewesen war, schlug ihr Herz noch schneller. Ein angenehm frischer Geruch umgab ihn, als wäre er geradewegs von einem Schiff gekommen.

Sein Lächeln vertiefte sich. »Wollen wir?« Er deutete in den hinteren Bereich des Ladens.

»Wollen wir was?« Thea musste sich erst einmal sammeln.

»Ins Lager. Becca hat dir doch sicherlich gesagt, dass ich es dir heute Mittag erklären will.«

»Ja, hat sie.« Thea konzentrierte sich auf einen sachlichen Tonfall. Wie nützlich ihre im Beruf antrainierte Fähigkeit doch gelegentlich auch im Privatleben war, in jeder Situation äußerlich ruhig zu wirken. Sie folgte Oliver am Kassentresen vorbei in den hinteren Teil des Coco, den sie bisher nicht betreten hatte.

Das Lager präsentierte sich überraschend groß, aber ansonsten so unspektakulär, wie Thea es erwartet hatte. Regalreihen an den Wänden, dazu ein frei stehendes Regal fast mittig, in und vor dem einige Kisten und Kartons standen. Auf der freien Fläche daneben parkte nachts vermutlich der Marktwagen.

Der Tür gegenüber befand sich ein Rolltor für die Warenanlieferung über den Hof. Seitlich davon war noch ein Ausgang, neben dem ein Fluchtwegschild schwach leuchtete.

In den Gestellen an den Wänden stapelten sich mit Deckeln verschlossene Kunststoffwannen in Blau oder Orange.

»Das hier ist dein Bereich.« Oliver zeigte auf die Regalreihe mit den blauen Wannen. »Für die Märkte sind die orangefarbenen Kunststoffboxen. Neue Ware kommt dorthin.« Oliver deutete auf das Regal mit den Kisten und Kartons. »Vieles hole ich direkt beim Produzenten vor Ort ab. Lieferungen per Post oder Spedition sind selten. Die kommen dann da zu den anderen Kisten. Geh bitte nicht ohne Ángel oder mich an die Marktwannen oder die verschlossenen Kartons. Das gibt sonst ein Durcheinander in der Buchhaltung.«

»Alles klar.« Thea nickte. »Was immer du an Geheimnissen im orangefarbenen Bereich hütest, wird weiter im Verborgenen bleiben«, erklärte sie lachend.

Oliver stimmte mit ein. »Wie beruhigend. Der Gewürzhandel ist nämlich ein hart umkämpfter Markt«, erwiderte er grinsend, »und unsere Konkurrenz würde vermutlich Höchstpreise zahlen für das Rezept unserer Paella-Mischung.«

4

»Du hast mir nie etwas von Oliver erzählt.« Thea sah ihre Freundin vorwurfsvoll an. Nach dem Ende von Olivers Führung hatten sie das Coco geschlossen und auf dem Heimweg aus der kleinen Bäckerei an der Ecke eine tellergroße Ensaimada mitgenommen. Nun saßen sie mit diesem typisch mallorquinischen Gebäck und einem Kaffee auf Beccas Terrasse.

»Was gibt es denn da groß zu erzählen?« Becca biss herzhaft in die mit Puderzucker bestäubte Hefeteigschnecke. »Er ist mein Geschäftspartner. Wir verstehen uns gut, haben aber wenig miteinander zu tun. Er macht sein Ding, ich meins.«

»Das Wichtigste hast du mir verschwiegen.« Thea grinste verschmitzt und leckte die Puderzuckerreste von ihren Fingerspitzen.

»Habe ich?« Becca legte die Stirn in Falten. Dann ging ihr sichtlich ein Licht auf. »Ach, du meinst sein Aussehen?« Sie winkte ab. »Meine Oma hat immer gesagt, von einem schönen Teller allein kann man nicht essen. Ich schätze, dabei hat sie an Typen wie Oliver gedacht.«

»So schlimm? Man muss ihn ja nicht gleich heiraten.« Thea lachte. »Aber gib ruhig zu, dass du zumindest mal daran gedacht hast, ihm die Kleider vom Leib zu reißen.«

Becca verschluckte sich fast an ihrem Kaffee. »No way! Sex ist Sex, und Business ist Business. Das sollte man aus gutem Grund nicht vermischen.«

»Also wart ihr nie zusammen?« Thea konnte es kaum

glauben. Sie kannte Beccas Männergeschmack, und da traf Oliver ins Schwarze.

»Niemals.« Becca machte eine Pause. »Und, Thea?«

»Ja?«

»Ich gebe dir einen guten Rat: Oliver sieht verdammt gut aus, aber er weiß das auch. Der wechselt seine Gespielinnen nach Lust und Laune. Mach dich nicht unglücklich.« Ein eindringlicher Blick folgte.

»Ich bin gerade erst über Ben hinweg«, erwiderte Thea schulterzuckend. »Ich glaube nicht, dass ich mich so bald wieder auf einen Typen einlasse.« Selbst wenn Oliver wirklich verteufelt attraktiv war. Aber sie neigte leider dazu, ihr Herz schnell an jemanden zu verlieren, um danach lange Wochen – und in Bens Fall sogar Monate – zu leiden, wenn es mit der Beziehung nicht klappte.

»Dann sollten wir jetzt das Thema wechseln und zu angenehmeren Dingen kommen. Ich dachte dabei an den Strand. Wie wär's? Hast du Lust, den großen Zeh ins Mittelmeer zu tauchen?«

Paguera zog sich an drei sandigen Buchten entlang. Die Playa Palmira war der schmalste, aber längste Strand dieser drei und im Januar nahezu menschenleer. Nicht einmal zehn Menschen verteilten sich dort, wo im Sommer die Sonnenhungrigen Handtuch an Handtuch lagen. Einige Hunde tobten in der auslaufenden Brandung, ihre Besitzer schlenderten gemächlich neben ihnen her. Von den Außenterrassen der Restaurants an der Strandpromenade erklang leises Stimmengewirr. Ein Gitarrist saß auf der Strandmauer und intonierte in der Hoffnung auf Trinkgeld *Eviva España*.

»So stelle ich mir Urlaub vor!« Thea ließ ihre Tasche

fallen und breitete ein Badelaken aus. Sekunden später landeten ihre Jeans und das Shirt darauf.

»Nur im Bikini?« Becca zog ein skeptisches Gesicht. »Nicht, dass er dir nicht ausgezeichnet stünde. Aber findest du es nicht ein bisschen kalt?«

»Ich brauche Sonne! Die letzten Wochen in Deutschland waren deprimierend grau.« Thea ignorierte den Windhauch, der kühl über ihre nackte Haut strich. Auf Beccas geschützter Terrasse hatte die Sonne mehr Kraft.

»Wie du meinst.« Becca ließ sich in Jeans und T-Shirt auf dem Strandtuch neben Thea nieder und zog ein Buch aus der Tasche.

»Ich teste mal die Temperatur des Wassers.« Ein frischer Luftzug würde sie doch nicht davon abhalten, den Urlaubstag mit einem Sprung ins Meer abzurunden! Entschlossen legte Thea die fehlenden Meter zu den heranrollenden Wellen zurück. Als die erste ihre Waden umspülte, schnappte sie nach Luft. Verflixt, das war lausig kalt. Weiter als bis zu den Knien würde sie keinesfalls hineinwaten. Um nicht den Spott ihrer Freundin zu riskieren, hielt sie es einige Minuten im Wasser aus, bevor sie zu ihrem Platz zurückschlenderte.

»Na, könnte wärmer sein, oder?« Becca hob den Blick von ihrem Buch und grinste zu ihr herauf.

»Hm. Hatte ein bisschen was von einer Kneippkur«, musste Thea zugeben. Sie rieb kräftig über ihre eisigen Beine. »Schade, ich wäre gerne geschwommen.«

»Tu dir keinen Zwang an«, kommentierte Becca trocken. »Dank der Bäume im Garten kannst du dir problemlos eine heiße Zitrone gegen die Erkältung machen.«

Thea verzog das Gesicht und klappte unauffällig den unteren Teil ihres Strandtuchs über die eiskalten Füße.

»Was hältst du davon, wenn ich dich auf einen Kaffee

einlade?«, fragte Becca. »Zum Aufwärmen. Und danach gibt's zum Sonnenuntergang einen Rosé.«

»Das klingt großartig.« Das nächste Mal würde sie es wie Becca halten und sich einfach mit einem guten Buch in die Sonne legen.

Sie packten ihre Sachen zusammen und machten sich auf den Weg zur Nachbarbucht. An der Playa Tora reihten sich drei Restaurants an der Promenade auf. Die Terrassen waren gut besucht, noch größerer Beliebtheit erfreuten sich jedoch die Sitzgelegenheiten direkt im Sand, die im maritimen Stil schon fast karibisch anmuteten und Urlaubslaune verbreiteten.

»Ganz so leer ist Paguera ja doch nicht«, kommentierte Thea, als sie den letzten der niedrigen Tische erobert hatten und in die Polster der weiß lackierten Holzsesselchen sanken. »Es ist aber auch wirklich hübsch hier.« Nur ein breiter Weg trennte sie vom Strand, im Hintergrund glitzerten die Wellen, und am Horizont erstreckten sich die Ausläufer von Santa Ponça.

Im Anschluss an den Kaffee bestellten sie einen fruchtigen Rosé und sahen dabei zu, wie die Sonne immer tiefer über den wolkenlosen Himmel wanderte und sich anschickte, an der Nase des Cap Andritxol glutrot ins Meer zu tauchen.

»Wir sollten langsam los.« Becca winkte der Bedienung. »Nach Sonnenuntergang wird es richtig kalt.«

Sie zahlten und machten sich auf den Heimweg. »Lass uns hinten herum zum Bulevar gehen«, schlug Becca vor. »Dann siehst du noch etwas Neues.«

Auf der Rückseite der Restaurants befand sich ein piniengesäumter Parkplatz. »Ach, schau mal, Nils macht gerade Feierabend.« Sie deutete auf einen hoch aufgeschossenen rotblonden Mann in Jeans und T-Shirt, der mit dem Rücken zu ihnen zwischen den Bäumen stand.

»Er arbeitet hier als Küchenhilfe.« Sie hob den Arm zum Winken. »Hola, Nils!«

Der Gegrüßte zuckte merklich zusammen und wandte sich mit erschrockener Miene zu ihnen um. Während er mit der rechten Hand zurückwinkte, ließ er blitzschnell mit der linken etwas in seiner Hosentasche verschwinden. Jetzt sah Thea auch, dass er nicht allein dort stand. Halb verborgen von den geparkten Fahrzeugen drehte sich ein Spanier weg und verschwand hastig zwischen den Pinien in Richtung Strand.

Sie sah ihm mit gerunzelter Stirn nach, rief sich dann aber zur Räson. Was immer die beiden da gemacht hatten – und das war relativ eindeutig gewesen: Sie war nicht im Dienst und außerdem anderthalbtausend Kilometer von ihrem Zuständigkeitsbereich entfernt.

Nils hatte sich inzwischen wieder entspannt und kam auf sie zugeschlendert. »Grüß dich, Becca.« Küsschen links, Küsschen rechts. »Und du bist Thea, nehme ich an? Becca hat dich schon angekündigt.«

Thea nickte und wurde ebenfalls auf die spanische Art begrüßt.

»Nils ist unser Nachbar«, erklärte Becca. »Du weißt – die Dosenöffner von Fred.«

»Genauso ist es«, bestätigte Nils. »Freut mich, dich kennenzulernen. Komm rüber, wann immer du magst. Heiko und ich beißen nicht, und auch Fred nur gelegentlich.« Er lachte herzlich. Wie Ed Sheeran in schlaksig, dachte Thea. Er war ihr trotz der Szene auf dem Parkplatz sofort sympathisch.

»Ich muss jetzt los. Hasta luego, Señoritas!« Mit einem letzten Winken setzte er sich ebenfalls in Richtung Strand in Bewegung.

»Er scheint nett zu sein, aber das mit dem Typen gerade war seltsam.« Thea blickte zu der Stelle, wo die beiden gestanden hatten.

»Wenn du mit unseren Nachbarn zu tun hast, lass die Kommissarin besser in Deutschland«, riet Becca. »Nils zieht gerne mal an einem Porro. Falls das die Polizistin in dir nicht erträgt, solltest du ihm aus dem Weg gehen.«

»Unsinn. Sofern er tatsächlich nur einen Joint raucht, kann ich damit leben. Marihuana schockt nun wirklich keinen Ordnungshüter dieser Welt mehr. Die taten aber so heimlich, dass ich wer weiß was vermutet habe.«

»Na ja, legal ist es auch hier nicht, deshalb haben sie sich wohl vorgesehen.«

5

Am folgenden Montag konnte Thea es kaum glauben, dass sie schon eine Woche in Paguera war. Becca war seit zwei Tagen auf dem Schiff, und hätte Mallorca sie nicht selbst mit türkisfarbenem Meer und Sonne verwöhnt, so wäre Thea auf die Karibikfotos neidisch geworden.

Inzwischen hatte sich eine gewisse Routine eingestellt. Auch im Coco waren ihr keine größeren Pannen passiert. Becca hatte recht: Die meisten ihrer Kunden lebten seit Jahren auf der Insel und kannten den Laden besser als Thea, sodass sie weder beraten noch lange herumsuchen musste.

Bange wurde ihr allerdings, wenn sie an den nächsten Tag dachte. Dienstags war Markttag in Paguera, und sie hatte schon vergangene Woche gemerkt, dass dann ungleich mehr Kunden ins Coco kamen.

Letzten Dienstag hatte Becca den Großteil des Ansturms erledigt. Thea hatte sich aufs Zusehen beschränken dürfen und ein gewisses Unbehagen bei dem Gedanken an die kommende Woche verspürt.

Seufzend schloss sie die Augen, legte den Kopf in den Nacken und genoss auf Beccas Terrasse die letzten Sonnenstrahlen des Tages.

Ein herzzerreißendes »Miau« lenkte ihre Aufmerksamkeit nach unten. Fred kam heranspaziert und blickte Thea auffordernd an. »Miau«, wiederholte der Kater.

Er warf Thea einen hoheitsvollen Blick zu und stolzierte an ihr vorbei in die Wohnung.

»Hast du Durst?« Thea erhob sich und folgte ihm

nach drinnen. Der Kater wusste, dass er von Becca nichts zu fressen bekam, aber zum Trinken stattete er ihr gelegentlich einen Besuch ab. Becca hatte ihm sogar eigens einen Napf besorgt.

Da Becca dem Leitungswasser nicht traute, standen immer einige Kanister mit gekauftem Trinkwasser bereit. Damit füllte Thea unter Freds genauer Beobachtung das Schälchen und stellte es dem Kater hin, der begierig zu schlabbern begann. Dann sprang er aufs Sofa, rollte sich zusammen und schlief ein.

Thea gönnte ihm das Nickerchen, Becca hatte es längst aufgegeben, Fred vom Sofa oder aus der Wohnung zu scheuchen.

Wenig später musste sie ihn jedoch wecken. Sie hatte noch nicht eingekauft und wollte den Kater nicht einsperren, denn sie hatte nicht einmal eine Katzentoilette im Bungalow. Fred allerdings dachte gar nicht daran, seinen gemütlichen Schlafplatz zu räumen. Zunächst ignorierte er nach Katzenart Theas Bemühungen. Als sie nicht nachgab, knurrte er sie ungehalten an.

»Hoppla.« Thea zog die Hand zurück und blickte zu ihm herunter. »Deine Krallen möchte ich nicht im Arm haben«, sagte sie ratlos und wandte sich zur Tür. Sie hatte Nils und Heiko bisher nur kurz bei zufälligen Begegnungen getroffen, doch jetzt musste sie einen der beiden um Hilfe bitten.

»Hallo Nachbarin.« Nils öffnete auf Theas Klopfen. »Komm rein.« Er trat einen Schritt zur Seite.

Thea hob zurückhaltend die Hände. »Ich will nicht stören. Aber Fred liegt auf meinem Sofa, und ich muss noch weg. Könntest du ihn abholen, bitte? Mich knurrt er an.«

»Ich mache das schon.« Heiko tauchte hinter Nils auf

und wischte sich die Hände an einem Geschirrtuch ab. »Fängst du mit dem Salatdressing an?« Die letzte Frage galt Nils, der mit einem Nicken in Richtung Küchenzeile verschwand.

Heiko folgte Thea. »Zeigst du dich mal wieder von deiner besten Seite?«, tadelte er seinen Kater, während er ihn hochhob, ohne auf dessen Protest zu achten. »Wenn er nervt, sag Nils oder mir Bescheid. Gegen uns hat er noch nie die Pfote erhoben.«

»Mach ich«, sagte Thea. »Normalerweise wäre es mir ja egal, aber ich habe nichts im Magen und einen leeren Kühlschrank. Bevor ich überhaupt nur ans Essen denken kann, muss ich erst mal einkaufen. Deshalb hatte ich es etwas eilig mit Freds Rauswurf.«

»Wenn das so ist …« Heiko schenkte ihr ein charmantes Lächeln. »Nils hat es mal wieder zu gut gemeint. Er hat viel zu viel eingekauft. Er macht Schaschlikspieße mit Ofenkartoffeln und Salat. Möchtest du mit uns essen?«

»Ich kann mich doch nicht aufdrängen«, wehrte Thea ab.

»Wo drängst du dich denn auf? Und überhaupt haben wir dich noch gar nicht richtig kennengelernt. Also komm.« Er machte mit dem Kopf eine auffordernde Geste zum Nachbarbungalow. Die Hände benötigte er, um Fred zu bändigen, der sich aus seinen Armen winden wollte.

Theas knurrender Magen gab die Antwort. »Na gut.« Lachend legte sie die Hand auf den Bauch. »Mir scheint, es wurde entschieden. Dann bringe ich Wein mit.«

Sie angelte zwei Flaschen Rosé aus dem Küchenschrank und folgte Heiko nach nebenan.

Der Nachbarbungalow war ähnlich geschnitten wie Beccas, und auch die Anordnung der Möbel unterschied sich kaum, wie Thea mit einem raschen Blick feststellte. Gegessen wurde an der Theke, die den Küchenbereich vom Wohnzimmer abtrennte.

Nils deckte wie selbstverständlich einen Platz mehr ein, als Thea hinter Heiko eintrat. »Wurde ja auch Zeit, dass du mal kommst«, sagte er mit einem Augenzwinkern und verteilte Eiswürfel in drei Weingläser.

Thea öffnete die erste Flasche und schenkte Wein ein, Heiko kümmerte sich um den Salat, und Nils servierte die Spieße und die Kartoffeln. Es war, als wären die drei ein seit Ewigkeiten eingespieltes Team. Ebenso harmonisch verlief die Unterhaltung. Die beiden erzählten, was sie nach Mallorca verschlagen hatte, und zuckten mit keiner Wimper, als sie erfuhren, dass Thea eigentlich Kriminalkommissarin war.

Heiko war wegen seiner Leidenschaft fürs Radfahren auf die Insel gekommen und geblieben.

Nils' Geschichte war bedrückender. Nach seinem Outing hatte ihm seine Ex-Frau den Kontakt mit seiner Tochter verboten und sämtliche seiner Versuche torpediert, ein regelmäßiges Umgangsrecht zu erhalten. Nils zeigte Thea mit feuchten Augen ein Foto seiner Tochter. Ein ungefähr fünfjähriges Mädchen mit blonden Zöpfen und pfiffigem Lächeln grinste ihr entgegen.

»Ich bin hier, um zu vergessen«, sagte Nils mit trauriger Stimme. »Nein, um zu verdrängen. Vergessen werde ich meine Kleine niemals.« So wie das Foto aussah, trug er es tatsächlich immer bei sich.

Bevor die Stimmung kippte, wechselten sie das Thema, sprachen über die Insel, und beide Männer versorgten Thea mit vielen Tipps. Auf die zweite Flasche Wein folgte eine dritte, und plötzlich zündete Nils sich eine Zigarette an.

Nein, keine Zigarette, korrigierte sich Thea, als ihr

der süßliche Rauch in die Nase stieg. Wohl eher das Zeug, das er letzte Woche auf dem Parkplatz gekauft hatte.

»Nils, bitte …« Heiko stand abrupt auf und öffnete das Fenster. Kühle Nachtluft mischte sich unter den Qualm.

Thea sah ihm sein Unbehagen an. Ob er Sorge hatte, sie könnte sich auf ihren Beruf besinnen? Aber was sollte sie eintausendfünfhundert Kilometer von zu Hause entfernt schon tun? Außerdem war es nur ein Joint. Sie nippte demonstrativ gelassen an ihrem Wein.

Ihre lockere Stimmung färbte nicht auf Heiko ab. »Muss das jetzt sein?«, blaffte er seinen Freund an. »Wir hatten doch ausgemacht …«

»Niemand hat etwas *ausgemacht*. Du hast befohlen.« Nils zog seelenruhig an seinem Joint.

»Es ist *meine* Wohnung. *Mein* Mietvertrag. Und in letzter Zeit auch *mein* Geld«, erwiderte Heiko scharf. »Also kann ich auch die Regeln machen.«

»Chill mal.« Nils zuckte mit den Schultern. »Seit du beschlossen hast, nicht mehr zu kiffen, bist du nicht mehr entspannt. Ich hab doch gesagt, du bekommst dein Geld.« Er schloss halb die Augen.

»Scheiße, Mann.« Heiko sprang auf und riss Nils den Joint aus der Hand. »Ich sagte, hier wird nicht mehr gekifft.« Er warf die Haschzigarette ins Spülbecken und drehte den Wasserhahn auf.

»Ey, weißt du, was so 'n Ding kostet?«, protestierte Nils, blieb aber sitzen.

»Ich glaube, ich sollte jetzt gehen.« Thea erhob sich. Schade um die schöne Stimmung. Bis vor wenigen Augenblicken war es ein ausgesprochen angenehmer Abend in Gesellschaft zweier sympathischer Männer gewesen. Heiko mit den verstrubbelten braunen Locken und dem spitzbübischen Lachen mochte sie vielleicht noch ein bisschen mehr, doch auch Nils war auf seine Art schlagfertig und charmant. Beide hatten sich als aufmerksame Gastgeber erwiesen. Jetzt allerdings warf Heiko seinem Freund einen Blick zu, der Thea klarmachte, dass sie schleunigst verschwinden sollte, wenn sie nicht mitten in einen deftigen Streit geraten wollte.

Heiko begleitete sie hinaus. »Tut mir leid«, sagte er draußen leise zu ihr. »Nils kifft in letzter Zeit zu viel. Er ist ständig knapp bei Kasse, aber für Drogen hat er Geld. Deshalb versuche ich, die Notbremse zu ziehen.« Er fuhr sich durch die Haare. »Du musst jetzt einen furchtbaren Eindruck von uns haben.«

Er wirkte so zerknirscht, dass Thea ihn am liebsten in den Arm genommen und getröstet hätte. Stattdessen lächelte sie mitfühlend. »So etwas braucht Zeit«, sagte sie. »Selbst wenn es nur Marihuana ist, kann es psychisch abhängig machen.«

»Wenn es nur das wäre«, murmelte Heiko resigniert. »Ich empfinde wirklich viel für Nils. Falls das allerdings mit ihm so weitergeht, setze ich ihn vor die Tür.« Er wandte sich um, hielt aber auf halbem Weg inne. »Noch etwas anderes, bevor ich es vergesse: Hat Becca dir gesagt, dass sie gelegentlich Pakete für mich annimmt?«

»Ja.« Thea nickte. »Die Ersatzteile, die per Spedition aus Deutschland geliefert werden. Weil sonst niemand die Ware annehmen kann.« Heiko betrieb seinen Reparaturservice als mobile Werkstatt.

»So ist es. Ich habe vorhin eine E-Mail erhalten, dass der Fahrer die Fähre heute Nacht nimmt. Das heißt, morgen Vormittag kommt eine Lieferung im Coco an.«

»Alles klar, ich weiß Bescheid. Vielen Dank für das Essen und bis morgen. Gute Nacht.«

»Gute Nacht, Thea.«

Die Nacht war nicht gut gewesen. Schuld daran war nicht nur die dritte Flasche Wein, die besser verkorkt geblieben wäre. Nachdem sie sich von Heiko verabschiedet hatte, war der Streit im Nachbarbungalow erst richtig eskaliert, und die Wand zwischen ihrem Gästezimmer und den Nachbarn war dünn. Mehrfach hatte Heiko Nils mit Rauswurf gedroht, ihn beschuldigt, Geld für Drogen, aber nicht für seinen Anteil an der Miete zu haben, und Nils hatte ihm mangelndes Mitgefühl vorgeworfen.

Thea hatte es sich nicht länger mit anhören können und war irgendwann in Beccas Schlafzimmer auf der anderen Seite der Wohnung umgezogen. Nun saß sie zerschlagen und mit Kopfschmerzen am Küchentresen und fragte sich, wo ihre Freundin wohl die Aspirintabletten aufbewahrte.

Im Bad klatschte sie sich kaltes Wasser in ihr müdes Gesicht und zog eine Grimasse. Dort, wo sich sonst blonde Locken kringelten, klebten jetzt feuchte Strähnen an blassen Wangen. Ihrem Traummann sollte sie heute besser nicht begegnen.

Selbst eine Dusche und die kühle Morgenluft auf dem Weg in den Laden verpassten ihr keinen Energieschub.

Als sie das Rollregal auf die Terrasse schob, registrierte sie zu allem Überfluss die Menschenmassen, die sich den Bulevar hochbewegten. So ruhig Paguera im Winter auch war – an sonnigen Tagen wie diesem schien jeder, der laufen konnte, zum Markt zu gehen. Thea hatte sich am vergangenen Dienstag schon gefragt, wo plötzlich all die Leute herkamen.

Und dann brach der befürchtete Ansturm los.

Thea verfluchte abwechselnd Beccas Idee, sie in den Laden zu stellen, und ihre Zustimmung zu diesem Wahnsinn. Und warum hatte sie ausgerechnet heute einen Kater? Gerade als eine vierköpfige Familie sich anschickte, jedes Teil aus den Regalen zu räumen und zu inspizieren, ein Ehepaar die von Thea gefürchtete Beratung wünschte und ein weiterer Kunde zahlen wollte, ging die Ladentür auf, und ein Paket kam herein.

Dahinter befand sich ein junger Deutscher, der um die rechte Ecke des Kartons spähte. »Wohin? Ist verdammt schwer.«

Thea drehte sich suchend um die eigene Achse. Nirgendwo im Laden gab es einen Platz, an dem das Paket nicht stören würde. An den Nebenraum brauchte sie gar nicht erst zu denken, da hätte anschließend niemand mehr durch die schmale Tür gepasst.

»Lager«, sagte sie, und noch bevor sie nach hinten deuten konnte, hatte sich der Lieferant schon an ihr vorbeigedrückt und war durch die rückwärtige Tür verschwunden.

»Hab's neben das Regal zu den anderen gestellt«, informierte er sie Sekunden später und hielt ihr das Klemmbrett unter die Nase.

Thea lächelte den Kunden entschuldigend an, der auf sein Wechselgeld wartete, warf einen Blick auf das Formular, bestätigte mit einer gekritzelten Unterschrift den Empfang eines Packstücks für Heiko Gortz im Cocinar con corazón und angelte zeitgleich mit der linken Hand drei Cent aus dem Kleingeldfach, um dem Kunden sein Wechselgeld auszuhändigen.

Sofort rückte das ältere Ehepaar auf, um sich in breitem Schwäbisch zu erkundigen, was denn alles in eine Paella gehöre.

Während sie die beiden zu dem Drehständer mit den Kochbüchern führte, um die Antwort auf diese Frage mit ihnen gemeinsam herauszufinden, verwickelte sich die vierköpfige Familie in eine lautstarke Diskussion, wer welches Souvenir kaufen durfte.

Kaffee!, flehte Thea innerlich. Sie brauchte einen Kaffee. Mit einem Schuss Zitrone, das sollte angeblich gegen Kopfschmerzen helfen. Doch an eine Kaffeepause war nicht zu denken. Dem schwäbischen Ehepaar verkaufte sie die Paella-Gewürzmischung, für die das Coco bekannt war, die nervtötende Familie entschied sich endlich für ein Set aus Salz- und Pfefferstreuer für neun Euro, und als Thea hoffte, nun würde der Trubel nachlassen, kam der nächste Schwung Kunden herein.

Als Becca ihr versicherte, im Winter sei der Laden ruhig, hatte sie wohl die Dienstage vergessen.

Irgendwann stand Heiko vor ihr. »Hi, Thea. Im Stress?« Entspannt grinste er sie an. Der Lockenschopf wippte in alle Richtungen und ließ ihn zusammen mit seiner milchfarbenen Haut und den geröteten Wangen wie einen Fünfjährigen aussehen, bei dem aufgrund einer Laune der Natur der Bartwuchs zu früh eingesetzt hatte.

Thea warf ihm einen finsteren Blick zu. Hätte sie Fahrräder reparieren können, wäre sie versucht gewesen, ihm einen Tausch anzubieten. »Entschuldige mich kurz.« Die Markttasche einer Kundin drohte, den Tisch vor dem Schaufenster abzuräumen. Thea stürzte dorthin und konnte so eben noch das Schlimmste verhindern.

»Verzeihung.« Die Frau trat erschrocken einen Schritt zur Seite und stieß dabei drei Gläser um, die zum Glück auf einem Stoß Servietten landeten.

»Ich wollte nur das Paket abholen«, meldete sich Heiko, während Thea die umgestürzten Gläser auf Schäden kontrollierte und wieder aufstellte.

»Sekunde.« Thea hatte nicht vor, ihre Position zu räumen, solange die Kundin mit ihrer Monstertasche im Laden war. »Hast du einen Moment?«

»Ehrlich gesagt bin ich in Eile. Ich stehe etwas ungünstig vor dem Coco und wollte nur eben reinspringen.«

Thea blickte auf die Straße. Heikos kleiner Kastenwagen parkte schräg auf dem Gehweg und bettelte um ein Knöllchen. »Magst du es dir rasch selbst aus dem Lager holen? Es steht neben dem mittleren Regal.« Das hatte zumindest der Lieferant gesagt.

»Alles klar, mach dir keinen Stress, ich finde es schon.« Heiko schob sich an der Theke vorbei ins Lager und kam kurz darauf zurück. »Bin schon wieder weg«, rief er im Rausgehen. »Danke!«

Thea winkte über die Schulter hinterher. Sie musste sich auf die ungeschickte Kundin mit der riesigen Tasche konzentrieren, die sich zu Theas Erleichterung genug umgesehen hatte und nun eines der teuren Ölkännchen ergriff. Dazu nahm sie eine Flasche des hochpreisigen Olivenöls mit. Wenigstens hatte sich der Stress für den Umsatz gelohnt. Überhaupt war Thea insgeheim zufrieden damit, wie sie den Markttag gemeistert hatte.

Nachdem Frau Monstertasche das Coco ohne weitere Zwischenfälle verlassen hatte, kehrte die ersehnte Ruhe ein. Thea konnte ihr Glück kaum glauben, als die Tür minutenlang geschlossen blieb. Sie blickte auf die Uhr und stellte erstaunt fest, dass bereits Mittagszeit war. Die ersten Marktstände würden schon wieder abgebaut werden, die Menschen saßen jetzt in den umliegenden Bars oder verarbeiteten zu Hause die frisch erworbenen Lebensmittel. Geschafft! Sie hatte den Ansturm überstanden. Erschöpft ließ sie sich auf den Stuhl hinter der Kasse sinken, schloss die Augen und massierte ihre Schläfen.

Bitte nicht, stöhnte sie innerlich, als die Glocke über der Tür in diesem Moment einen weiteren Kunden ankündigte. Widerwillig öffnete sie die Augen, zwang sich ein Lächeln ins Gesicht und erhob sich.

Ein Spanier bewegte sich auf sie zu. Er war Mitte zwanzig, groß und breitschultrig. Zu abgewetzten Jeans trug er einen Hoodie. Er strahlte etwas Finsteres aus, und Thea kam zum ersten Mal in den Sinn, dass sie recht viel Geld eingenommen hatte und unbewaffnet gegen einen solchen Kleiderschrank keine Chance hätte.

Doch der Muskelprotz plante keinen Überfall. Stattdessen erschien ein Lächeln auf seinem Gesicht, das ihn gleich netter aussehen ließ. »Hola, soy Ángel.« Er nahm wie selbstverständlich Kurs auf die Tür zum Lager.

Ángel. Engel. Die hatte sie sich immer anders vorgestellt. Weniger kantig. Theas übermüdete Hirnwindungen benötigten einen Moment, um ihn einordnen zu können. Natürlich, Olivers Angestellter. Seit der Begrüßung am ersten Tag hatte sie Oliver nicht mehr getroffen, und sein Gehilfe war bislang auch nicht aufgetaucht.

Sie hörte, wie Ángel im Lager Kisten herumschob. Sein Murmeln klang zunehmend verärgert, schließlich fluchte er laut. »Wo ist der Karton?«, ertönte es auf Spanisch bis in den Laden.

Meinte er sie? Thea steckte den Kopf durch die Tür. »Karton? Ich habe keinen Karton angerührt.«

»Ich habe heute Morgen einen Karton bereitgestellt, den ich jetzt mitnehmen wollte.« Unter zusammengezogenen Augenbrauen starrte er sie an.

»Und ich war den ganzen Tag nicht hinten.« Thea starrte zurück.

»Aber er ist nicht mehr hier!«

»Muss er aber.« Seufzend betrat Thea das Lager. »Wo hast du ihn denn hingestellt?«

»Dort, gleich neben das Regal.«

Gleich neben das Regal? In Theas Hinterkopf schrillte eine Alarmglocke. Mit einem mulmigen Gefühl blickte sie zur angegebenen Stelle. Ein großes Paket lehnte an der Wand. Ein Paket, das dem vorhin gelieferten verflixt ähnlichsah. Sie ging vor dem Karton in die Hocke und betrachtete das Etikett. Es zeigte ein orangefarbenes Fahrrad, daneben die Anschrift des Coco und etwas kleiner Heikos Name.

»Hier stand dein Karton, ja?« Sie sah hoch zu Ángel, der grimmig nickte. Thea erhob sich und seufzte. »Dann ahne ich, was passiert ist. Mein Nachbar war gerade da und hat seine Ware abgeholt, die hierher geliefert wurde. Er muss die Pakete vertauscht haben. Aber das ist kein Problem«, fügte sie schnell hinzu, als sich die Miene von Olivers Angestellten verfinsterte. »Ich habe gleich Feierabend, dann nehme ich meinem Nachbarn das richtige Paket mit, und du kannst deins morgen hier abholen.«

»Ich weiß nicht …« Ángel überlegte, dann zuckte er mit den Schultern. »Du hast vermutlich recht. So ist es am einfachsten. Und heute benötige ich die Sachen sowieso nicht.« Er nickte ihr zu. »Wir sehen uns.« Mit diesem knappen Abschied drehte er sich um und war verschwunden, ehe Thea noch etwas erwidern konnte.

6

Thea vergewisserte sich, dass Tür und Rollgitter des Coco gut verschlossen waren, hob das Paket für Heiko auf den Arm und machte sich auf den Heimweg. Recht schnell verfluchte sie ihr Angebot an Ángel. Sie hatte die Form des Pakets nicht bedacht. Sie musste sich fast den Hals verrenken, um daran vorbeizusehen. Und es war schwer. Jetzt büßte sie für ihre Hilfsbereitschaft mit schmerzenden Armen und Händen. Sie keuchte wie eine alte Frau, als sie endlich ihre Straße erreichte.

Heikos Lieferwagen parkte am Straßenrand. Er machte offenbar eine verspätete Mittagspause. Perfekt – somit konnte sie die Pakete sofort austauschen. Wenn sie nachher zum Strand ging, würde sie Ángels Lieferung zum Coco mit hinunternehmen.

Die Bungalows lagen still in der Mittagssonne. Im Vorgarten bildeten die Früchte gelbe und orangefarbene Tupfer im dichten Grün, durch das sachte der Wind strich. Thea freute sich darauf, gleich mit einem Kaffee die Ruhe und die Sonne auf der Terrasse zu genießen.

Heiko schien hingegen eine Siesta im Innern des Hauses zu bevorzugen. Wahrscheinlich ließ der Sonnenhunger nach, wenn man dauernd auf der Insel lebte.

Mit einem erleichterten Aufseufzen stellte Thea das Paket auf Heikos Terrasse ab. Kurz zögerte sie. Falls er sich nach dem gestrigen Abend genauso angeschlagen fühlte wie sie, wollte sie ihn eigentlich nicht wecken. Unschlüssig starrte sie auf die Tür. Als ihr Blick auf Höhe des Schlosses hängen blieb, breitete sich ein ungutes Gefühl in ihr aus. Es war eines jener Gefühle, die man spürte, bevor sich der dazugehörige Gedanke bildete. Doch dann begriff sie, was ihre Aufmerksamkeit auf sich gezogen hatte: Die Tür war beschädigt, das Holz wies Kratzer und der Türrahmen eine tiefe Furche auf. Und der Schaden sah frisch aus. Hier war unlängst eingebrochen worden. Am helllichten Tag! Die Spuren kannte sie, in ihrem Beruf hatte sie vor etlichen solcher Beschädigungen gestanden. Jemand hatte sich Zutritt verschafft.

Plötzlich durchfuhr sie ein eiskalter Schreck. Heiko! Sein Auto stand vorne an der Straße. Schlimmstenfalls war er dem Einbrecher in die Arme gelaufen. So etwas konnte böse ausgehen. Wo war er? Sie wappnete sich. Schluckte. Würde sie gleich in den Lauf einer Waffe blicken? Sie atmete tief durch. Unsinn. Sollte überhaupt noch jemand da sein, würde sie höchstens von einem Flüchtenden über den Haufen gerannt werden. Darauf sollte sie sich einstellen. Die Tür gab nach, als sie dagegendrückte. Sie schob sie auf und spähte in den Bungalow.

Sie sah ihn sofort. Heiko. Er lag verdreht neben einem umgestürzten Barhocker auf dem Boden, als sei er vornübergefallen und hätte vergeblich versucht, sich auf den Rücken zu drehen. Oder *jemand* hatte versucht, ihn auf den Rücken zu drehen. Der Einbrecher?

Eigensicherung, schrie ihre innere Stimme auf, und automatisch griff Thea an die Stelle, wo sich normalerweise ihre Dienstwaffe befand. Allerdings lag die in diesem Moment rund eintausendfünfhundert Kilometer weiter nördlich gut verwahrt in ihrer Dienststelle. Sie riss ihr Handy aus der Tasche, wählte die 112 und forderte einen Rettungswagen und die Polizei an. Die altbekannte Panik stieg in ihr auf. Sie war wehrlos. Hilflos.

Ruhig atmen, befahl sie sich. Dann betrat sie das Wohn-zimmer.

Thea hatte in ihrem Beruf genügend Tote gesehen, um keine große Hoffnung zu haben, dennoch kniete sie sich mit klopfendem Herzen neben Heiko und tastete nach einem Puls. Ein Blick in die erstarrten Gesichtszüge verriet ihr, dass sie vergeblich suchen würde. Eine Kopf-wunde hatte schon aufgehört zu bluten. Die Haut war noch nicht ausgekühlt, die Totenstarre hatte noch nicht eingesetzt. Doch einen Puls fühlte sie nicht mehr.

Bis die Polizei kam, funktionierte sie mechanisch. Sie stellte Heikos Paket bei sich unter und bemerkte erleich-tert, dass Beccas Tür unversehrt und im Bungalow alles in Ordnung war. Dann kochte sie Kaffee und überlegte, ob sie Nils irgendwie erreichen konnte. Den Rest der Woche hatte er Spätdienst, das hatte er gestern erwähnt. Auf der Arbeit würde sie ihn nicht erwischen. Seine Handynummer hatte sie nicht, also musste die Nachricht warten. Warten. Wie das Warten auf einen Arzt, der oh-nehin nicht mehr helfen konnte.

Die Frage nach dem Warum stellte sich ganz automa-tisch. Aus welchem Grund hatte Heiko sterben müssen? Was war geschehen? Die Beantwortung solcher Fragen war seit Jahren ihre Aufgabe. Dieser Fall war nicht ihrer. Trotzdem würde sie diese Frage nicht loslassen, das wusste Thea. Sie hatte Heiko gemocht.

Der jaulende Signalton eines sich nähernden Einsatz-fahrzeugs erlöste sie aus ihren Grübeleien. Polizei und Rettungswagen trafen nahezu zeitgleich ein.

Thea ging den Sanitätern entgegen, wies sie ein und gab sich einem der Polizisten gegenüber als diejenige zu erkennen, die Heiko gefunden hatte.

Der Angesprochene nickte knapp und schickte sie

dann energisch zu ihrem Bungalow zurück. Die Trennwand zwischen den Terrassen versperrte die Sicht, doch beobachtete Thea das rege Kommen und Gehen, das auf der Straße und dem Gartenweg einsetzte, und sie hörte das geschäftige Treiben in Heikos Bungalow. Seltsam, dass sie diesmal nicht Teil dieses Räderwerks war, das dort drüben nun ineinandergriff. So also fühlte es sich für die Zeugen an. Wie oft hatte sie es schon mit Menschen zu tun gehabt, die in der Wohnung nebenan eine Leiche entdeckt hatten. Heute war sie diese Nachbarin.

Ein Mann trat von Heikos Terrasse auf den Weg vor den Häusern. Kurz blieb er stehen, schien sich einen Moment zu sammeln, dann wandte er sich nach rechts und kam auf sie zu. Er war Mitte dreißig, schätzte Thea. Mit Jeans, T-Shirt und Jackett war er lässig gekleidet, strahlte jedoch eine gewisse Autorität aus. Sportlich durchtrainierter Körperbau, ohne übertrieben muskulös zu sein. Ein kantiges Kinn, ein entschlossener Zug um den Mund, ein scharfer Blick aus braunen Augen. Er musterte Thea ebenso aufmerksam wie sie ihn.

»Guten Tag«, grüßte er auf Deutsch und hielt einen Dienstausweis hoch. »Mein Name ist Sargento David Martinez. Agente von Guardia Civil. Sie haben gefunden den Toten? Ich mochte sprechen mit Sie.«

»Ja, ich habe den Toten gefunden und den Notruf gewählt«, erwiderte Thea. Sie deutete auf den zweiten Terrassenstuhl. »Bitte, nehmen Sie Platz.«

David Martinez schüttelte den Kopf. »Leider mein Deutsch ist schlecht. Mussen warten auf Ubersetzer.« Er hob in einer entschuldigenden Geste die Arme.

»Vielleicht reicht Ihnen, was ich Ihnen auf Spanisch sagen kann.« Thea wechselte in die Heimatsprache des Sargentos.

David Martinez blickte sie sichtlich erstaunt und zum

ersten Mal etwas weniger streng an, dann nickte er und setzte sich auf den angebotenen Stuhl. Noch immer ließ er sie nicht aus den Augen. Thea kannte diesen Moment. Die erste Einschätzung, das Scannen von Mikrogestik und -mimik. Je frischer die Eindrücke der Tat waren, desto unverfälschter war die Reaktion darauf – da spielte es keine Rolle, ob der Befragte nur Zeuge war oder sich später als Täter entpuppte.

»Möchten Sie einen Kaffee?« Thea wusste nur zu gut um die Sehnsucht nach einer kurzen Auszeit – und vor allem nach einem Kaffee –, wenn man gerade von einem Leichenfundort kam.

Dementsprechend dankbar fiel das erste Lächeln von David Martinez aus. »Sehr gerne.«

Thea bereitete für jeden einen Café solo zu. Während sie auf das charakteristische Blubbern des aufsteigenden Kaffees in der Kanne wartete, schnitt sie ihr letztes Stück Baguette in Scheiben, drapierte Käse und Schinken auf einen Teller, stellte ein Schälchen Oliven dazu und brachte alles auf einem Tablett nach draußen.

Die Augen des Spaniers leuchteten auf. »Sie retten mir das Leben. Ich bin heute nicht zum Essen gekommen.«

»Dann geht es Ihnen wie mir. Durch die Aufregung der letzten Stunden habe ich vergessen, wie hungrig ich eigentlich war.«

Sein Blick wurde mitfühlend. »Es muss ein großer Schock für Sie gewesen sein. Kannten Sie den Verstorbenen gut?«

Thea hätte fast gelächelt. Diese Beiläufigkeit der Frage. Wie lockerer Smalltalk bei einer Tasse Kaffee. Und doch hatte er soeben mit der Befragung begonnen.

»Nein«, antwortete sie. »Ich bin erst seit etwas mehr

als einer Woche hier.« Sie nahm eine Scheibe Brot und ein Stückchen von dem Käse und biss von beidem ab.

»Sie machen hier Urlaub?« David Martinez angelte sich ebenfalls eine Scheibe des Baguettes und belegte es mit Schinken.

»Nicht ganz. Das ist der Bungalow meiner Freundin Rebecca. Sie lebt auf der Insel und hat unten am Bulevar ein Geschäft. Da sie derzeit eine Kreuzfahrt macht, vertrete ich sie.«

»Verstehe.« Der Spanier spülte das Brot mit dem Kaffee hinunter und zog einen Notizblock und einen Stift aus der Tasche seines Jacketts. »Bitte erlauben Sie, dass ich mir kurz Ihre Personalien notiere.«

»Thea Molt, 28 Jahre alt, deutsche Staatsangehörigkeit, Anschrift wie auf dem Personalausweis angegeben«, ratterte Thea herunter und suchte gleichzeitig ihren Ausweis aus ihrem Portemonnaie, damit der Sargento die Angaben von dort übernehmen konnte. Sollte der Spanier von der Art ihrer Antwort überrascht sein, ließ er sich das nicht anmerken, sondern nickte nur, zog den Ausweis zu sich und schrieb die Daten ab.

»Können Sie mir nun bitte beschreiben, wie Sie den Verstorbenen gefunden haben?«

Thea fasste die Geschehnisse zusammen. Knapp, sachlich und präzise, als müsste sie einem Vorgesetzten Bericht erstatten.

David Martinez hörte zu und machte sich mit unbewegter Miene Notizen. Als Thea versuchte, den Begriff Totenstarre zu umschreiben – eine Vokabel, die sie nun wirklich nicht im aktiven Wortschatz hatte –, runzelte er die Stirn, um dann einen Moment später erstaunt die Augenbrauen zu heben. »Was, sagten Sie noch gleich, machen Sie beruflich?«, erkundigte er sich in einem Tonfall, der klarmachte, dass er die Antwort schon ahnte.

»Sie vermuten richtig.« Thea nickte lächelnd. »In Deutschland bin ich Kriminalkommissarin.«

»Eine Kollegin.« Seine Miene ließ nicht erkennen, wie er darüber dachte. »Dann kennen Sie das Prozedere. Für eine ausführliche Aussage darf ich Sie in den kommenden Tagen in die Dienststelle bitten. Schreiben Sie mir bitte noch Ihre Mobilnummer auf.« Er schob ihr Stift und Notizblock herüber.

Thea setzte ihre Handynummer unter seine Stichpunkte, die so unleserlich waren, dass sie unwillkürlich lächelte. Zu Hause konnte sie gelegentlich auch nur darauf vertrauen, das meiste noch im Kopf zu haben, wenn sie ihren Bericht schrieb.

»Sehr gut.« Er nahm den Notizblock wieder an sich, klappte ihn aber noch nicht zu. »Eine vorerst letzte Frage: Wissen Sie etwas über die Familie des Toten? Angehörige, die wir verständigen können?«

Thea schüttelte mit bedauernder Miene den Kopf. »Tut mir leid. Wie gesagt, ich habe Heiko im Grunde erst gestern kennengelernt. Vielleicht kann Ihnen Nils mehr dazu sagen.«

»Nils?«

»Sein Freund und Mitbewohner. Ich kenne leider weder seinen Familiennamen noch seine Mobilnummer und kann Ihnen auch nicht genau sagen, wo er arbeitet. Irgendwo in einem der Restaurants in der Nähe der Playa Tora.«

»Wir werden ihn schon erreichen.« Jetzt klappte David Martinez sein Notizbuch zu und steckte es ein. »Falls Sie ihn sehen, können Sie ihn bitten, sich mit uns in Verbindung zu setzen, ich lasse Ihnen meine Karte da.« Der Sargento erhob sich. »Danke für Ihre Zeit und dass Sie meine Lebensgeister wieder geweckt haben.« Er deutete auf den Tisch mit den leeren Tassen und dem dezimierten Brot. »Ich melde mich wegen des Protokolls.« Mit einem Lächeln reichte er ihr seine Visitenkarte, nickte ihr zu und verließ die Terrasse.

Thea sah ihm gedankenverloren hinterher. Er wirkte kompetent. Hoffentlich konnte er Heiko Gerechtigkeit verschaffen.

7

»Ben, nicht«, knurrte Thea unwillig und wollte seine Hand auf ihrer Brust im Halbschlaf wegschieben. Es war noch viel zu früh zum Aufstehen. Statt der erwarteten Hand berührten ihre Finger jedoch etwas Flauschiges, das prompt wie ein Elektromotor ansprang und schnurrende Geräusche von sich gab. »Oh, Fred.« Blinzelnd öffnete Thea die Augen. Der Kater lag halb auf ihr und schien sie mit seinem eindringlichen Blick aus grünen Iriden hypnotisieren zu wollen. Ob er Hunger hatte? Thea hatte keine Ahnung von Katzen und wusste nicht, wie oft am Tag und wann man sie füttern musste.

Sie hatte gestern lange auf Nils' Rückkehr gewartet. Immer wieder hatte sie auf seine Schritte im Garten gelauscht und schließlich eingesehen, dass er am Abend nicht mehr erscheinen würde. Wahrscheinlich hatte ihn die Polizei über den Tod seines Freundes informiert und ihm erklärt, dass die Wohnung noch nicht wieder freigegeben war. Nur Fred war heimgekommen und hatte sie aus großen Katzenaugen angesehen. Ihr war klar geworden, dass sie zumindest vorübergehend sein Dosenöffner sein würde. Da die Polizisten schon abgerückt waren und nur ein Absperrband noch einen Hinweis auf den Tatort gab, hatte sie sich auf den Weg gemacht, um ein Katzenklo, Näpfe und Futter zu besorgen. Der chinesische Supermarkt führte von der Büroklammer über Kinderspielzeug bis hin zum Heimwerkerbedarf alles, was man im Haushalt brauchte, und somit auch die benötigte Katzentoilette. Im Geschäft nebenan bekam sie das

Futter, und nun konnte sie ihren vierbeinigen Gast immerhin bewirten.

Für sich selbst hatte sie nur Toast und etwas Käse mitgenommen. Für den Großeinkauf war der Laden einfach zu teuer. Nachher musste sie unbedingt zum Mercadona laufen. Dass sie so gut wie nichts mehr im Kühlschrank hatte, war ihr in der gestrigen Aufregung entfallen, und ihr war der Fall ohnehin auf den Magen geschlagen. Es machte einen Unterschied, ob ein unbekannter Mensch betroffen war oder ob ein Freund tot vor ihr lag – und auch wenn sie beide noch nicht so lange kannte, hatte sich der Abend bei Heiko und Nils wie ein Treffen mit Freunden angefühlt.

Da sie nun schon einmal wach war, stand sie auf, bereitete sich und Fred Frühstück zu, duschte rasch und machte sich ungewohnt früh auf den Weg ins Coco. Beim Hinausgehen fiel ihr Blick auf Heikos Paket. Das brauchte er nun nicht mehr. Siedend heiß dachte sie an das Versprechen, das sie Ángel gegeben hatte. Gut möglich, dass die Kriminaltechniker sein Paket zur Untersuchung mitgenommen hatten. Hoffentlich würde der Spanier nicht allzu sauer auf diese Neuigkeit reagieren. Sie konnte ihn nicht recht einordnen. Zu ihr war er zwar freundlich gewesen, doch es ging etwas unterschwellig Bedrohliches von ihm aus. Er wirkte auf sie wie jemand mit kurzer Zündschnur.

Zu ihrer Überraschung empfing Oliver sie im Coco, und er hatte schon Kaffee gemacht. Mit einem strahlenden Lächeln reichte er ihr einen Café con leche. Eigentlich bevorzugte sie Café solo, aber von Oliver hätte sie vermutlich auch ein Glas Leitungswasser so entgegengenommen, als hätte er ihr Champagner angeboten. Dieses Tausend-Watt-Lächeln benötigte wirklich einen Warnhinweis, sonst schmolzen unweigerlich Knie und Herzen. Gut, dass sie Beccas Worte noch im Ohr hatte, so maß sie seiner Charmeattacke nicht allzu viel Bedeutung bei. Was nicht hieß, dass sie wirkungslos an ihr abprallte.

»Bist du heute nicht auf dem Markt?«, erkundigte sie sich. »Heute ist doch Andratx dran.« Das war einer der wichtigsten Märkte im Südwesten Mallorcas mit entsprechendem Gedränge.

»Ángel ist schon dort.« Mit einem Schulterzucken stellte Oliver seine geleerte Tasse in die Spüle. »Ich fahre später. Das Schöne an dem Markt in Andratx ist die Nähe zu Paguera. In zehn Minuten bin ich da.«

»Verstehe.« Erwartete Oliver von ihr etwas Smalltalk am Morgen? Vor neun Uhr fiel es ihr schwer, geistreich zu plaudern. Vor allem, wenn man den Vorabend damit verbracht hatte, auf den Mitbewohner seines getöteten Nachbarn zu warten, und nach deutlich zu wenig Schlaf von dessen Kater geweckt worden war. Sie unterdrückte ein Gähnen, stellte ihre leere Tasse ab und wandte sich zum Rollregal für den Außenbereich, um es auf die Terrasse zu schieben.

»Hast du dich gut eingelebt und kommst im Laden klar?«, fragte Oliver aus der Küche.

Thea drehte sich wieder zu ihm um. Er spülte die Tassen und schenkte ihr mit einem Seitenblick ein Lächeln.

»Ja, im Grunde ist alles gut«, erwiderte sie und verdrängte den Gedanken an den toten Heiko. Das war kein Thema für eine Plauderei zwischen Spülbecken und Rollregal.

»Nur im Grunde?«, hakte Oliver nach. Er wandte sich zu ihr um und sah sie offen an. Tatsächlich schien er an der Antwort interessiert zu sein.

»Nun ja.« Thea sah ihn bedrückt an. »Mein Nachbar ist gestern gestorben. Das geht mir schon recht nahe.«

»Oh«, sagte er hörbar bestürzt. »Verständlich, dass dich das beschäftigt. Was ist denn passiert?« Er lächelte sie an, ganz leicht nur. Aufmunternd und doch angemessen ernst. Plötzlich fand Thea den Gedanken angenehm, sich alles von der Seele zu reden.

Sie erzählte ihm, wie sie Heiko gefunden hatte. »Dabei fällt mir ein, dass ich Ángels Paket nicht aus der Wohnung holen konnte. Ich hoffe, ihr benötigt es heute nicht dringend auf dem Markt.«

»Nein, nein, kein Problem. Wir bestellen die meisten Sachen so früh nach, dass eine Verzögerung von ein paar Tagen kein Problem ist. Glaubst du denn, dass die Polizei noch lange brauchen wird? Haben die etwas gesagt?«

»Zu mir nicht.« Thea schüttelte den Kopf. »Aber weißt du was? Ich werde den Sargento nachher fragen. Ich schätze, der meldet sich heute bei mir wegen meiner Aussage.«

»Nein, lass ruhig. So wichtig ist das Paket wirklich nicht.«

»Sicher? Ángel wirkte ziemlich sauer, weil Heiko es vertauscht hatte.«

»Ach der.« Oliver machte eine wegwerfende Handbewegung. »Der ist schnell mal auf hundertachtzig. Das spanische Temperament.« Er lachte und sah auf seine Uhr. »Ich muss jetzt leider los. Vielleicht trinken wir bald mal wieder einen Kaffee zusammen?«

»Würde mich freuen«, entgegnete Thea und konnte nicht verhindern, dass sie sein Lächeln womöglich eine Spur zu strahlend erwiderte.

***

So viel Kundschaft sie gestern gehabt hatte, so wenig gab es heute zu tun. Wahrscheinlich lockte das noch immer traumhafte Wetter die Menschen nach Andratx auf den Markt. Thea füllte die Regale auf, trank unvernünftig viel Kaffee und langweilte sich so sehr, dass sie sich fast den Dienstagsansturm zurückwünschte. Das hätte sie auch von den Bildern des toten Heiko abgelenkt, die immer wieder vor ihrem geistigen Auge aufpoppten.

Überpünktlich schloss sie heute ab und machte sich auf den Weg zu ihrem Bungalow. Sie hatte schon wieder nichts eingekauft, fiel ihr dabei ein. Doch die Vorstellung, jetzt den Kilometer zum Lidl oder Mercadona laufen zu müssen, verdarb ihr den Appetit auf etwas anderes als Toast und Käse – die beiden Sachen, die sie dahatte.

Vor Heikos Wohnung flatterte noch immer Absperrband munter im Wind, sonst war von dem Polizeieinsatz nichts mehr zu sehen. Thea wandte sich abrupt ab und verschwand in ihrem eigenen Bungalow. Sie wollte gerade den Käse aus dem Kühlschrank nehmen, als sie auf dem Weg Schritte hörte. War Nils zurück?

Rasch schloss sie die Kühlschranktür und eilte nach draußen. Doch nicht der schlaksige Deutsche, sondern Sargento David Martinez höchstpersönlich blickte auf, als sie um die Trennwand spähte.

»Bon dia«, grüßte er. »Zu Ihnen wollte ich ohnehin.« Er musterte sie wieder mit der gleichen ernsten Aufmerksamkeit wie tags zuvor.

»Und ich zu Ihnen«, entgegnete Thea mit einem Lächeln, das überraschenderweise erwidert wurde.

Fragend hob der Sargento die Augenbrauen.

»Ich habe Heikos Paket doch noch hier«, erklärte Thea. »Das ich ihm gestern geben wollte, als ich ihn fand. Und falls Ihre Kriminaltechnik es nicht mitgenommen hat, müsste das Paket meines Chefs noch in Heikos Bungalow sein. Da dachte ich …«

»Schon verstanden«, sagte David Martinez. »Die Spurensicherung ist abgeschlossen. Ich kann Ihnen aus dem Kopf nicht sagen, was alles asserviert wurde, also schauen wir doch einfach nach.«

Er zog einen Schlüssel und steckte ihn mit etwas Herumstochern ins Schloss. »Irgendwie ging das gestern leichter«, murmelte er dabei irritiert. »Wir haben es nicht ausgetauscht, weil es noch funktionierte, aber ich merke gerade, dass die irreguläre Manipulation doch mehr Schaden angerichtet hat als gedacht. Wenn Sie den Mitbewohner, diesen …«, er überlegte kurz, »… diesen Nils Hansen, sprechen, weisen Sie ihn bitte darauf hin.«

»Natürlich. Hat er denn gesagt, wann er zurückkommt?«

»Dafür hätten wir ihn überhaupt erst einmal sprechen müssen«, brummte David Martinez. »Zur Arbeit ist er nämlich nicht erschienen, und sein Mobiltelefon ist abgeschaltet.«

»Bitte?« Thea sah ihn erschrocken an. »Ihm wird doch nicht ebenfalls etwas zugestoßen sein?« Oder hatte Heiko ihn wirklich vor die Tür gesetzt? Oder …? Nein, mit Heikos Tod hatte er nichts zu tun, da vertraute sie ihrem Bauchgefühl.

»Das können wir ebenso wenig ausschließen wie die Möglichkeit, dass er ein Täter auf der Flucht ist.«

»Aber nicht Nils!«, protestierte Thea ihrer Überzeugung folgend, die jedoch feine Risse bekam bei dem Gedanken an die hitzige Auseinandersetzung der beiden Männer. Was, wenn der Streit ausgeartet war? Sie kannte die Statistiken. Die meisten Tötungsdelikte waren Beziehungstaten.

»Ich tendiere zu Letzterem.« David Martinez kannte die Statistiken offenbar auch.

»Aus welchem Grund?«

David Martinez sah sie ruhig an. »Wie wäre es, wenn wir uns später darüber unterhalten? Wir kümmern uns jetzt um Ihr Paket, und dann setzen wir uns irgendwohin. De acuerdo? In Ordnung?«

»De acuerdo.« Thea holte Heikos Paket und betrat nach dem Sargento das Nachbarhaus.

Der Bungalow sah aus, wie ein verlassener Tatort nun einmal aussah. Einige Sachen waren nachlässig herumgeräumt worden, der Läufer, auf dem Heiko teilweise gelegen hatte, war verschwunden – und mit ihm der Blutfleck, wie Thea erleichtert feststellte –, vereinzelte Reste von Fingerabdruckpulver ließen manche Flächen schmutzig wirken. Der Barhocker stand wieder aufrecht.

Die gesuchte Lieferung zeigte sich allerdings nicht. »Haben Ihre Kollegen das Paket doch mitgenommen?«

»Je nach Inhalt nicht ausgeschlossen.« Der Sargento trat hinter den Küchentresen. »Oder Sie schauen, ob es das hier ist«, fügte er hinzu und deutete mit einem Kopfnicken auf einen Karton vor ihm auf der Arbeitsplatte.

Thea stellte sich neben ihn und las den Adressaufkleber. »Cocinar con corazón. Das wird es sein.« Sie klappte den Deckel hoch und sah hinein. »Küchenschürzen. Ja, solche verkaufen wir im Laden.«

»Dann ist ja alles klar. Da die Wohnung freigegeben wurde und ich Ihnen mal glauben will, dass Sie das Paket nicht klauen wollen, können Sie es wohl mitnehmen.«

Der Sargento hatte heute offenbar bessere Laune als gestern. Sie hatte schon befürchtet, eine ewig lange Diskussion wegen des Austauschs führen zu müssen. Bevor David Martinez doch noch auf die Idee kam, Probleme zu machen, stellte Thea rasch Heikos Paket neben dem Tresen ab und nahm ihres. Wie leicht es ist, dachte sie und runzelte die Stirn.

»Alles in Ordnung?«, erkundigte sich der Sargento prompt. Er schien ein ausgezeichneter Beobachter zu sein.

»Ja, ja. Mich störte gerade nur …« Sie verstummte abrupt und lauschte. Im Schlafzimmer war ein Geräusch gewesen.

Da war es wieder! Ein Rascheln.

Jetzt hatte David Martinez es ebenfalls gehört. Mit einer Kopfbewegung bedeutete er Thea wortlos, dass sie zurücktreten und ihn vorbeilassen sollte. Er drückte sich an ihr vorbei. Der Duft eines unaufdringlichen Aftershaves stieg ihr in die Nase.

Um den Ermittler der Guardia Civil nach hinten zu sichern, griff Thea automatisch nach ihrer Waffe, doch natürlich fasste sie ins Leere. Verdammt. Sie streckte die Hand zum Messerblock auf der Arbeitsfläche aus, was ihr ein Kopfschütteln des Sargento einbrachte. Mit einer energischen Geste deutete er auf die Bungalowtür. Thea kniff die Lippen zusammen und starrte ihn an. Nie wieder würde sie zusehen, wie ein Mensch vor ihren Augen niedergestreckt wurde! Auch ohne Waffe würde sie David Martinez Rückendeckung geben.

Der wusste das jedoch offenbar nicht zu würdigen, sondern verzog leicht genervt den Mund. Ein erneutes Rascheln lenkte seine Aufmerksamkeit zum Schlafzimmer. Er zückte seine Pistole und richtete sie auf die Tür. »Guardia Civil!« Langsam näherte er sich, die Waffe im Anschlag. »Geben Sie sich zu erkennen!«

»Miau«, befolgte Fred seine Anweisung und stolzierte mit erhobenem Schwanz aus dem Schlafzimmer, setz-

te sich mitten ins Wohnzimmer und putzte sich hinge-
bungsvoll.

David Martinez starrte ungläubig auf den Kater und
warf Thea einen Blick zu, die angesichts des verblüfften
Gesichtsausdrucks lachen musste. Auch die Mundwinkel des Sargento zuckten. Dennoch blieb er konzentriert,
schob die Schlafzimmertür ganz auf und sicherte den
Raum. Erst dann steckte er die Waffe weg.

»Merkwürdig«, meldete er über seine Schulter. »Das
Fenster steht offen.«

Thea betrat hinter ihm das Zimmer. »Gerade so weit,
dass der Kater durchpasst. Vielleicht war es wegen ihm
nicht richtig verschlossen, und Fred hat es aufgestoßen?«

»Möglich. Ich werde trotzdem bei den Kollegen nachfragen. Ich kann mir nicht vorstellen, dass die ein nicht
geschlossenes Fenster übersehen und einfach so gelassen ...«

Von draußen erklang ein Poltern, gefolgt von einem
unterdrückten Laut. Mit zwei Schritten war David Martinez am Fenster, riss es auf und schwang sich hinaus.

Thea blieb keine Zeit, ihn zu warnen. Hinter den
Bungalows verlief nur ein schmaler Sockel, höchstens
dreißig Zentimeter breit, danach ging es zwei oder drei
Meter hinunter auf das tiefer gelegene Nachbargrundstück.

David konnte sich gerade noch am Fenstersims festhalten, sonst hätte er das Gleichgewicht verloren.

Unter ihm polterte es erneut, dann rannte jemand los.
Ein Mann, in geduckter Haltung, die Kapuze über den
Kopf gezogen. Er hielt auf das Tor zu.

Der Sargento fluchte etwas, das wie »Verdammt,
nicht auch das noch« klang, ging in die Hocke und ließ
sich, gestützt auf die Hände, zum Nachbargrundstück
herunter. Eine Mauer trennte den Hinterhof von der

Straße. Aufgrund der Stahlspitzen oben auf der Einfriedung blieb dem Flüchtenden eigentlich nur der Weg über das Tor, das jedoch weit über seinen Kopf hinausragte. Dennoch hielt er darauf zu. Ob David Martinez ihn erreichen würde, bevor der Mann hinübergeklettert war?

»Jetzt braucht er doch Hilfe«, murmelte Thea und wandte sich um. Vorbei an Fred, der einen entsetzten Sprung zur Seite und hinaus auf die Terrasse machte, sprintete sie durch den Bungalow, jagte durch den Garten und folgte der Straße, die einen Bogen beschrieb und an der Stelle vorbeiführte, an der der Flüchtende soeben über das Tor kletterte. Leider war Thea noch etliche Meter entfernt, als der Mann bereits auf beiden Beinen landete. Er warf ihr einen erschrockenen Blick zu und griff hinter seinen Rücken.

Waffe! Der Kerl hatte eine Waffe! Wie vom Blitz getroffen stoppte Thea ab und sprang mit einem Satz hinter das nächstbeste Auto. Ihr Herz hämmerte gegen ihren Brustkorb, der Puls in den Schläfen. So laut, dass sie die Schritte des Flüchtenden kaum hörte. Sie spähte hinter dem Fahrzeug hervor.

David Martinez hatte das Hindernis ebenfalls überwunden und nahm die Verfolgung wieder auf. Thea rannte hinterher und wäre an der nächsten Ecke fast in ihn hineingelaufen.

»Der ist weg.« Sichtlich missgestimmt blickte der Sargento die Straße entlang, auf der keine Menschenseele war. »Haben Sie wenigstens sein Gesicht sehen können?«

»Nicht gut genug für eine Beschreibung. Die Kapuze saß zu tief. Von der Hautfarbe her Spanier, würde ich sagen. Recht schlank.« Sie zuckte mit den Schultern. Das traf vermutlich auf die Hälfte aller Spanier zu. Entsprechend mürrisch brummte David Martinez und machte sich auf den Rückweg.

»Was wollen Sie eigentlich hier?«, fragte er Thea, die ihm wortlos folgte.

»Ich wollte ihn am Tor aufhalten, aber der Kerl war schneller.« Sie hielt kurz inne. »Und ich war nicht sicher, ob er eine Waffe hatte.«

»Waffe?« David Martinez blieb abrupt stehen und drehte sich zu ihr um. »Wie kommen Sie darauf?«

»Er hat hinter seinen Rücken gegriffen. Ich wollte nicht abwarten, ob er auf mich zielt, und bin in Deckung gegangen.«

»Das wird ja immer besser.« Der Sargento warf Thea einen gereizten Blick zu. »Demnächst überlassen Sie die Polizeiarbeit bitte den Polizisten, die hier auch zuständig sind.« Er wandte sich um und stapfte weiter.

»Bitte, gern geschehen«, murmelte Thea. Ihn zu fragen, was er von der Entwicklung des Falls hielt, hatte wohl keinen Zweck. Sie würde sich höchstens den nächsten Rüffel einfangen. Dabei hätte sie seine Meinung brennend interessiert – und auch, was die Guardia Civil inzwischen herausgefunden hatte. Also trottete sie hinter ihm her und machte sich ihre eigenen Gedanken, die allerdings zu keinem Ergebnis führten. Denn Einbrecher, die einen Tag später zurückkehrten, ergaben keinen Sinn. Und die Frage, was der Kerl sonst hinter dem Bungalow gewollt hatte, blieb ohne jede Idee unbeantwortet. Heiko und Nils hatten auf sie wie ein normales Pärchen gewirkt, das in kein Opferprofil zu passen schien.

»Kann ich denn trotzdem mein Paket mitnehmen?«, fragte Thea den Sargento, als sie Heikos Bungalow wieder erreichten.

»Ich denke, das ist kein Problem.«

Thea hob das Paket hoch, trug es zu sich hinüber und nestelte mit einer Hand nach ihrem Schlüssel, während sie mit der anderen ... »Moment«, sagte sie laut. Das war es, was sie gestört hatte.

»Sprechen Sie mit mir?«, erklang es auf der anderen Seite der Trennwand.

»Nein ... ja ... doch, vielleicht.«

Der Sargento kam zu ihr herüber. »Ich bin mir nicht sicher, ob ich mich angesprochen fühle.« Er zog eine Augenbraue in die Höhe.

Eine Augenbraue! Er zog wahrhaftig *eine* Augenbraue in die Höhe. Thea hatte immer gedacht, Menschen, die das tun, gäbe es nur in Büchern. Fasziniert starrte sie ihn an, und seine Mundwinkel verzogen sich zu einem sichtlich amüsierten Grinsen.

Verdammt, sie schrammte soeben haarscharf an einer peinlichen Situation entlang. Aber wenigstens schien er wieder bessere Laune zu haben. Was er sonst von ihr dachte, konnte ihr eigentlich egal sein. Sie hatte schließlich nicht beruflich mit ihm zu tun. Als Austauschkraft im Rahmen des Projektes »Europäische Kommissariate« zum Beispiel – über eine Teilnahme hatte sie schon einmal nachgedacht.

»Also? Meinten Sie mich?«

»Können Sie das mal nehmen?«, bat Thea und hielt David Martinez das Paket hin.

Der Sargento warf einen schnellen Seitenblick auf ihren Terrassentisch, wahrscheinlich fragte er sich, warum Thea den Karton nicht einfach darauf ablegte, nahm ihn dann aber kommentarlos an. Ein wenig irritiert wirkte er danach allerdings schon, als sich Thea nicht – wie offenbar von ihm erwartet – der Tür zuwandte, sondern den Kopf zur Seite neigte und ihn prüfend ansah. Einen Moment lang ließ er die Musterung über sich ergehen, dann wanderte die Augenbraue erneut in die Höhe.

»Ich wollte nur etwas überprüfen«, beantwortete Thea seine stumme Frage, schnappte sich das Paket, öffnete die Tür und verschwand in ihrem Bungalow.

»Verraten Sie mir auch, was?« Der Sargento lehnte sich lässig an ihren Türrahmen.

»Hm«, brummte Thea unbestimmt. Sollte er für seine brüske Art vorhin ruhig etwas schmoren. Ihr Test mit dem Agenten der Guardia Civil hatte ergeben, dass der Karton einem Mann von Heikos Statur gerade einmal bis zur Brust reichte. Hätte Heiko nicht auffallen müssen, dass das falsche Paket kleiner und leichter war als die erwartete Lieferung? Und sie selbst? Welche …

Ihre Gedanken stockten abrupt, als sie den Blick des Sargento auffing. Ruhig und abwartend sah er sie an, und Thea kam sich plötzlich vor wie eine Ratte im Testlabor für Verhaltensforschung. David Martinez ließ sich nichts anmerken, doch sie war sich sicher, dass er jede ihrer Regungen registrierte und analysierte.

Ihre Bewegungen wurden fahrig, ein Zeichen, wie sehr diese Beobachtung sie nervös machte.

Eine Methode, in ein Verhör einzusteigen, war die, den zu Befragenden so lange schweigend anzublicken, bis dieser von sich aus losplapperte. Thea konnte sich gut vorstellen, dass David Martinez es auf diesem Gebiet zu einem wahren Meister gebracht hatte. Sie selbst musste sich jedenfalls zwingen, die Stille nicht zu füllen.

»Wollen wir dann?« Die Stimme des Sargento hielt Thea davon ab, weiter Löcher in die Luft zu starren.

»Wollen wir was?« Noch immer war sie gedanklich bei der Frage, wie es zu der Verwechslung der Pakete hatte kommen können.

»Uns in Ruhe unterhalten. Das hatten wir doch gesagt. Erst Paket holen, dann in Ruhe reden.« David Martinez erklärte das mit geschulter Geduld. Thea sprach ähnlich, wenn sie es mit traumatisierten oder besonders begriffsstutzigen Zeugen zu tun hatte. Traumatisiert war sie nicht.

»Ach so, ja klar. Es ist nur – ich habe eigentlich zum letzten Mal am Montagabend etwas Richtiges gegessen.« Bei Heiko und Nils. Der Gedanke dämpfte ihren Hunger.

»Verstehe.« David Martinez machte eine kurze Pause. »Sie haben am Nachmittag frei?«

»Ja, ich arbeite nur vormittags.«

»Perfekt. Ich muss dringend mit einem Kollegen in Portals Nous reden. Und wie es der Zufall will, gibt es dort ausgezeichnete Restaurants.« Der Sargento musterte sie mit unbewegter Miene.

»Ich soll Sie nach Portals Nous begleiten? Aber ich habe kein Auto.«

»Ich nehme Sie natürlich mit und bringe Sie später wieder zurück. Und eingeladen sind Sie ebenfalls. Also – haben Sie noch weitere Einwände?« Die den einfältigen Zeugen vorbehaltene Geduld bröckelte allmählich von den Stimmbändern. Sie war auch schon einmal begeisterter eingeladen worden. Aber Hunger hatte sie tatsächlich, und neugierig war sie obendrein.

»Ich zahle natürlich selbst«, erklärte sie und griff sich ihre Handtasche. Nachdem sie Fred daran gehindert hatte, ausgerechnet jetzt aus dem Garten auf ihr Sofa umzuziehen, war sie startklar. »Wir können.«

Die Fahrt von Paguera nach Portals Nous dauerte nicht lang. An der Seite von David Martinez noch etwas kürzer. Den Fahrstil des Sargento sportlich zu nennen wäre untertrieben gewesen. Thea musste sich beherrschen, um sich nicht an den Türgriff zu klammern, während die Fliehkräfte sie auf Höhe der Ausfahrt erst nach links und im darauffolgenden Kreisverkehr in die entgegengesetzte Richtung drückten. Im Zentrum der Ortschaft drosselte David Martinez zum Glück das Tempo. Kurz darauf stellte er seinen Seat Leon direkt an der Mole ab.

Thea atmete leise durch.

Nicht leise genug anscheinend, denn ein Seitenblick offenbarte ihr das breite Grinsen des Sargento. »Fahre ich Ihnen zu forsch?«

»Nein, wie kommen Sie darauf?«, erwiderte sie abweisend. Was für ein Angeber. Mit seiner belustigten Miene wirkte er gerade wie ein zu groß geratenes Kind nach einem gelungenen Streich. Wie ein recht maskulines Kind, musste sie einräumen, als er jetzt ausstieg, seine Jacke auf die Rückbank warf und sein Hemd so aus der Hose zog, dass man die Waffe im Gurtholster nicht sofort sah. Trotzdem – kein erwachsener Mann versuchte, eine Frau mit einem rasanten Fahrstil zu beeindrucken.

Andererseits fuhren hier alle etwas gewöhnungsbedürftig, kamen Thea Beccas Worte in den Sinn. Vielleicht wollte er sie gar nicht beeindrucken, sondern war auf den Straßen immer so … dynamisch unterwegs? Auch kein wirklich beruhigender Gedanke.

Rasch stieg sie ebenfalls aus und ließ staunend ihren Blick über den Hafen gleiten.

Der Hafen Puerto Portals, der die Küste von Portals Nous prägte, war die Heimat unzähliger Yachten. In allen erdenklichen Größen reihten sich die Boote im türkisfarbenen Wasser Fender an Fender aneinander, von bescheiden – und trotzdem von einem Polizistinnengehalt kaum bezahlbar – bis hin zu schwimmenden Prestigeobjekten derer, die nicht mehr wussten, wohin mit ihrem ganzen Geld.

Das Geräusch leise gegen die Kaimauer plätschernder Wellen begleitete Thea und den Sargento, während sie an unzähligen Restaurants und teuer wirkenden Boutiquen entlangschlenderten.

Thea wurde nun doch etwas nervös angesichts ihrer Erklärung, sie werde ihre Rechnung selbst zahlen. Ihr Budget ließ einen Besuch in einem Edelrestaurant eigentlich nicht zu. David Martinez führte sie auf eine Terrasse mit Blick auf das Hafenbecken. Jetzt am frühen Nachmittag hatten sie nahezu die freie Wahl, nur wenige der Tische waren besetzt. Thea hätte sich gerne direkt vorne an die Promenade gesetzt, doch David Martinez schien andere Pläne zu haben. Zielsicher steuerte er auf einen Tisch am rechten Rand zu, an dem bereits ein Mann vor seinem Café solo saß.

Nach einem kurzen Nicken nahm David Martinez Platz und bedeutete Thea, sich ebenfalls zu setzen.

Ein fragender Blick des Fremden traf Thea.

»Eine Kollegin aus Deutschland«, erklärte David Martinez.

»Austauschprogramm?«

»Zeugin in meinem Mordfall. Ich denke, sie kann trotzdem mithören. Ich vermute, du hast nicht viel Neues zu berichten.«

»Das ist leider wahr.« Der Beamte verzog das Gesicht. »Keine verdächtigen Bewegungen. Wir sollten darüber nachdenken, uns auf Port d'Andratx zu konzentrieren.«

»Oder sie haben den Südwesten verlassen und ihre Operationen verlegt. Port de Sóller würde auch passen.«

»Möglich.« Der Kollege des Sargento griff in seine Hosentasche und legte einen USB-Stick auf den Tisch.

»Hier sind die heutigen Bewegungen und übrigen Daten.«

»Bringe ich gleich zur Auswertung.«

»Alles klar.« Der Mann stand auf, warf einige Münzen auf den Tisch. »Wir sehen uns zur Besprechung morgen.« Er nickte Thea zu, schlängelte sich zwischen den Tischen durch und verschwand auf der Promenade.

Ein Kellner näherte sich, und sie bestellten zwei Kaffees und die Karte.

»Eine erfolglose Überwachung?« Thea konnte ihre Neugier nicht bezähmen.

»Hm«, brummte David Martinez unwillig.

»Verzeihen Sie, ich hätte nicht fragen dürfen. Berufskrankheit.« Thea lächelte entschuldigend.

»Ich habe es ja quasi herausgefordert.« Der Sargento erwiderte ihr Lächeln ein wenig freundlicher. Er sollte das häufiger tun, dachte Thea. Er sieht sofort viel netter aus.

»Sagt Ihnen Methaqualon etwas?«, fragte David Martinez unvermittelt.

»Nie gehört. Eine Droge?«

»Ja, war vor allem in den USA und in Südafrika populär und schwappt gerade nach Europa. Wir haben von einem Informanten den Tipp bekommen, dass entweder die Droge selbst oder die Vorstufe davon über die kleinen Häfen die Insel erreicht. Jetzt versuchen wir, durch Bewegungsmuster herauszufinden, welche Schiffe dafür infrage kommen.«

Der Kellner kam und brachte die Kaffees und die Speisekarte. Nach einem Blick darauf beschloss Thea, dass ein Salat den vernünftigsten Kompromiss zwischen Hunger und Geldbeutel darstellte.

Zu ihrer Überraschung schloss sich David Martinez

an, allerdings wählte er die Variante mit den Hühnchen-
streifen.

»Können Sie mir noch einmal genau schildern, was
gestern geschehen ist?«, kam er auf den Grund ihres
Treffens zu sprechen, nachdem die Bedienung sie wieder
allein gelassen hatte.

Thea nickte und berichtete erneut, wie sie das Paket
austauschen wollte und dabei Heiko gefunden hatte.

Der Sargento hörte ihr mit aufmerksamer Miene zu
und warf gelegentlich einen Blick in seine Notizen. Er
ließ sie ohne Unterbrechung erzählen, und Thea wusste,
dass er innerlich ihre heutige Schilderung mit der des
Vortags abglich. Seine Fragen würde er erst am Ende
stellen.

»Señor Gortz und seinen Mitbewohner hatten Sie am
Vorabend der Tat kennengelernt?«, begann der Sargento
wie erwartet seine Nachfragen, sobald Thea geendet hatte. »Die beiden waren ein Paar?«

»Ja. Heiko und Nils waren zusammen.«

»Erzählen Sie mir bitte, was Sie über diesen Nils wissen.«

»Nicht viel.« Thea kramte in ihren Erinnerungen an
den Abend. Die drei Flaschen Wein waren rückblickend
nicht unbedingt hilfreich dabei, ein klares Bild heraufzu-
beschwören. »Er arbeitet in der Küche in einem der Restaurants an der Playa Tora, stammt irgendwo aus
Norddeutschland und ist Vater einer Tochter.« Thea
strich sich eine Strähne aus der Stirn. »Ich fürchte, mehr
weiß ich über Nils nicht.«

»Die Beziehung der beiden – würden Sie sagen, sie
war harmonisch?«

»Das kann ich nicht beurteilen«, antwortete Thea un-
behaglich. Der Streit der beiden hatte sich nicht sonderlich harmonisch angehört, Heikos Androhung einer

Trennung auch nicht. Andererseits hatte er gesagt, dass er viel für Nils empfand. »Sie halten Nils also für tatverdächtig.«

»Sie nicht?« David Martinez zog erneut eine Augenbraue in die Höhe.

»Das traue ich ihm nicht zu«, erwiderte Thea mit Bestimmtheit.

»Ich nehme an, weil er so nett war?« Die Stimme des Sargento troff vor Ironie.

Thea ärgerte sich. Über die Herablassung des Beamten ebenso wie über ihre eigene naive Antwort. Wie oft hatte sie schon innerlich ähnliche Zeugenaussagen belächelt? Eigentlich eine interessante Erfahrung, einmal auf der anderen Seite zu sein. Das brachte mehr als jedes Seminar zum Umgang mit Zeugen.

»Nennen Sie es Menschenkenntnis. Oder meinetwegen Bauchgefühl«, antwortete sie, wegen ihrer Verärgerung ein wenig angriffslustiger als beabsichtigt.

»Soso.« Jetzt wanderte auch die andere Augenbraue nach oben. »Sie verfügen über genug Menschenkenntnis, um Señor Nils nach einem gemeinsamen Abendessen als Täter ausschließen zu können, doch ob es in der Beziehung ihrer Nachbarn Probleme gab, können Sie nicht beurteilen?« Der Blick, der folgte, spießte Thea geradezu auf.

Dieser Logik hatte sie wenig entgegenzusetzen, also zuckte sie nur vage mit den Schultern. »Zum Thema Beziehung habe ich kein Bauchgefühl.«

Die gewölbten Augenbrauen zogen sich zusammen. »Ich glaube, Sie benötigen hier kein Bauchgefühl, weil Sie über entsprechendes *Wissen* verfügen.«

»Wie kommen Sie denn darauf?« Thea bemühte sich um eine neutrale Miene. Sie wusste, was passieren würde, sollte sie von dem Streit erzählen. Nils wäre ab sofort der Hauptverdächtige, und sie konnte nicht einschätzen, ob er für David Martinez damit auch zum *einzigen* Verdächtigen wurde. Andererseits war Nils verschwunden. Wenn er wirklich untergetaucht war, wie der Sargento vermutete, sprach einiges für Nils als Täter und allein ihr Bauchgefühl dagegen. Dennoch sträubte sich etwas in ihr, diejenige zu sein, die Nils direkt vor das Zielfernrohr der Ermittler schob.

»Ich komme darauf, weil ich förmlich sehe, wie es hinter Ihrer Stirn arbeitet. Und weil Ihr kategorischer Ausschluss von Señor Nils aus dem Kreise der möglichen Verdächtigen für eine Ermittlerin im Bereich Tötungsdelikte derartig unprofessionell ist, dass daraus nur eine innere Abwehrhaltung sprechen kann. Sie befinden sich in einem Loyalitätskonflikt, der meiner Meinung nach daraus resultiert, dass Sie etwas wissen, das Sie mir sagen sollten, aber nicht sagen wollen.«

Treffer, versenkt. Der Mann war gut. Er schwieg und sah sie weiter an. Unverwandt und bohrend. Seine Augen hatten einen ungewöhnlich hellen Braunton, fiel Thea auf, und sie spürte ein leichtes Kribbeln, das sein Blick auf ihrer Haut auslöste.

Irritiert blickte sie zur Seite.

»Raus damit«, forderte der Sargento sie nun sanft, aber nachdrücklich auf. »Sie wissen selbst, dass es besonders auf die ersten achtundvierzig Stunden ankommt. Lassen Sie es nicht zu, dass wir Zeit vergeuden, weil uns wichtige Informationen fehlen.«

Thea wandte sich ihm wieder zu. Sein Blick war immer noch durchdringend, doch nun lag auch etwas Weicheres, Bittendes darin. Sie wusste, was gerade in ihm vorging. Es war zum Verrücktwerden, wenn einem jemand wichtige Informationen vorenthielt.

»Nils und Heiko haben sich gestritten«, räumte sie

schließlich ein. »Wir hatten alle etwas zu viel getrunken. Ich bin dann schlafen gegangen.« Theas Tonfall setzte hörbar einen abschließenden Punkt hinter den Satz.

»So weit die Kurzfassung.« David Martinez lächelte leicht und eine Spur ironisch. »Und nun bitte die ausführliche Version. Um was ging es in diesem Streit?«

Thea seufzte. Der Ermittler hatte ihren akustisch gesetzten Schlusspunkt wohl überhört. »So genau weiß ich das nicht.« Sofern Nils unschuldig war und sie jetzt von den Drogen erzählte, hätte er auf jeden Fall Probleme.

»Señora Molt, bitte.« Das Lächeln machte einer eher verstimmten Miene Platz. »Meine Mittagspause ist gleich vorbei, und ich würde gerne mit Ergebnissen in die Kommandantur zurückkehren.«

»Nils beteiligte sich nach Heikos Meinung zu wenig an den Kosten für das gemeinsame Leben. Sie wissen doch, wie das ist, wenn man zu viel getrunken hat. Da streiten Menschen über Kleinigkeiten. Außerdem wurde Heiko nicht in der Nacht getötet.«

»Das ist mir durchaus bewusst. Trotzdem habe ich den Eindruck, dass Ihr Freund eindeutig zum engeren Kreis der Verdächtigen gezählt werden muss. Oder wäre Ihre professionelle Beurteilung eine andere?«

»Hm«, brummte Thea. »Nein, vermutlich nicht. Ich wünschte mir nur, wir könnten uns mehr auf andere Verdächtige konzentrieren. Nils als Täter gefällt mir einfach nicht.«

»Wir?« Diesmal war das Lächeln des Sargento nicht ironisch, wirkte jedoch auch keinesfalls fröhlich. »Sie denken doch daran, dass Sie hier nur als Privatperson zu Gast auf der Insel sind?«

Thea war es nicht unrecht, dass in diesem Augenblick die Bedienung mit den Salaten an den Tisch trat. Sie wollte sich im Grunde nicht in die Ermittlungen einmischen, aber merkte mit jeder Gedankenschleife mehr, dass ihr das schwerfiel. Also nahm sie mit einem Dank den Salat entgegen und widmete sich schweigend dem Teller. Als sie einmal hochsah, traf ihr Blick auf den des Sargento. Wieder fühlte sie sich an die Ratte im Versuchslabor erinnert.

»Was war das vorhin mit dem Paket?«, fragte David Martinez ohne jeden Übergang. »Das hatte doch auch mit dem Fall zu tun.«

»Stimmt«, gab Thea zu. Zum einen hatte sie das Gefühl, eine Lüge würde der Sargento übelnehmen, zum anderen war sie an seiner Meinung interessiert. »Ich wollte sehen, wie die Proportionen des Pakets wirken, wenn ein Mann von Heikos Größe es trägt.« Sie spießte eine Tomate auf die Gabel. »Mich stört, dass Heiko sein Paket mit einem verwechselt hat, das so viel kleiner und leichter ist.« Sie steckte sich die Tomate in den Mund. Aromatischer konnte eine Cocktailtomate nicht sein.

»Vielleicht hatte er selbst keine Vorstellung davon, wie groß oder schwer seine Lieferung sein würde?« David Martinez widmete sich mit sichtlichem Genuss einem Stück Hähnchenbrustfilet und sah Thea dabei nachdenklich an. »Mir ist nicht ganz klar, wohin uns der Gedanke führen sollte. Ich habe einen Blick auf den Inhalt geworfen. Ihr Nachbar hat Fahrradbremsen ins Cocinar con corazón geliefert bekommen und hat von dort versehentlich ein mittleres Paket voller Küchenschürzen anstelle eines größeren Kartons mit Fahrradbremsen mitgenommen. Was sagt uns das?«

»Gewöhnliche Fahrradbremsen.« Thea runzelte die Stirn. »Das ist in der Tat nichts, was uns weiterbringt.«

»Sagten Sie schon wieder *uns?*« Die bekannte Augenbraue wanderte in die Höhe. »Ich betone noch einmal: Sie sind eine *Zeugin*. Wenn ich böse werde, kann ich Sie auch gerne auf die Liste der Tatverdächtigen setzen. Jedenfalls sind Sie hier *keine* Ermittlerin. Ist das klar?«

»Selbstverständlich.« Thea suchte in der Miene des Sargento nach Hinweisen, wie ernst er das meinte. Ärger mit der Guardia Civil wollte sie keineswegs riskieren. »Verraten Sie mir trotzdem, warum Sie davon ausgehen, dass Nils auf der Flucht und nicht ebenfalls ein Opfer geworden ist?«

»Weil in der Wohnung kein einziger Hinweis auf den Mitbewohner des Señor Gortz zu finden ist. Natürlich ist es bei heterosexuellen Paaren durch einige typische Utensilien leichter feststellbar, dass hier zwei Menschen zusammenleben, als bei zwei Männern. Noch dazu, falls beide die gleiche Kleider- und Schuhgröße haben. Doch es fehlt einfach alles, was auf Señor Nils hindeuten könnte: keine zweite Zahnbürste, keine Fotos von dem glücklichen Paar, kein zweiter Rasierer. Und erst recht keine persönlichen Papiere. Einfach nichts.« Er unterbrach seine Erklärung, um einige widerspenstige Maiskörner mit der Gabel in die Enge zu treiben. »Ich denke, das lässt nur den Schluss zu, dass Señor Nils abgehauen ist. Entweder weil er schuldig ist oder aus Angst. Diese Frage würde ich gerne beantwortet haben.«

»Falls Nils nicht ganz einfach ausgezogen ist, weil Nils und Heiko sich getrennt haben.« Thea sah den Sargento herausfordernd an.

»Was für einen heftigen Streit sprechen würde«, parierte der Ermittler gelassen und schien Spaß an dem Schlagabtausch zu finden. »Heftiger jedenfalls, als Sie ihn bislang geschildert haben. Wäre ja nicht die erste Trennung, die in eine Gewalttat mündet.«

Der Argumentation konnte Thea nicht widersprechen. Gleichzeitig wuchs ihre Überzeugung, dass Nils nicht der Täter war. Seine Persönlichkeit passte nicht zum Gesamtgeschehen. Er war der liebenswert verpeilte Typ und würde anders handeln. Sie dachte an Heikos Worte, dass Nils mal wieder zu viel eingekauft hatte. Wie die beiden sie an dem Abend ohne weitere Umstände aufgenommen hatten. Die Selbstverständlichkeit, mit der sie nicht wie ein Gast, sondern wie jemand mit einem langjährigen Platz am Tisch behandelt worden war.

»Nils wäre im Leben nicht kaltblütig genug für ein derartiges Vorgehen«, kleidete sie ihre Gedanken in Worte. »Er ist unkompliziert und spontan. Ich halte ihn für zu unstrukturiert. Er würde niemanden töten und danach planmäßig einen Einbruch fingieren, all seine Sachen zusammenpacken und verschwinden. Hätte er Heiko etwas angetan, wäre er entweder vor Ort zusammengebrochen oder in wilder Flucht davongestürmt.«

»Menschenkenntnis?«, fragte David Martinez trocken, doch Thea bemerkte ein amüsiertes Funkeln in seinen Augen.

»Bauchgefühl«, konterte sie ungerührt. »Und jahrelange Berufserfahrung. Und der seltsame Kerl von vorhin.« Sie merkte, dass der Sargento zu einer Erwiderung ansetzte, dann aber schwieg und sich den Resten seines Salats widmete. Es war ziemlich deutlich, dass er die Details des Falls nicht weiter mit ihr erörtern wollte. Er sah sie lediglich als Zeugin.

Vielleicht hielt er sie auch für zu unerfahren. Als Küken ihrer Abteilung war sie es gewohnt, häufig auf ihr Alter reduziert zu werden. Und womöglich wäre damals die Sache mit André tatsächlich anders ausgegangen, wenn sie schon mehr Dienstjahre vorzuweisen gehabt hätte. Andererseits hatten ihr sämtliche Kollegen versichert, dass man niemals auf einen solchen Moment wirklich vorbereitet war.

Thea riss sich mit aller Kraft von diesen Gedanken

los, die nirgendwo hinführten. Sie hatte allzu lange zugelassen, von ihnen beherrscht zu werden. Tag und Nacht, bis sie ihren Job nicht mehr erledigen konnte und vor der Wahl stand, alles hinzuwerfen oder zu versuchen, im Sabbatical einen klaren Kopf zu bekommen. Um sich abzulenken, fixierte sie eine Yacht auf der gegenüberliegenden Seite der Promenade. Ein Mann sprang gerade mit einem großen Schritt an Land. Seine blonden Haare leuchteten in der Sonne, lässig fuhr er sich mit einer Hand hindurch. Er sah kurz in ihre Richtung, ohne sie zu bemerken, und da erkannte Thea zu ihrer Überraschung Oliver, den sie auf dem Markt in Andratx vermutet hatte. Bevor sie ihn grüßen konnte, verschwand er aus ihrem Blickfeld.

»War der Salat nicht gut?«

»Was?« Irritiert sah Thea den Sargento an.

»Der Salat – hat er Ihnen nicht geschmeckt? Sie waren doch hungrig.«

Thea blickte auf ihren Teller. Tatsächlich hatte sie irgendwann gedankenverloren aufgehört zu essen. »Nein, nein, alles bestens«, versicherte sie rasch, pikste die Gabel in einige Salatblätter und schob sie in den Mund. »Ich frage mich nur gerade, ob der heutige ›Besucher‹« – sie malte Gänsefüßchen in die Luft – »nicht eine ganz neue Betrachtung erfordert«, sagte sie, nachdem sie heruntergeschluckt hatte. Um den knackigen Salat mit dem köstlichen Dressing wäre es wirklich schade gewesen. »Nils passt als Tatverdächtiger schließlich nur, wenn wir davon ausgehen, dass er nach dem Angriff auf Heiko die Tür manipulierte und danach das Weite suchte. Wenn wir aber nun offensichtlich einen richtigen Einbrecher …«

»So offensichtlich ist das aber nicht«, fiel David Martinez ihr ins Wort. »Es ist eine weitere Möglichkeit. Eine

Spur, der *ich* nachgehen werde.« Er legte besondere Betonung auf das »ich«. »Doch könnte der Mann auch aus einem ganz anderen Grund da gewesen sein, der nicht im Mindesten mit dem Ableben von Heiko Gortz in einem Zusammenhang steht.«

»Das glauben Sie nicht wirklich?« Thea warf dem Sargento einen prüfenden Blick zu.

»Nein, eigentlich nicht«, gab er zu. »Ich kann mir nur keinen Reim darauf machen, warum jemand zweimal hintereinander dort einsteigen sollte.« Er schaute auf seine Uhr und hob den Arm, um die Bedienung auf sich aufmerksam zu machen. »Ich muss allmählich aufbrechen.«

***

Die Rückfahrt verlief schweigend. Thea genoss den Blick aus dem Seitenfenster. Wie Becca vorhergesagt hatte, legte die Mandelblüte jetzt richtig los, und die ersten Bäume sahen aus, als trügen sie eine Krone aus Zuckerwatte. Sie sollte sich wirklich bald mal die Wanderschuhe anziehen. Abgesehen vom Strand und einigen hundert Metern Küste hatte sie bisher nichts von der Insel gesehen. Und die Zeit flog dahin.

Vor ihrer kleinen Bungalowgruppe ging es wieder umtriebig zu. Gerade verschwanden zwei Männer durch Heikos Tür.

»Die Kollegen schauen sich das Schlafzimmerfenster noch einmal genauer an«, erklärte David Martinez, während er den Seat in eine zu enge Parklücke manövrierte. »Diese zweiflügeligen Fenster lassen sich ähnlich wie unabgesperrte Türen recht leicht öffnen.« Er sah auf die Eingangstür. »Bei diesen Schlössern muss sich allerdings kein Einbrecher die Mühe machen, erst ums Haus zu schleichen.«

»Vielleicht haben Sie recht, und es war wirklich kein zweiter Einbruch, sondern das Fenster war wegen des Katers nicht richtig verschlossen.« Die Lösung gefiel Thea zwar nicht besonders, aber sie war durchaus plausibel. Während sie ihren Schlüssel aus der Handtasche kramte, nahm sie sich vor, Becca zumindest ein Sicherheitsschloss zu empfehlen.

»Mal sehen, was die Kollegen sagen.« Der Sargento hob die Hand zum Abschiedsgruß und betrat Heikos Bungalow.

In ihrem eigenen temporären Zuhause packte Thea ihre Strandtasche, und weil sie ohnehin am Coco vorbeikam, nahm sie auch Olivers Paket und machte sich auf den Weg zum Bulevar hinunter.

Im Coco war es erwartungsgemäß ruhig, doch aus dem Lager hörte sie Geräusche. Als sie die Tür öffnete, fand sie Oliver und Ángel über einen Karton gebeugt vor. Sie räumten hübsche bunte Döschen in eine der Plastikwannen. *Flor de Sal d'Es Trenc* entzifferte Thea einen der Aufkleber. Das hochwertige Salz aus den Salinen von Es Trenc im Südosten Mallorcas war nicht nur bei ihren Kunden beliebt, sogar Spitzenköche verwendeten es, hatte Becca ihr erklärt. Auch auf den Märkten schien es gut zu laufen, denn Oliver schichtete soeben eine weitere Lage in die nächste orangefarbene Plastikwanne.

»Hola«, grüßte Thea und betrat mit dem Paket voller Küchenschürzen das Lager.

Oliver fuhr herum und starrte sie an. »Thea.« Ein Lächeln erschien auf seinem Gesicht, und er stieß die Luft aus. »Ich habe dich gar nicht gehört. Was machst du um diese Zeit hier?« Die Frage klang ein wenig scharf, und als hätte er es selbst gemerkt, fügte er mit einem Augen-zwinkern hinzu: »Solltest du nicht bei diesem herrlichen Wetter am Strand liegen?«

»Bin auf dem Weg dahin.« Thea stellte das Paket zu den anderen neu eingetroffenen. »Ich wollte nur meinen Fehler wiedergutmachen und euch die Lieferung Kü-chenschürzen zurückbringen.«

»Nett von dir.« Oliver schenkte ihr ein weiteres Lä-cheln. »Wenn du die Sonne noch genießen möchtest, solltest du dich allerdings beeilen. Ab fünf Uhr wird es schon merklich kühler.«

»Ich weiß, aber eher habe ich es heute nicht geschafft. Ich war bis gerade eben in Portals Nous.« Thea schob ihre Strandtasche höher auf die Schulter. »Ich habe dich dort gesehen, doch du warst weg, bevor ich dich grüßen konnte.«

»Ach, du warst am Hafen?« Oliver fuhr sich durch die Haare. »Ja, ich hatte da etwas zu erledigen. Du weißt ja, ich habe die Yachtcharter.« Er lachte. »An manchen Tagen müsste ich mich zweiteilen.« Dann drehte er sich wieder in Richtung Ángel, der die auf Deutsch geführte Unterhaltung mit sichtlicher Ungeduld verfolgt hatte. »Ich muss das hier zu Ende bringen«, sagte er entschul-digend über die Schulter.

»Kein Problem, der Strand wartet ohnehin auf mich. Das Gespräch mit dem Sargento hat mich länger aufge-halten als geplant.« Thea war schon halb durch die Tür zum Coco geschlüpft, als Olivers Stimme sie aufhielt.

»Der Sargento? Ich dachte, du wärst in Puerto Portals gewesen?«

»War ich auch. Mit dem Ermittler der Guardia Civil. Der hatte noch einige Fragen an mich wegen dieses To-desfalls. Und da wir beide Hunger hatten …« Thea zuckte mit den Schultern.

»Da fahrt ihr extra nach Portals Nous? Ich habe die Restaurants in Paguera noch nicht gezählt, aber einige dutzend dürften es sein.«

»Er hatte beruflich dort zu tun und hat meine Befragung, das Essen und das Gespräch mit dem Kollegen verbunden.«

»Ach so.« Oliver griff bereits nach dem nächsten Salzdöschen. Plötzlich hielt er erneut inne und wandte sich zu ihr um. »Hast du Lust, morgen Abend mit mir zu essen?«

»Essen? Wir beide?« Das kam ziemlich unerwartet.

Er antwortete mit einem Lächeln, das in jede Zahnpastareklame gepasst hätte. Es hätte gekünstelt gewirkt, doch seine Augen strahlten mit. Er versprühte auf diese Art eine unbändige Energie und Lebensfreude. Thea konnte gar nicht anders, als diesem Charme zu erliegen und das Lächeln zu erwidern. Beccas Warnungen vor ihm verhallten im Bann dieser Ausstrahlung in ihrem Hinterkopf.

»Ich möchte mit dir essen gehen«, wiederholte Oliver. »Wenn du magst?«

»Ja, gerne«, hörte sie sich sagen, bevor ihr Kopf eingreifen konnte. Es war doch nur ein Abendessen. Und wie sie schon zu Becca gesagt hatte – sie musste ihn ja nicht gleich heiraten.

8

»Du hast *zugesagt?* Bist du irre? Ich habe dich doch gewarnt!« Beccas Stimme überschlug sich fast. Sie hatte
beim Landgang ein Café entdeckt, das neben starkem
Kaffee kostenloses WLAN anbot, und diesen Umstand
nutzten Thea und sie jetzt für einen Chatanruf.

Während es in der Karibik früh am Morgen war, hatte Thea gerade Feierabend gemacht und saß nun auf der
Terrasse vor Beccas Bungalow. Nebenan war alles ruhig,
vermutlich waren die Untersuchungen inzwischen abgeschlossen. Thea hatte Becca versichert, dass im Laden alles gut lief, und Olivers Einladung eigentlich nur im Ne-
bensatz erwähnt, aber ihre Freundin hatte sich wie ein
Terrier in dieser Information verbissen.

»Hör zu, ich verspreche dir, vorsichtig zu sein«, be-
teuerte Thea. »Es ist doch nur ein Abendessen.«

»Ist es nicht!« Becca schnaubte empört. »Oliver mag
als Geschäftspartner in Ordnung sein, aber als Mann ist
er es definitiv nicht. Er lädt keine Frau ohne Hinterge-
danken ein, glaub mir.«

»Du bist sicher, dass du nicht eifersüchtig bist?« Diese Frage konnte sich Thea nicht verkneifen.

Becca blieb für einen Moment stumm. »Wenn wir
nicht schon so lange befreundet wären, würde ich dich
jetzt blöde Schnepfe nennen und auflegen«, erwiderte
sie dann. »Glaub bloß nicht, dass Oliver es nicht anfangs
auch bei mir versucht hätte. Wir kommen nur deshalb so
gut miteinander aus, weil ich ihn sofort habe abblitzen
lassen. Nein, ich bin ganz sicher nicht eifersüchtig.«

»Schon gut. War nicht so gemeint.«

»Ich weiß.« Zum Glück klang Becca versöhnt. »Es ist nur so, dass ich wirklich viele, viele Frauen an seiner Seite gesehen habe, und nicht wenige davon habe ich später mit verheulten Augen wiedergetroffen, wenn sie um das Coco herumschlichen in der Hoffnung, ihn zurückzugewinnen. Nach der Geschichte mit Ben will ich dir das ersparen.«

»Das wird schon nicht passieren. Ich bin ja nun wirklich gewarnt.«

Beccas Worte dämpften Theas Vorfreude. Das nervöse Kribbeln in der Magengegend, das sie den gesamten Morgen über begleitet hatte, verwandelte sich in einen eher unangenehmen Knoten. Nicht zuletzt deshalb, weil sie nicht wollte, dass sich diese Geschichte zwischen Becca und sie schob. Sie hatten den Anruf zwar freundlich beendet, doch irgendwie fühlte sich das Gespräch im Nachhinein seltsam an. Allerdings könnte es auch daran gelegen haben, dass sie ihre Freundin zum ersten Mal im Leben bewusst belogen hatte. Beccas Frage, ob es sonst noch etwas Neues gab, hatte Thea verneint. Becca hatte Heiko sehr gemocht. Sie würde von seinem Tod schon früh genug erfahren.

Um sich von den trüben Gedanken abzulenken, beschloss Thea, ihren Vorsatz sofort in die Tat umzusetzen, die Insel zu erkunden. Bis sie sich für ihr Date … für ihr Abendessen mit Oliver fertig machen musste, blieb genügend Zeit für eine kleine Wanderung in Richtung Camp de Mar.

Paguera und den Nachbarort trennte ein mehrere Kilometer weites unbebautes Gebiet. Durchzogen von schmalen Pfaden lud es zu wunderschönen Wanderungen ein; vorbei an duftendem Rosmarin, leuchtendem Ginster und einer ausschließlich hier beheimateten Zwergpalmenart. Genau das Richtige, wenn man nur wenige Stunden Zeit hatte.

Theas Weg führte sie den Bulevar hinauf bis zu dem Kreisverkehr, an dem auf dem Gelände einer ehemaligen Gärtnerei ein großer Discounter eröffnet hatte. Hier bog sie ab in Richtung Cala Fornells, doch noch bevor sich die Straße steil wie eine Wand vor ihr erhob, konnte sie rechts abbiegen und in die mallorquinische Natur eintauchen. Nur wenige hundert Meter vom lebhaften Paguera entfernt war sie in einer anderen Welt.

Der Frühling hatte die Insel bereits im Griff. Überall surrten geschäftige Insekten, der sanfte Wind trug einen frischen und würzigen Geruch mit sich, und die Sonne hatte auch heute so viel Kraft, dass Thea aus ihrer leichten Wanderjacke schlüpfte und sie sich um die Hüfte knotete.

Der steinige Pfad führte moderat, aber stetig bergauf. Das Herz pochte schnell in ihrer Brust, und einmal mehr nahm sich Thea vor, wieder mit dem Lauftraining zu beginnen. Die Pinien, die den Weg anfangs gesäumt hatten, wurden spärlicher und räumten den Platz für die Garigue, die typisch mediterrane Heidelandschaft mit Kräutern, Zistrosen und anderen kleineren Straucharten, die diese unverwechselbare Mittelmeerduftmischung produzierten. Tief sog Thea dieses Aroma ein und fühlte sich nach den Aufregungen der letzten Tage endlich wieder im Einklang mit sich selbst. Ihre Schritte wurden ausgreifender, das Gelände flacher. In ein oder vielleicht zwei Kilometern Entfernung erstreckte sich am Horizont das glitzernde Meer.

Rechts davon ragte eine massige Erhebung wie eine zu groß geratene Nase weit aus der Küstenlinie heraus.

Das Cap Andritxol, bewehrt mit einem alten Wachturm, von dem aus man in früheren Jahrhunderten nach Piraten Ausschau gehalten hatte. Ein beliebtes Ziel für Wanderer, aber Thea würde ihn heute links liegen lassen, denn ihr Weg führte auf die andere Seite des Berges.

Sie war weit und breit der einzige Mensch. Der Wind streichelte ihre Haut, die Sonne kitzelte ihre Sinne, und ungeachtet der bedrückenden Erinnerungen an Heiko stieg mit einem Mal ein Glücksgefühl in ihr auf, das ihr ein Lächeln ins Gesicht zauberte. Es war herrlich hier!

Ihr Blick folgte einem Vogel, der aufgescheucht durch ihre Schritte aus einem Busch stob, um in sicherer Entfernung wieder zu landen. Thea kniff die Augen zusammen. Etwas stach dort aus der Landschaft heraus.

Mauerreste, erkannte Thea beim Näherkommen. Verborgen durch ein halbes Dutzend Pinien und einige Büsche, entpuppten sie sich nach und nach als Überbleibsel eines alten Gehöfts. Längst vergessen und von der Natur zurückerobert, fochten verlassene Gebäude einen trotzigen Kampf gegen den Verfall.

Ein Lost Place.

Sie liebte solche Orte. Jeder von ihnen hatte eine Geschichte zu erzählen, und Thea hörte ihnen gerne zu. Oft stellte sie sich vor, wer hier gelebt haben mochte und aus welchem Grund aus einem einstmals behaglichen Heim ein zugiger Ort ohne Wärme und Schutz geworden war. Thea bog automatisch in den kleinen Trampelpfad ein, der zu dieser Ruine führte. Allein schon der einsame, rostige Stuhl mit dem aufgeplatzten Polster im Vorgarten hätte gereicht, um sie zu dem verfallenen Haupthaus zu locken.

Sie umrundete das, was vielleicht einmal ein Kräuterbeet gewesen war, nun aber undurchdringlich zugewachsen war. Im hinteren Bereich schlängelte sich der kleine Weg fast unsichtbar zwischen den Büschen hindurch zu dem Platz hinüber, um den sich die Gebäudereste gruppierten.

Thea zwängte sich behutsam durch das Gebüsch. Sie wollte niemanden in seinem Zuhause stören. Auch auf Mallorca gab es Armut und Obdachlosigkeit. Nils und Heiko hatten ihr erklärt, dass solche Lost Places deshalb häufig nicht so verlassen waren, wie sie auf den ersten Blick erschienen. Doch diese alte Finca war menschenleer. Der Wind, der um die Mauern strich, und fernes Möwenkreischen waren die einzigen Geräusche, die Theas Schritte begleiteten, während sie den ehemaligen Hof betrat.

Ein wenig enttäuscht glitt ihr Blick über das von Unkraut überwucherte Areal. Hier gab es nichts zu entdecken. Die Dächer von Haupt- und Nebengebäuden waren größtenteils eingestürzt und lagen zu Schuttbergen aufgetürmt im Innern. Einige alte Stühle, eine zu einem Tisch umfunktionierte Europalette auf Backsteinen und eine Wäscheleine zeugten davon, dass hier tatsächlich einmal Wohnungslose gelebt hatten, doch von einem aktuellen Bewohner fehlte jede Spur. Thea nahm sich den letzten Raum vor, der als einziger im hinteren Bereich noch über ein unversehrtes Dach verfügte. Auch hier knirschte Schutt unter ihren Sohlen. Eine Matratze lag in einer Ecke, so alt und stockfleckig, dass sie bestimmt nicht mehr benutzt wurde.

Thea wollte sich gerade abwenden, als etwas hinter der Matratze ihre Aufmerksamkeit auf sich zog. Eingezwängt lag dort ein geöffneter Wanderrucksack, halb verborgen unter einem hellen Handtuch, deshalb war er ihr nicht sofort aufgefallen. Also war das Haus doch bewohnt. Thea rümpfte die Nase bei der Vorstellung, dass jemand auf dieser schimmeligen Unterlage schlafen musste. Vielleicht sollte sie dem Bewohner etwas Geld dalassen.

Während sie darüber nachdachte, drängte sich ein Bild in ihr Bewusstsein. Dieses helle, fast neonfarbene Grün des Rucksacks kannte sie. Sie hatte es bereits gesehen. Sie konzentrierte sich stärker, beschwor eine klarere Erinnerung herauf.

Ein Rucksack in dieser Farbe war neben einer Tür abgestellt gewesen.

Neben der Tür von Heiko und Nils.

Ihr Herzschlag beschleunigte sich. Hatte sie Nils' Versteck gefunden? Wenn er wirklich der Täter war, hatte sie sich in eine missliche Situation manövriert. Dieser Raum hatte nur einen Ausgang. Vor dem Fenster wucherte Buschwerk dick wie Gitterstäbe. Unwillkürlich hielt sie die Luft an und lauschte. War da eben ein Geräusch gewesen? Sie sah sich nach einer Waffe um, doch wenn sie Nils nicht gerade einen Stein an den Kopf werfen wollte, waren ihre Möglichkeiten begrenzt. Das altbekannte Kribbeln in ihren Fingern setzte ein. Gleich würde es den Arm hochkriechen, gefolgt von Taubheit. Schon nahm der Druck auf die Brust zu. Der Einsatz damals ... Bilder des angeschossenen Kollegen. André, wie er sie in ungläubigem Entsetzen ansah, während sein Blut über ihre Hände ... Schluss damit! Sie zwang sich zum Atmen. Die Luft der ersten Atemzüge presste sie mit aller Gewalt in ihre Lungen und versuchte, sich zu beruhigen. Sie wusste doch überhaupt nicht, ob es Nils' Sachen waren. Oder ob er wirklich der Täter war.

Energisch machte sie einen Schritt über die Matratze, zog das Handtuch vom Rucksack und blickte auf eine Baseballkappe. Nils' Baseballkappe. Verdammt.

Draußen hörte sie Schritte. Schnelle Schritte. Jemand rannte davon. Vergessen war die Angst, jetzt wollte die

Ermittlerin in ihr Antworten. Sie jagte hinterher. Wie erwartet war es Nils, der gerade wie ein Kaninchen einen Haken um ein altes Ölfass schlug und um die Hausecke verschwand. Er musste sie die gesamte Zeit über beobachtet haben.

»Nils!«, rief sie ihm nach und beschleunigte. »Bleib stehen! Das hat doch keinen Zweck. Wo willst du denn ohne deine Sachen hin?« Sie holte langsam auf. So ganz außer Form war sie wohl doch nicht. »Nils!«, schrie sie erneut. »Verdammt, rede mit mir! Das hat doch so keinen Sinn.« Der letzte Satz war eher ein Keuchen als ein Ruf, aber zu Theas größtem Erstaunen verlangsamte Nils tatsächlich seine Schritte. Einen Flüchtigen auf Zuruf zu stoppen hatte doch noch nie funktioniert, wenn man nicht gerade bewaffnet war oder idealerweise einen Polizeihund im Team hatte.

Als Thea zu ihm aufschloss, realisierte sie, dass sein abgebrochener Fluchtversuch weniger ihrer Überzeugungskraft zu verdanken war als vielmehr dem Umstand, dass Nils' Kondition noch schlechter war als ihre. Japsend und vornübergebeugt hielt er sich die Seite.

»Kannst du nicht einfach verschwinden?« Vor Luftnot waren die Worte kaum zu verstehen. Er richtete sich auf und sah Thea flehentlich an. »Du bist privat hier. Du musst nicht den Bullen spielen.« Er verzog das Gesicht.

»Noch habe ich doch gar nichts gemacht«, erwiderte Thea sanft und achtete auf jede seiner Bewegungen. »Aber dir muss doch klar sein, dass ich Fragen habe. Da du dich hier versteckst, gehe ich davon aus, dass du weißt, dass Heiko tot ist.«

»Ja, das weiß ich.« Nils' Stimme klang gepresst. »Aber ich habe nichts damit zu tun.«

»Was soll dann das hier?« Thea deutete zu der verfallenen Finca, dann sah sie ihn ernst an. »Wollen wir uns nicht in Ruhe unterhalten?«

Er nickte. Resigniert. Kapitulierend. Thea hatte diese Haltung schon unzählige Male gesehen. Von ihm ging für sie in diesem Moment keine Gefahr aus. Schweigend trotteten sie nebeneinanderher, bis sie den Hof erreichten. Sie setzten sich wortlos auf die Europalette, Thea leicht verdreht, um Nils ansehen zu können, doch der starrte ins Leere.

Thea ließ ihm Zeit, drängte ihn nicht.

»Ich habe ihn nicht ermordet«, brach Nils schließlich wie erhofft die Stille. »Ich habe ihn geliebt. Ich liebe ihn noch.« Der Kloß in seiner Kehle war hörbar. Er räusperte sich mehrmals. Thea bemerkte einen feuchten Schimmer in seinen Augen, und ihr Herz wurde schwer. Gleichgültig, was am Dienstagmittag geschehen war – Nils' Zuneigung und seine Trauer waren echt.

»Aber ihr hattet Streit.« Das war halb Frage, halb Feststellung.

»Hatten wir.« Nils sah sie zum ersten Mal an und lächelte traurig. »Den hatten wir oft. Aber dann haben wir uns versöhnt. Jedes Mal. Auch diesmal.« Sein trauriges Lächeln verwandelte sich in ein leichtes Grinsen. »Der Versöhnungssex ist doch immer noch der beste. Nicht nur bei euch Heten.«

Thea musste schmunzeln, aber Nils' Miene wurde sofort wieder bedrückt.

»Wenn ich gewusst hätte, dass wir es das letzte Mal ...« Seine Stimme brach, und die Feuchtigkeit in seinen Augen sammelte sich zu einer Träne, die über die Wange lief.

Thea griff spontan nach seiner Hand, und er drückte sie dankbar.

»Aber warum bist du weggelaufen?«, erkundigte sie

sich behutsam. »Es ist doch klar, dass du dich dadurch verdächtig machst.«

»Als ob ich nicht schon längst der Hauptverdächtige wäre.« Nils schnaubte abfällig. »Die gewaltbereite Schwuchtel mit dem Drogenproblem. Einen geeigneteren Kandidaten für eine rasche Verurteilung wird es so schnell nicht wieder geben. Aber ich war es nicht!« Seine Stimme wurde energischer, und er sah Thea offen an. »Das musst du mir glauben!«

»Gewaltbereite Schwuchtel mit dem Drogenproblem?«

»Die Schwuchtel muss ich wohl nicht erklären und sicherlich auch nicht, dass einige Menschen uns gegenüber noch immer voller Vorurteile sind.« Nils entzog Thea seine Hand und wischte sich über die feuchte Wange. »Das mit den Drogen hast du gesehen. Ich weiß nicht, ob *ich* es Problem nennen würde – die Polizei wahrscheinlich schon.«

»Hm«, brummte Thea. »Ich kenne die spanischen Gesetze nicht, aber etwas Marihuana dürfte auch hier kein riesengroßes Drama sein. Oder nimmst du noch anderes Zeug?«

»Na ja, wenn ich Geld habe, dann werfe ich ab und zu mal Ludes ein.«

»Du wirfst was ein?«

»Ludes. Lemmons, Seven-one-fours. Such dir einen Namen aus. Das sind Methaqualon-Tabletten. Mit Alkohol zusammen geben sie dir ein unglaubliches Gefühl, so frei und leicht.«

So wie seine Augen bei der Vorstellung glänzten, kam Thea nun doch der Gedanke an ein Drogenproblem. Sie erinnerte sich an den Deal zwischen den Autos an dem Tag, als sie Nils kennengelernt hatte. »Vor zwei

Wochen auf dem Parkplatz an der Playa Tora – da hast du diese Tabletten gekauft?«

»Vielleicht. Was tut das denn zur Sache?« Nils warf Thea einen lauernden Blick zu.

»Ich versuche herauszufinden, was bei euch im Bungalow geschehen ist«, antwortete Thea ruhig. Wo Drogen im Spiel waren, versammelte sich ihrer Erfahrung nach früher oder später auch ein illustres Grüppchen weiterer Delikte. »Das müsste doch ganz in deinem Sinne sein.« Sie sah ihn scharf an. »Verkaufst du das Zeug auch?«

»Spielst du nun doch Bulle?«, erwiderte er hitzig. »Selbst wenn ich mal was an Freunde weiterverticke. Das hat nichts mit Heiko zu tun. Das war ein schiefgelaufener Einbruch, ganz sicher.«

Offenbar hatte sie einen wunden Punkt getroffen. Thea sah förmlich, wie er dichtmachte. »Du hast recht, tut mir leid«, lenkte sie ein, um nicht zu riskieren, dass er ihr nichts mehr erzählte. Sie lächelte besänftigend.

Nils erwiderte ihr Lächeln zerknirscht. »Ich bin es wohl, der sich entschuldigen muss.« Er fuhr sich durch die Haare. »Es ist nur so, dass ich mich mit Heiko so häufig wegen der Ludes gestritten habe, dass ich gleich rot sehe, wenn es um dieses Thema geht. Trotzdem habe ich ihn nicht getötet«, schob er hastig hinterher. »Ich habe niemals auch nur die Hand gegen ihn erhoben.«

»Warum hast du gerade was von gewaltbereit gesagt?«

Nils schwieg.

Eine Möwe überflog den Hof und stieß ihr typisches Gelächter aus. Thea wartete geduldig. Sie kannte den Ablauf. Je länger ein Gespräch dauerte, desto mehr ging es ans Eingemachte. An die Themen, die man vor sich hergeschoben hatte, weil sie – aus welchen Gründen auch immer – zu unangenehm waren, um angesprochen zu werden. Nils war in dieser Hinsicht keine Ausnahme.

»Da gibt's diesen Haftbefehl«, sagte er schließlich leise und bestätigte damit Theas Vermutung, dass jetzt die eine oder andere aufreibende Wahrheit auf den Tisch kam.

»Weshalb?«

»Du weißt ja schon, dass meine Ex-Frau mir nach dem Outing und der Trennung den Umgang mit meiner Tochter verweigert hat. Natürlich bin ich vor Gericht gegangen. Ich war doch nicht plötzlich ein schlechterer Vater, nur weil ich mich zu meiner Sexualität bekannte.« Er machte eine Pause, und als er schließlich weitersprach, hörte Thea den Schmerz in seiner Stimme. »Ich sei ein schlechtes Vorbild für Marie, sagte meine Ex. Aber das Gericht sprach mir das Recht zu, meine Tochter wenigstens einmal im Monat zu sehen. Einmal im Monat!« Er schnaubte. »Ich sollte meiner Ex zeigen, dass Marie bei mir keinen Schaden nimmt, dann könnte man über eine Ausweitung der Kontakte reden, stand in dem Beschluss.« Nils' Stimme wurde zorniger. »Marie zuliebe habe ich es so hingenommen, aber gleich beim ersten Versuch, meine Tochter abzuholen, öffnete der neue Lebensgefährte meiner Ex die Tür. Einem Perversen würde er Marie nicht herausgeben, sagte er, und dass er nun der neue Vater sei. Da tauchte Marie hinter ihm auf. Sie sah mich, wollte zu mir herausstürzen, doch das Arschloch hielt sie am Arm fest. Viel zu fest, er tat meiner Tochter weh, sie weinte und rief nach mir. Na ja ...« Er atmete tief durch. »Mit einem gebrochenen Ellbogen konnte er meine Tochter nicht mehr festhalten. Dazu eine ausgekugelte Schulter, ein gebrochenes Nasenbein und zwei ausgeschlagene Zähne.« Er grinste schief, aber wenig schuldbewusst. »Ich fürchte, es ist etwas eskaliert.

Da ich kein ganz unbeschriebenes Blatt war, bin ich nicht mehr mit Bewährung davongekommen.« Nils scharrte mit den Füßen im Staub. »Ich habe also meine Sachen gepackt und bin nach Mallorca abgehauen. Ich bin gelernter Koch. Damit findet man hier immer einen Job. Und deshalb wäre es nicht gut, wenn mich die Polizei nun in die Finger kriegen würde.« Er sah Thea an, und sein Blick wurde drängend. »Das verstehst du doch?«

»Deine Vorstrafen – waren das Gewaltdelikte?« Thea war hin- und hergerissen zwischen Verständnis und sogar Mitleid einerseits und andererseits der Sorge, sein Streit mit Heiko könnte ebenfalls *eskaliert* sein.

»Hm.« Nils wand sich sichtlich. »Eigentlich nur Drogen und kleinere Diebstähle. Aber einmal habe ich eine Frau bei einem Handtaschendiebstahl umgerissen, da wurde juristisch sofort ein Raub daraus. Das hat mir jetzt bei der Körperverletzung das Genick gebrochen, weil es die zweite *Gewalttat* war.« Er legte den Kopf schief. »Sieht jetzt schlecht für mich aus, hm?«

»Ich habe schon Schlimmeres gehört.« Thea wiegte den Kopf hin und her. »Aber die Vorstrafen sprechen in der Tat nicht für dich. Ich weiß noch nicht, was ich davon halten soll.«

»Gib mir eine Chance«, bat er mit flehendem Blick. »Wenn ich in den Knast wandere, sehe ich meine Tochter nie wieder.«

»Wenn du dich auf Mallorca verkriechst, aber auch nicht.«

Nils seufzte. »Du hast ja recht. Heiko hat mich auch bekniet, dass ich meine Dinge in Deutschland in Ordnung bringen sollte. Er würde auf mich warten.« Seine Stimme wurde dünner. »Er hätte mich sogar geheiratet, damit ich in ›geordneten Verhältnissen lebe‹, wie er es nannte. Und wir haben überlegt, wie ich es einrichten kann, Marie regelmäßig zu besuchen. Noch gibt es ja Billigflüge. Wir hatten *Pläne*, Thea. Eine gemeinsame Zukunft.« Tränen quollen aus seinen Augen, und er verbarg sein Gesicht in den Händen.

Als Ermittlerin war Thea es gewohnt, belogen zu werden. In einigen Fällen merkte sie es recht schnell, in anderen Fällen vermutlich nie. Nils gehörte entweder zur zweiten Gruppe und war ein verdammt guter Schauspieler, oder er war unschuldig. Sie seufzte.

»Selbst wenn ich dein Versteck nicht verrate, muss dir doch klar sein, dass du dich nicht ewig verbergen kannst. Und je länger die Polizei Ressourcen darauf verschwendet, nach dir zu suchen, desto einfacher ist es für den wahren Täter, davonzukommen. Das kann doch nicht in deinem Interesse sein.«

»Ist es natürlich nicht. Aber noch viel weniger ist spanischer Knast in meinem Interesse. Ich kann nicht mal richtig Spanisch. Was glaubst du, wie es einem schwulen Ausländer da ergeht?«

»Wie kannst du dir so sicher sein, dass du in den Knast wanderst?«

»Weil es für die Bullen hier die bequemste Lösung ist. Und es ist ja auch nicht so, dass es niemals zuvor Fehlurteile gab. Der Haftbefehl aus Deutschland garantiert mir ohnehin Auslieferungshaft.« Er lachte freudlos auf. »Ich kann da nicht hingehen und fröhlich verkünden: ›Hola, da bin ich. Ich wollte nur sagen, ich war es nicht, sondern der Spanier in dem Hoodie.‹ Und dann lächeln sie, und alles ist gut.«

»Moment, wie war das?« Thea traute ihren Ohren nicht. »War das ernst gemeint? Du hast den Täter gesehen?«

»Ich glaube schon.« Nils legte die Stirn in Falten. »Gerade als ich am Dienstagmittag auf die Anlage zuging, verließ jemand das Grundstück. Er hatte einen Kasten bei sich, ich denke jetzt im Nachhinein, es war Heikos Computer, denn der war das einzig Wertvolle, das wir im Haus hatten. So 'n großer High-End-Gaming-Rechner. Hätte ich gewusst, dass es wichtig wird, hätte ich genauer hingeschaut. So war er einfach jemand, der das Grundstück verließ. War mir nur aufgefallen, weil ich den noch nie da gesehen hatte. Na ja, dann habe ich Heiko gefunden, und ab da hatte ich andere Sorgen.«

Thea spürte das aufgeregte Kribbeln, das sie immer erfasste, wenn sich eine neue Spur ergab. Jetzt übernahm die Ermittlerin in ihr die Führung, und es fühlte sich unerwartet gut an. »Könntest du den Mann detailliert genug für ein Phantombild beschreiben?«

»Was? Ich? Nein, wirklich nicht. Der hatte nichts Besonderes an sich. Spanier, total durchschnittlich, vielleicht ein bisschen massiger, lässt sich schlecht sagen, weil sein Kapuzenshirt viel verbarg.«

»Kapuzenshirt?« Thea wurde hellhörig. »Bist du dir sicher, dass er massiger war?«

»Hm, würde ich sagen, ja. Wieso?«

»Weil gestern auch ein Typ im Hoodie hinter unseren Häusern war und vor der Polizei geflohen ist. Aber der war eher schmächtig.«

»Ganz sicher bin ich nicht. Kann sein, kann nicht sein.« Sonderlich interessiert wirkte Nils nicht.

»Versuch, dich zu erinnern. Es ist wichtig.«

»Thea, bitte. Du musst mich da raushalten. Ich schwöre dir, ich habe nichts mit Heikos Tod zu tun, aber ich kann der Polizei auch nicht weiterhelfen. Das war ein Allerweltstyp in 'nem Allerweltshoodie. Ehrlich.« Er sprang auf. »Komm mit.«

Er ging voraus in sein provisorisches Zuhause und griff am oberen Ende unter die Matratze. Hervor kam ein Bilderrahmen für sechs Fotos. Thea hatte ihn im Wohnzimmer von Heiko und Nils bemerkt. Er zeigte mehrere Aufnahmen der beiden in unterschiedlichen Situationen. Am Strand, vor der Kathedrale in Palma, auf einem Jetski. Gemein war allen, dass Heiko und Nils sehr verliebt wirkten. In eine Ecke hatte Nils das Foto von Marie gesteckt, das er Thea am Montagabend gezeigt hatte.

»Keines der Fotos ist älter als sechs Monate«, sagte Nils und strich gedankenverloren über eine Porträtaufnahme von Heiko. »So sieht doch kein Paar aus, wo einer den anderen umbringen möchte.«

Thea hätte nun ewig lang darüber referieren können, wie häufig sie bei Beziehungstaten hörten, dass man niemals damit gerechnet hätte und die beiden doch so ein harmonisches Paar gewesen wären. Sie hätte anführen können, dass solche Taten gerade unter Liebenden oft wie aus heiterem Himmel geschahen. Aber ein Blick in Nils' verzweifelte Miene ließ sie schweigen. Ihre Worte hätten nichts an der Situation geändert.

»Hör zu«, sagte sie. »Ich muss nachdenken. Ich verstehe deine Sorgen, und du hast recht – ich muss auf Mallorca nicht wie eine Ermittlerin arbeiten.« Fast wünschte sie, es wäre so. Dann wäre ihre Pflicht klar und sie nicht in einem moralischen Dilemma. »Trotzdem finde ich es nicht richtig, was du tust. Ich schlage vor, ich versuche, etwas mehr herauszufinden, und dann überlegen wir gemeinsam, wie wir weiter vorgehen. In Ordnung?« Wenn sie ehrlich zu sich selbst war, wollte sie vor allem Zeit schinden. Sie würde sich entscheiden müssen, und beide Wege fühlten sich nicht gut an.

Nils nickte zögernd. »Schmeckt mir nicht, aber ich habe wohl keine andere Wahl.«

»Du könntest abhauen, aber das wäre dumm. Es

würde dein Problem nur verschieben und nicht lösen.«
Falls Nils das Weite suchte, hätte *sie* allerdings ein Problem weniger, meldete sich ein kleines Teufelchen auf ihrer Schulter. Sie vertrieb es mit einem unwilligen Kopfschütteln.

»Wenn du meinst.«

Thea erhob sich. »Ja, das meine ich. Die nächsten Nächte sollen kalt werden. Für die Tramuntana haben sie sogar Schnee vorhergesagt. Das hältst du nicht lange durch.«

»Schnee in den Bergen? Dann haben wir hier unten vier oder fünf Grad in der Nacht. Scheiße.« Nils fuhr sich mit den Händen durchs Gesicht. »Also gut, ich bleibe hier. Ist eh zu spät, mir für diese Nacht noch was Neues zu suchen.«

Thea ließ ihm ihr Bocadillo und die Flasche Wasser da, die sie für die Wanderung eingepackt hatte, und Nils stürzte sich ausgehungert auf das belegte Brötchen.

»Wir finden schon eine Lösung«, munterte sie ihn – und sich selbst – zum Abschied auf, dann machte sie sich auf den Weg zurück nach Paguera.

9

Oliver erschien pünktlich vor der kleinen Bungalowanlage. Sein dicker SUV passte kaum durch die enge Straße, an deren Rand sich wie immer am Abend die geparkten Autos Stoßstange an Stoßstange aufreihten.

In Ermangelung einer Parklücke hielt er einfach auf Höhe der Bungalows und stieg aus, um die herbeieilende Thea zu begrüßen.

»Gut siehst du aus.« Er beugte sich zu ihr. Küsschen links, Küsschen rechts.

»Danke.« Mehr brachte sie nicht heraus, zu sehr war sie damit beschäftigt, ihren Puls unter Kontrolle zu halten. Allen Warnungen und guten Vorsätzen zum Trotz reagierte ihr Körper auf ihn. Die Haare leicht zerzaust, ein Bartschatten, blitzende Augen und ein strahlendes Lächeln – er war eindeutig ein Womanizer, und sie war eine Frau. Wie sollte sie da einen kühlen Kopf bewahren? Aber sie würde zumindest darauf achten, sich nicht zu tief auf ihn einzulassen. Denn Becca hatte leider recht – sie neigte dazu, einem Mann viel zu schnell mit Haut und Haaren zu verfallen. Und auf solche Verwicklungen hatte sie nun wirklich keine Lust.

Oliver überging ihre Wortkargheit charmant, er lächelte. Irgendwie wissend, wie es Thea schien, was sie ärgerte. Er öffnete ihr die Beifahrertür und umrundete in aller Ruhe den Wagen, obwohl sich inzwischen drei Fahrzeuge hinter dem SUV stauten, deren Fahrer ihren Unmut laut hupend bekundeten. Lässig glitt er auf den Fahrersitz. »Auf nach Port d'Andratx. Ich habe uns einen Tisch in einem wunderbaren Restaurant direkt am Wasser reserviert.«

In und um Port d'Andratx lebten viele Reiche und Prominente. Entsprechend neugierig war Thea auf den Küstenort, der nur eine Viertelstunde Autofahrt von Paguera entfernt lag. Die Straße führte durch die hier noch sanften Ausläufer der Tramuntana, deren Gipfel nur wenige Kilometer weiter bereits die eintausend Höhenmeter überschritten. Es ging vorbei an blühenden Obstbäumen und Bootshändlern, und schon erreichten sie den Ort, den sich Thea so mondän vorgestellt hatte. In Erwartung einer ähnlichen Vielzahl von Boutiquen, Juwelieren sowie Immobilien- und Bootsmaklern wie in Puerto Portals sah sie sich nun überrascht einem recht schlicht wirkenden Ort gegenüber. Fischerboote dümpelten in der großen Bucht in der Form eines überdimensionierten U.

»Ist eines davon deines?« Theas Blick glitt übers Wasser. Je mehr sie sah, desto deutlicher erkannte sie, dass ihr erster Eindruck falsch gewesen war. Auch in Port d'Andratx lagen millionenschwere Yachten dichtgedrängt an den Anlegern. Dann waren luxuriöse Geschäfte sicher ebenfalls nicht weit. Sie sprangen einem nur nicht so ins Auge wie in Puerto Portals.

Oliver nickte kurz in die Richtung der Katamarane, die weiter draußen festgemacht waren. »Der vordere dort gehört mir. Ein kleines Charterboot ist auch gerade hier. Und meine private Yacht liegt ebenfalls in diesem Hafen.«

»Nur drei Boote?«, neckte sie ihn.

»Manchmal auch mehr.« Oliver warf ihr lächelnd einen Seitenblick zu. »Ich habe die Boote dort, wo sie gebraucht werden. Hier oder auf Ibiza. Gelegentlich auf

Menorca und Formentera.« Er strahlte sie an. »Wenn du möchtest, zeige ich dir meine Yacht nachher.«

Der Unterton und der Blick, den er ihr dabei zuwarf, verrieten Thea, dass er ihr besonders gerne die Kajüte zeigen wollte. »Mal sehen«, wich sie aus. Leichte Beute war sie sicher nicht.

Oliver grinste frech und schoss dann mit dem SUV halsbrecherisch auf eine Parklücke zu, die in diesem Moment frei wurde. »Na also. Geht doch.«

Diesmal öffnete Thea sich die Tür selbst, bevor Oliver um den Wagen kam. Er zwinkerte ihr zu und schloss über ihren Kopf hinweg die Tür, sodass sie ihm ziemlich nahe kam. Oder er ihr. In jedem Fall musste sie aufpassen, dass ihr diese Nähe nicht zu gut gefiel. Rasch duckte sie sich unter seinem Arm hindurch und trat auf die Straße.

»Vorsicht!« Oliver riss sie im letzten Augenblick zurück. Thea hatte den heranrasenden Fahrradfahrer zu spät bemerkt und wäre fast mit ihm kollidiert.

Oliver schickte dem Mann einige derbe spanische Verwünschungen hinterher, obwohl Thea eine ebenso große Mitschuld an dem Beinahe-Unfall trug.

»Alles klar bei dir?« Er drehte sie an den Schultern zu sich herum und musterte sie.

»Alles bestens, danke für die Rettung.« Sie lächelte verlegen.

»Immer wieder gerne.« Er zwinkerte ihr zu. »Ich werde dich auf dem Weg zum Restaurant heroisch schützen.« Seinen Arm ließ er auf ihrem Rücken liegen, während er sie nun in Richtung Gehsteig und am Hafen entlangdirigierte.

Nicht lange, und sie erreichten ihr Ziel. Im Sommer war es eine offene Terrasse direkt am Meer, jetzt im Winter schützten eine Zeltkonstruktion und mehrere Heizstrahler die Gäste vor der kühlen Feuchtigkeit der Nacht.

»Zugegebenermaßen sitzt man im Sommer hier gemütlicher, aber dies ist nun einmal mein Favorit für den besten Fisch überhaupt«, erklärte Oliver. »Du magst doch Fisch? Sie kaufen ihn morgens fangfrisch.«

»Und wie! Ich fürchte mich jetzt schon vor der Qual der Wahl«, erwiderte sie mit Blick auf die sich nähernde Bedienung mit der großen Speisekarte in den Händen.

»Oliver! Mi amigo! Señorita.« Der Spanier reichte beiden die Karten und klopfte Oliver im Weggehen vertraulich auf die Schulter.

»Was hältst du davon, wenn wir die gemischte Fischplatte für zwei Personen nehmen?«, schlug Oliver vor. »Das bewahrt dich vor der Qual der Wahl. Dazu ein leichter Weißwein?«

»Klingt perfekt.« Erleichtert legte Thea die Karte zur Seite, und Oliver gab dem Kellner ein Zeichen.

Nachdem sie bestellt hatten, übte sich Oliver in Smalltalk. Er fragte Thea nach ihrem Leben in Deutschland, nach ihren Eindrücken von der Insel und ob sie im Laden klarkam. Während sie sich dem ersten Glas Wein widmeten, gab er Anekdoten von seinen Charterkunden zum Besten. Sie vermieteten die Yachten mit oder ohne Crew. Die Touren samt Mannschaft sorgten immer wieder für Erheiterung, da diese Trips bevorzugt von Gästen gebucht wurden, die nie zuvor einen oder gar mehrere Tage auf See verbracht hatten.

Thea lachte Tränen bei Olivers Schilderung, wie ein Gast das Ende eines Taus ans Ufer werfen sollte, damit das Boot festgemacht werden konnte. Den Ruf »Schmeiß mal das Tau rüber« nahm er wörtlich und schleuderte dem verdutzten Mann das komplette Knäuel vor die Füße.

Der Fisch kam, begleitet von etwas Gemüse und Brot. Die Aromen strichen Thea verführerisch um die Nase, während der Fisch zart auf der Zunge zerfiel.

»Welch ein Genuss«, stöhnte Thea nach den ersten Bissen begeistert und entlockte Oliver damit ein zufriedenes Lachen.

»Besser als in Puerto Portals?«, erkundigte er sich mit einem Augenzwinkern.

»Das weiß ich nicht«, erwiderte sie und befreite ein Stück Wolfsbarsch von einer Gräte. »Ich hatte nur einen Salat.«

»Ach ja, es war ja eher dienstlich.« Oliver grinste. »Was hatte die Guardia Civil denn eigentlich in Puerto Portals zu tun? Oder hilft der Beamte bei SEMAR aus?«

»SEMAR?« Thea angelte sich eine Garnele von der Platte.

»So etwas wie die Wasserschutzpolizei. Gehört auch zur Guardia Civil.«

»Ach so.« Thea lachte. »Nein, irgendwelche Drogenoperationen. Was genau, haben sie mir natürlich nicht verraten. Ich schätze, da läuft gerade eine Überwachung.«

»Ach.« Oliver tupfte Sauce mit einem Stück Brot vom Teller. »Man sollte doch meinen, dass der zuständige Kommissar mit dem Tod deines Nachbarn genug zu tun hätte.«

»Sargento«, korrigierte Thea ihn. Sie hatte inzwischen gegoogelt. »Die Ermittler der Guardia Civil sind keine Kommissare, sondern tragen militärische Rangbezeichnungen. Das ist alles etwas anders als in Deutschland.«

»Von mir aus.« Oliver widmete sich weiter der Sauce auf dem Teller. »Gibt es denn etwas Neues im Fall von deinem Nachbarn?«

»Ich weiß es nicht.« Thea schob sich das letzte Stück

des Lubina-Filets in den Mund und ließ sich mit dem Kauen Zeit. »Hier bin ich ja auch nur eine gewöhnliche Zeugin.« Ihre Begegnung mit Nils kam ihr in den Sinn. Sie hatte nach ihrer Rückkehr von der Wanderung gehofft, den Sargento oder einen seiner Kollegen in Heikos Bungalow abzupassen, um ihn etwas aushorchen zu können. Doch im Nachbarhaus war es still geblieben und die Tür verschlossen. Flatterband knatterte im Wind. Sie hatte David Martinez nach dem Spanier und Heikos Rechner fragen wollen. Vielleicht erwischte sie ihn ja morgen, bevor sie zur Arbeit ging.

»Worüber denkst du nach?« Oliver sah interessiert über den Tisch.

»Ach nichts, entschuldige, ich war kurz abgelenkt.«

»Hat es mit dem Fall zu tun?«

»Irgendwie.« Thea zuckte betont gleichgültig mit den Schultern. Sie wollte keinen Knick in der Stimmungskurve, und Heikos Tod war sicherlich kein Thema für einen schönen Abend.

»Ich bin ein guter Zuhörer.« Oliver lächelte gewinnend. »Manchmal hilft das Gespräch mit einem Außenstehenden, um die Gedanken zu sortieren.«

»Nicht nötig.« Thea hob ihr Weinglas. »Das Thema soll uns nicht den Abend verderben.«

»Unsinn. Der Abend ist noch jung. Er wird höchstens dadurch verdorben, dass du den Gedanken nicht aus dem Kopf bekommst, der dich ganz offensichtlich beschäftigt.« Er sah ihr tief in die Augen. »Bitte. Ich will wirklich wissen, was in dir vorgeht.«

Er schien es ernst zu meinen. Vielleicht war er nicht so oberflächlich, wie Becca ihn eingeschätzt hatte. Thea las jedenfalls ehrliches Interesse in seinem Blick.

»Es geht darum, dass ich den Leiter der Ermittlungen ausquetschen muss. Der darf das aber nicht merken, weil er mich heute schon zurechtgewiesen hat, als ich ihm zu neugierig erschien.«

»Um was geht es denn?« Olivers Augen blitzten auf, und er beugte sich vor. »Vielleicht können wir zusammen einen Plan entwickeln.«

Thea erzählte ihm, wie sie Nils in dem verlassenen Gebäude angetroffen hatte. »Er hat lange mit mir gesprochen, und so er nicht ein verteufelt guter Lügner ist, halte ich ihn für unschuldig.«

»Nun ja, man kann den Leuten nur vor den Kopf gucken«, gab Oliver zu bedenken. »Und dass er sich versteckt, ist ja schon irgendwie verdächtig.«

»Ich weiß.« Thea seufzte und nahm einen großen Schluck Wein. »Und ich weiß auch, dass ich es melden müsste. Es ist nur so – ich mag ihn. Und seine Sorgen, er könnte vorschnell für den Täter gehalten und zu Unrecht weggesperrt werden, sind nicht von der Hand zu weisen. Ich will ihn nicht unschuldig ans Messer liefern.«

»Und das bereitet dir nun Kopfzerbrechen.«

Thea nickte.

»Verstehe.« Er legte die Stirn in Falten. »Und welche Informationen willst du nun bei dem Kommi… bei dem Sargento herauskitzeln?«

»Nils hat einen Mann gesehen, der der wahre Täter sein könnte.«

Olivers Augenbrauen schossen in die Höhe. »Hat er den Mann erkannt?«

»Schwer zu sagen.« Thea wiegte den Kopf hin und her. »Er war in diesem Punkt etwas zurückhaltend. Aber eine grobe Beschreibung des Mannes konnte er liefern und mir sagen, dass er etwas unter dem Arm trug. Nils vermutet rückblickend, es könnte Heikos teurer PC gewesen sein. Da Computer immer von der Kriminaltechnik untersucht werden, will ich wissen, ob die so eine hochpreisige Kiste mitgenommen haben. Falls nicht, ist Nils' Vermutung richtig, und der Typ hat den PC geklaut. Dann ist der ziemlich sicher auch Heikos Mörder. Das klassische Szenario des bei der Tat ertappten Einbrechers, der den Hausbesitzer niederschlägt.«

»Ich weiß, du willst das wahrscheinlich nicht hören«, sagte Oliver und legte sein Besteck auf den leeren Teller, »aber ich fürchte, du musst mit offenen Karten spielen. Die Leute von der Guardia Civil sind nicht dumm, wenn du da anrufst, wird der Mann eh wissen, dass du das nicht grundlos machst. Sofern du den Sargento nicht für einen ausgesprochenen Hohlkopf hältst, solltest du ihm vertrauen. Mein Rat an dich: Schlaf eine Nacht drüber, dann hör auf die Ermittlerin in dir und ruf den Sargento morgen an.« Er lächelte. »Und nun lass uns den Abend genießen.«

Nachdem sie das Restaurant verlassen hatten, bummelten sie am Meer entlang bis zum Yachthafen. Olivers Arm lag auf ihren Schultern, und Thea schob ihren Arm um seine Taille. So schlenderten sie durch das menschenleere Port d'Andratx.

»Ab April ist hier deutlich mehr los«, sagte Oliver beinahe schon entschuldigend. »November und Januar sind die ruhigsten Monate, ab Februar entfaltet sich das Leben wie die Blütenblätter einer Knospe.«

»Das hast du schön gesagt.« Sie lächelte zu ihm hoch.

Er drückte leicht ihren Oberarm, und Thea rückte noch ein wenig enger an ihn. Er roch gut. Und sie hatte einen Schwips. Sie hatte die Flasche Wein fast allein geleert. Der Wind trug den Geruch des Meeres heran, außer dem gelegentlichen Knarzen eines Bootes auf den

Wellen war es still. Einige Wolken zogen gemächlich am Mond vorbei und leuchteten milchig in seinem Schein.

»Es ist ein herrlicher Abend«, seufzte Thea und lehnte ihren Kopf an seine Schulter.

»Finde ich auch.« Olivers Stimme war sanfter geworden. Seine Hand wanderte höher, und sein Daumen strich sachte über ihren Hals. Eine wohlige Gänsehaut breitete sich von der Stelle aus.

Sie gingen weiter an den aufgereihten Booten entlang, bis Oliver stehen blieb und einen Anleger hinunter deutete. »Schau, dort, da liegt meine Yacht. Neugierig?« Er zwinkerte ihr zu.

»Ich weiß nicht.« Eine innere Stimme, die der von Becca eigentümlich ähnlich war, mahnte zur Vorsicht.

»Ich nehme an, mein Ruf eilt mir voraus.« Oliver lachte leise. »Ich kann mir ungefähr vorstellen, was Becca über mich erzählt hat. Hör zu.« Er drehte Thea an den Schultern zu sich und umfasste ihr Gesicht mit beiden Händen. Mit warmen, kräftigen Händen, wie Thea registrierte.

»Was immer sie dir erzählt hat, wird vermutlich stimmen. Aber ich würde dich nie zu etwas überreden, was du nicht möchtest. Landen wir im Bett? Prima, das wäre genau das, was ich jetzt gerne tun würde. Belassen wir es bei einem Absacker auf dem Deck meiner Yacht und schauen in die Sterne – auch gut.« Er grinste. »Das steigert die Vorfreude aufs nächste Date.«

So viel Offenheit war entwaffnend, und Thea lachte. »Also gut, dann zeig mir mal dein Traumschiff.«

Er führte sie den Anleger entlang. Ein Wachmann sah kurz zu ihnen herüber und hob grüßend die Hand, als er Oliver erkannte. Mit jedem Meter wurden die Boote größer, und als sie schließlich anhielten, standen sie vor ei-

ner mindestens zehn Meter langen, schnittigen Segel-
yacht.

»Wow«, entfuhr es Thea. »Die ist ja riesig. Und sieht
richtig edel aus.«

»Knapp vierzehn Meter«, sagte Oliver und versuchte
erst gar nicht, bescheiden zu wirken, sondern strahlte
Thea an. »Mein neuestes Baby«, sagte er und fuhr mit
der Hand über die chromblitzende Reling. »Na komm,
ich helfe dir rüber.«

Mit einem langen Schritt betraten beide das Boot.

»Mach es dir schon mal gemütlich«, sagte Oliver und
zeigte auf eine Sitzecke an Deck. »Ich hole den Wein und
eine Decke. Ist Rotwein okay?«

Eigentlich klang der Schwips vom Weißwein des
Abendessens gerade erst ab, aber zu ihrer Stimmung
passte ein Roter perfekt, also nickte Thea, und Oliver
verschwand im Bootsinneren. Während sie ihn dort han-
tieren hörte, setzte sich Thea und blickte verträumt aufs
Wasser. Einen so schönen Abend hatte sie lange nicht
mehr erlebt. Es war gut gewesen, nach Paguera zu kommen. Und auch, die Einladung von Oliver anzunehmen.
Seine Offenheit machte es ihr einfach, sich auf ihn einzulassen, selbst wenn sie wusste, dass er nur Spaß suchte.
Was sprach dagegen, dass sie sich ebenfalls ein bisschen
Spaß gönnte?

Oliver drückte Thea zwei Gläser Wein in die Hand, legte
eine flauschige Decke über sie beide und nahm ihr dann
sein Weinglas wieder ab. Mit dem freien Arm zog er
Thea an sich. Sie bettete ihren Kopf an seiner Schulter
und lächelte. Der Mann wusste definitiv, wie man eine
Frau umgarnte. Sie stießen an, die Gläser klangen laut in
der Stille des Abends. Der Wein war vollmundig und

schwer. Die Wellen schaukelten sanft das Boot, die Sterne über ihnen funkelten.

»Es ist so schön hier«, flüsterte Thea und hatte das Gefühl, hier ewig liegen bleiben zu können.

»Freut mich, dass es dir gefällt.« Oliver stellte sein Glas auf einen Tisch neben der Sitzfläche. »Solche besonderen Momente erlebt man wirklich nur an Deck eines Bootes.«

Thea schmunzelte. »Das klingt ein wenig wie ein Werbespruch aus einem eurer Prospekte.«

»Weil es wahr ist«, erwiderte Oliver und lachte leise. Er begann mit federleichten Berührungen die Konturen ihres Gesichts nachzuzeichnen, und Thea sah ihm in die Augen. Das übermütige Funkeln darin konnte sie sogar im Mondschein erkennen. Langsam beugte er sich vor, gab ihr die Gelegenheit, Nein zu sagen, doch Thea wäre es nicht im Traum eingefallen, sich diesen Kuss entgehen zu lassen. Oliver wusste, wie man Frauen verführte, und sie hatte durchaus vor, sich verführen zu lassen.

Ihre Lippen trafen sich, erst als sanftes Streifen, schon bald fordernder, und schließlich wurde daraus ein feuriges Spiel. Ja, Oliver wusste definitiv, wie man Frauen ins Netz lockte, war Theas letzter Gedanke, bevor sie sich ganz dem Fühlen hingab.

10

Thea wachte am folgenden Morgen mit einem seligen Lächeln im Gesicht auf. Sie hatte so gut geschlafen wie seit Langem nicht mehr.

Wohlig streckte sie sich, blinzelte in die Sonne, die durch das Fenster fiel, und genoss die sanfte Bewegung des Bootes. Für die Dauer von ungefähr zwölf Sekunden, dann kam ihr in den Sinn, dass Freitag war. Ein gewöhnlicher Arbeitstag, und sie rekelte sich in fremden Laken, als ob sie keinen Job hätte. Mit einem leisen Fluch sprang sie aus dem Bett. Und stöhnte sofort auf. Sie hatte einen verdammten Muskelkater. Und auch sonst zeugte ihr Zustand von einer fordernden Nacht. Wie bei Oliver nicht anders zu erwarten, hatte er einen Vorrat an Kondomen neben dem Bett, und sie hatten deutlich mehr als eins davon verwendet. Im Spiegel in dem kleinen Bad sah ihr ein übernächtigtes Antlitz entgegen. Offenbar hatte sie zwar tief, aber nicht lange genug geschlafen.

Sie schaufelte sich mit den Händen Wasser ins Gesicht, sammelte ihre Kleidung zusammen, fand dabei ihr Handy und starrte ungläubig darauf. Es war elf Uhr. Sie hatte komplett verschlafen! Eine schöne Aushilfe war sie!

An der Tür, die nach oben führte, hing ein Zettel für sie. Eigentlich hatte sie Oliver an Deck vermutet, doch nun las sie, dass er einen wichtigen Termin hatte und deshalb schon unterwegs war.

Du hast so friedlich geschlafen, da wollte ich dich nicht

wecken, schrieb er. *Ich hänge ein Schild in den Laden, dass er heute aus gesundheitlichen Gründen geschlossen bleibt. Du hast also Zeit, auf mich zu warten. Ich habe dir einen Thermobecher mit Kaffee neben die Spüle gestellt. Bedien dich im Kühlschrank und genieß die Sonne!*

Das klang nett, die Vorstellung, den Tag frei zu haben und sich auf der Yacht zu entspannen, war verlockend – vor allem, wenn sie an die Art der Entspannung dachte, sobald Oliver wieder zurück wäre. Leider hatte er aber wohl den eigenen Ratschlag vergessen, den er ihr gestern Abend gegeben hatte. Sie musste sich bei David Martinez melden und dem Sargento von Nils erzählen. Und wenn sie es richtig einschätzte, würde sie ihn später zu dem verlassenen Gehöft führen müssen. Oliver hatte diesen Lost Place nicht gekannt, er hatte sie nur fragend angesehen, als Thea ihm davon erzählte.

Thea fand den Kaffeebecher und probierte vorsichtig. Nur noch lauwarm, wie befürchtet. Oliver musste schon vor Stunden aufgestanden sein. Wie peinlich.

Neben dem Kaffee wartete eine Papiertüte mit einem Brötchen auf sie. Oliver war wirklich aufmerksam. Sie zweifelte keinen Augenblick daran, dass Becca die Wahrheit sagte, wenn sie ihn als Weiberhelden beschrieb, doch musste man ihm zugestehen, dass er sich trotzdem oder gerade deshalb Mühe gab. Sie fühlte sich wohl mit ihm und bereute die Nacht nicht, selbst wenn es bei einem One-Night-Stand bleiben sollte.

Nun war jedoch der Moment gekommen, das Traumschiff zu verlassen und sich dem Alltag zu stellen. Mit einem Seufzen zückte Thea ihr Telefon und scrollte zur Nummer von David Martinez.

»Sí«, meldete er sich knapp.

»Bon dia, Sargento. Hier spricht Thea Molt.«

»Señora Molt.« Seine Stimme klang, als würde er leicht lächeln. »Was kann ich für Sie tun?«

»Verraten Sie mir, ob Ihre Spurensicherung den Rechner von Heiko Gortz mitgenommen hat?«

Schweigen. Ein ausgedehntes Schweigen. »Warum wollen Sie das wissen?« Jetzt hörte sich die Stimme höchstens noch nach einem verkniffenen Lächeln an.

»Um etwas zu verifizieren.«

»Etwas verifizieren?« Das folgende tiefe Ausatmen wurde ganz sicher nicht mehr von einem Lächeln begleitet. »Señora Molt, haben wir über Ihre Handlungskompetenzen in diesem Land nicht bereits gesprochen? Wie kommen Sie also auf die fernliegende Annahme, ich könnte meine Ermittlungsergebnisse mit Ihnen teilen?«

»Sie sollen nicht Ihre Ergebnisse mit mir teilen, sondern mir lediglich sagen, ob sich Heikos Rechner noch in seinem Bungalow befindet oder bei Ihnen, oder ob ihn jemand gestohlen hat.«

»Wieso denken Sie, dass ihn jemand gestohlen hat? Haben Sie etwa weiter herumgeschnüffelt und neue Erkenntnisse?«

»Das weiß ich nicht. Das kann ich erst beurteilen, wenn ich weiß, wo Heikos Rechner …«

»Ja, schon verstanden«, knurrte David Martinez. Immerhin hörte Thea im Hintergrund das Klappern einer Tastatur. Glück gehabt, er war im Büro. Und er schien auf ihre Bitte einzugehen.

»Ja, ist hier.«

»Oh.« Damit hatte sie nicht gerechnet. Natürlich konnte Nils trotzdem einen Einbrecher gesehen haben. »Konnten Sie feststellen, ob noch etwas anderes gestohlen wurde?«

»Es reicht.« Der Sargento sprach nun in einem Tonfall, den Thea noch nicht bei ihm gehört hatte und der sie deutlich warnte, den Bogen nicht zu überspannen. »Sie sagen mir jetzt sofort, was diese Fragerei soll, oder ich lade Sie vor, quetsche Sie über Stunden genüsslich aus und loche Sie beim kleinsten Anzeichen der Unwahrheit erst einmal ein. Wie wäre das?«

Thea hatte keine Ahnung, ob die spanischen Ermittlungsbehörden über solche Rechte verfügten. Aber ihr stand nicht der Sinn danach, es auf einen Versuch ankommen zu lassen.

»Also?« Das klang ein wenig süffisant.

Thea presste die Lippen zusammen. Diese Überheblichkeit würde sie nicht einmal einer Antwort würdigen. Leider beherrschte er ebenso gut wie sie dieses Spiel des Schweigens, bis der andere sich genötigt fühlte, die Stille zu brechen.

Sie legte grußlos auf.

Eine halbe Stunde später hatte sie gefrühstückt, Oliver eine Nachricht hinterlassen, dass sie leider nicht auf ihn warten konnte, und trottete auf der Suche nach einer Bushaltestelle die Straße entlang, als ihr Handy klingelte. Der Sargento, bemerkte sie erstaunt nach einem Blick aufs Display. Also brach er das Schweigen. Hoffentlich nicht, um seine Drohung mit der Vorladung und der Ordnungshaft – oder wie auch immer es in Spanien heißen mochte – wahr zu machen.

»Sargento Martinez«, grüßte sie ihn und spürte, wie ihr Herzschlag sich beschleunigte.

»Der Laden ist geschlossen. Wo sind Sie?« Er klang noch immer ungehalten.

»Wenn ich es Ihnen sage, kommen Sie dann und verhaften mich?«, rutschte es Thea heraus, und das Geräusch am anderen Ende des Telefons hörte sich verdächtig nach einem unterdrückten Lachen an.

»Nicht, sofern Sie jetzt mit mir reden. Ich würde Sie auf einen Kaffee einladen, anstatt in mein Büro. Aber wehe, Sie legen noch einmal auf.«

»Kaffee klingt gut«, sagte Thea versöhnlich. »Ich brauche allerdings noch eine Weile. Ich muss erst herausfinden, wo und wann hier der Bus nach Paguera abfährt.«

»Wo stecken Sie denn?«

»In Port d'Andratx. Ich weiß aber, dass es von hier eine Busverbindung …«

»Wo genau?«

»Am Anfang des Hafens an einem kleinen Kanal.« Sie sah sich um. Einige Meter entfernt war eine Verkehrsinsel mit einem Hinweisschild. »Hier ist ein Abzweig. Links geht es nach La Mola, rechts …«

»Ich weiß schon.« Das Geräusch eines Motors, der gestartet wurde, drang aus dem Hörer. »Warten Sie da auf mich, ich bin gleich da.«

Die Fahrzeit nach Port d'Andratx betrug fünfzehn Minuten, der Sargento benötigte zehn. Er hielt mitten auf der Straße, winkte durch das offene Fenster ab, als das zu erwartende Hupkonzert einsetzte, wartete, bis Thea eingestiegen war, und wendete dann absolut verkehrswidrig über durchgezogene Linien und schraffierte Flächen.

Thea musste schmunzeln. »Sie haben den Beruf doch auch nur ergriffen, damit Sie so fahren dürfen.«

Er grinste mit einem Seitenblick zu ihr herüber. »Verraten Sie es keinem. Ich sage immer etwas vom Schutz der Bevölkerung und dem Recht dienen. Das klingt irgendwie beeindruckender.«

Jetzt lachte Thea richtig. »Ich werde schweigen wie ein Grab.«

»Ja, das können Sie«, entgegnete er trocken. »Notfalls legen Sie halt auf.«

Er nahm es mit Humor. Das sprach nicht nur für ihn, es machte ihn sogar ausgesprochen sympathisch. Und es nährte ihre Hoffnung, dass er ihr vielleicht nicht den Kopf abriss, wenn er von Nils erfuhr. Ein bisschen mulmig war ihr bei der Vorstellung, ihm das gleich beichten zu müssen. Seine trockene Art gefiel Thea. Privat war er bestimmt ziemlich umgänglich.

Unterdessen hatten sie Andratx links liegenlassen und waren bereits kurz vor Paguera.

»Ich fahre Sie wohl erst einmal nach Hause«, sagte David Martinez und ließ seinen Blick von Theas Rock zum tief ausgeschnittenen und eindeutig für den Abend gedachten Shirt wandern.

In ihrer Straße parkte der Sargento gewohnt abenteuerlich, aber dafür auf Höhe der Bungalows.

»Bin gleich wieder da.« Thea schlüpfte aus dem Auto.

Im Bungalow musste eine rasche Dusche einfach sein. Dennoch schaffte sie es in unter zehn Minuten, mit Jeans, sportlichem Shirt und Wanderschuhen wieder neben David Martinez im Auto zu sitzen. Für ihre Frisur war keine Zeit mehr gewesen, die Haare hatte sie nur zu einem Pferdeschwanz zusammengerafft, und der wirkte bei ihr immer, als wolle sie damit Wände streichen.

Der Sargento fuhr mit Thea zur Playa Tora und parkte dort erstaunlich vorschriftsmäßig auf dem Parkplatz, auf dem Thea Nils vor rund zwei Wochen zum ersten Mal gesehen hatte.

»Ich wollte mich ohnehin über Señor Hansen erkundigen«, erklärte der Sargento und führte Thea auf die Terrasse des Restaurants, in dem Nils gearbeitet hatte.

Zur Mittagszeit brummte der Laden. Die Lage direkt am Strand lockte Einheimische wie Touristen hierher, und die Plätze waren fast alle besetzt.

Sie bestellten zwei Kaffee. Thea blickte sehnsüchtig auf die appetitlich gefüllten Teller, die rund um sie herum zu den Tischen getragen wurden. Aber sie waren nicht zum Essen verabredet, und vermutlich würde ihr das bevorstehende Gespräch ohnehin auf den Magen schlagen. Erfreut würde David Martinez nicht auf ihren Bericht reagieren.

»Also«, begann der Sargento, sobald sich die Bedienung entfernt hatte, »was steckte hinter Ihren Fragen?«

Nun war die Stunde der Wahrheit gekommen. Thea atmete tief durch und wollte gerade zu einer Antwort ansetzen, als sie stutzte. Jemand auf der Promenade zwischen Restaurant und Strand hatte ihre Aufmerksamkeit erregt. Jemand mit schmächtiger Statur und einem Kapuzenpullover. »Sargento, sehen Sie dort.« Sie nickte in die Richtung. »Ist das nicht der Kerl von vorgestern? Der hinter dem Bung…« Den Rest des Satzes verschluckte sie, denn David Martinez war bereits aufgesprungen und losgelaufen.

Thea erhob sich, um ihm zu folgen, aber in diesem Moment näherte sich die Bedienung mit den beiden Kaffees.

»Die Rechnung, bitte«, sagte sie hastig, obwohl sie wusste, dass es sinnlos war, jetzt noch hinterherzulaufen.

Also nippte sie an ihrem Café solo und wartete auf den Sargento, der kurz darauf zurückkehrte. Sie musste nur in seine Miene sehen, um zu wissen, dass der Kerl abermals entwischt war.

»Der hatte ein Fahrrad.« Sichtlich gereizt ließ sich David Martinez auf seinen Platz fallen. »Ich hatte ihn fast.

Dann hat er sich auf sein Mountainbike geschwungen und war weg.«

»Mist.« Thea knabberte an dem Keks, der mit dem Kaffee serviert worden war.

»Etwas Gutes hatte es immerhin.« David Martinez trank von seinem Café solo. »Die Kollegen der Policía Local haben meine Verfolgung beobachtet. Eingreifen konnten sie nicht mehr, aber sie kannten den Mann.«

»Ach.« Thea richtete sich auf. Im Nacken kribbelte es. »Wer ist es?«

»Ein kleiner Ganove. Der treibt sich immer hier in der Gegend herum.«

»Ein kleiner Ganove? Etwa auch ein Dealer?« Thea wurde es heiß und kalt. Eine Szene stieg vor ihrem geistigen Auge auf. Nils, wie er von einem schmächtigen Spanier Drogen kaufte. Ein schmächtiger Spanier im Hoodie. War der Typ auf dem Hof etwa Nils' Dealer gewesen? Aber dann musste der Einbrecher ein anderer gewesen sein. Nils hätte doch seinen Dealer erkannt.

Oder er hatte sie angelogen.

Thea stöhnte leise auf. Sie hatte sich einwickeln lassen. Und musste das nun David Martinez beichten – ausgerechnet jetzt, wo der Sargento ohnehin schon vor Wut brodelte.

»Ein Dealer? Möglich. Kein wichtiger jedenfalls. Warum fragen Sie?«

Thea wappnete sich. Das würde eine mittelschwere Explosion nach sich ziehen. »Weil Nils gelegentlich Drogen nimmt.« Thea beobachtete Davids Reaktion. Vielleicht wusste er es bereits. Tat er nicht. Seine Augenbraue wanderte nach oben.

»Hat er das? Und Heiko Gortz womöglich ebenfalls? Dann ist es doch ausgesprochen erfreulich, dass ich immerhin jetzt davon erfahre. Es ist ja nicht so, dass sich damit ganz neue Tathypothesen ergeben würden.« Er stellte seine Tasse mit einem Knall auf dem Tisch ab. »Ich dachte, dass solche Informationen der wichtigste Schlüssel zum Ermittlungserfolg sind, sollte Ihnen bekannt sein.«

»Solche Dinge fallen mir eben nur ein, während wir miteinander sprechen.« Was nur zur Hälfte stimmte. Die andere Hälfte verbiss sich gerade als Schuldgefühl in der Magengegend. »Wenn Sie nie mit mir über den Fall reden ...« Sie zuckte mit den Schultern.

»Weil *ich* der Ermittler bin und nicht Sie. Zumindest nicht in diesem Fall und auf dieser Insel.« Seine Augenbrauen stießen beinahe zusammen. »Also: Hatte Heiko Gortz ebenfalls etwas mit Drogen zu tun?«

»Heiko hat keine Drogen mehr genommen. Das war der Streitpunkt zwischen den beiden. Nils hatte sich einen Joint angezündet, und Heiko wollte, dass er mit dem Mist aufhört.«

»Hätte ich auch gerne eher gewusst«, brummte David, und Thea verzog zerknirscht das Gesicht. »Heiko Gortz war clean, Nils Hansen hat Cannabis konsumiert. Das stimmt jetzt so weit?«

»Nicht ganz. Nils hat auch Ludes genommen, das sind ...«

»Ich weiß, was das ist.« Die Stimme des Sargento näherte sich dem Siedepunkt.

Dabei hatte sie ihm das Schlimmste noch gar nicht gebeichtet.

David Martinez starrte sie einen Moment lang an, vielleicht ein wenig fassungslos über den Gang der Unterhaltung. Schließlich schüttelte er den Kopf und atmete durch. »Ich werde noch wahnsinnig.« Er fuhr sich mit den Händen übers Gesicht. »Also gut. Weiß ich jetzt alles?«

»Nun.« Thea räusperte sich umständlich. »Ich habe vor rund zwei Wochen Nils' Dealer kurz gesehen. Einen guten Blick hatte ich nicht, er stand zwischen geparkten Autos und ist sofort in Richtung Strand weggewieselt, als wir Nils gegrüßt haben, aber er hatte eine gewisse Ähnlichkeit mit dem Kerl vom Hof. Und wenn der nicht nur Kleinkrimineller, sondern auch Dealer ...«

»Verstehe.« David Martinez rieb sich über die Stirn. »Es könnte der Dealer im Hof gewesen sein. Mit diesen Verwicklungen sieht es leider keineswegs besser für Ihren Freund aus. Mir ist noch nicht ganz klar, was da im Haus von Señor Gortz passiert sein könnte, aber wo Drogen im Spiel sind ...«

»Ich weiß«, sagte Thea unglücklich. War Nils doch tiefer in irgendwelche halbseidenen Machenschaften verstrickt, als sie gedacht hatte? Hatte sie wirklich all ihre Menschenkenntnis verloren? Oder nie gehabt? André hatte im vergangenen Jahr schließlich auch viel eher als sie begriffen, dass etwas nicht stimmte.

»Zumal Ihr Freund vorbestraft ist, wussten Sie das? Und ein Haftbefehl liegt gegen ihn ebenfalls vor.«

Thea nickte langsam. »Ja, das hat er mir gestern erzählt.« So, nun war es raus.

Sofort verhärteten sich die Gesichtszüge des Sargento. »Sie haben gestern mit ihm gesprochen?« Die Ruhe in seiner Stimme war beinahe unheimlich. Ein feines Vibrato verriet, wie angespannt er hinter seiner erstarrten Fassade war. »Und das sagen Sie mir erst jetzt? Einen Tag später?« Er knurrte so ungnädig, dass die Bedienung ihm vom Nachbartisch einen erschrockenen Blick zuwarf. »So, raus mit der Sprache. Alles. Und keine Mätzchen mehr, sonst überlege ich mir das mit der Festnahme noch einmal.«

»Ich war gestern wandern.« Thea deutete mit einer

Kopfbewegung zum Cap Andritxol, dessen Nase weithin sichtbar ins Meer ragte. »Unterwegs habe ich zufällig Nils getroffen. Er versteckt sich in einem verlassenen Haus.«

Die Augen des Sargento verengten sich zu schmalen Schlitzen. »Ich fasse es nicht.« Er sprang auf, schmiss zehn Euro auf den Tisch und stellte seine Tasse darauf. »Los jetzt.«

Thea stürzte den letzten Schluck ihres Kaffees herunter und folgte ihm. Sie musste nicht fragen wohin.

Thea war nassgeschwitzt und außer Atem, noch bevor sie die Hälfte des Anstiegs hinter sich gebracht hatten. David Martinez joggte vor ihr mit Leichtigkeit den Weg hinauf.

»Meinen Sie, es kommt jetzt auf die zehn Minuten an?«, fragte Thea keuchend und blieb stehen.

Er hielt einige Schritte vor ihr an und drehte sich um. »Vielleicht nicht auf diese zehn Minuten, aber auf die vierundzwanzig Stunden davor mit Sicherheit.«

Sie konnte ihm seine Wut nicht verdenken. Sie wusste, er hatte recht. Sie wäre umgekehrt nicht minder verärgert gewesen. Gestern war es ihr klug erschienen – oder bequem? –, die Entscheidung nicht zu überstürzen, heute im Licht des neuen Tages und der Wut des Sargento fragte sie sich selbst, welcher Teufel sie geritten hatte, sich von Nils einlullen zu lassen.

Der Sargento hatte sich wieder in Bewegung gesetzt. Etwas langsamer diesmal, aber immer noch eilig. Thea betete inzwischen, dass sie Nils antreffen würden. Sie wollte sich nicht ausmalen, wie David Martinez reagieren würde, falls sein Hauptverdächtiger erneut abgetaucht war.

Das Anwesen wirkte genauso still und menschenleer

wie am Vortag. Sie setzten ihre Schritte behutsam, aber die vertrockneten Pflanzen und der steinige Untergrund machten es unmöglich, sich anzuschleichen.

Ihre Vorsicht entpuppte sich jedoch als überflüssig. Der Raum, in dem Nils geschlafen hatte, war leer. Der Rucksack war ebenso wie sein Besitzer verschwunden.

»Verdammt«, entfuhr es Thea, und sie musste nicht erst in die Richtung des Sargento blicken, um zu wissen, dass sich dunkle Gewitterwolken über seinem Kopf zusammenbrauten. »Es tut mir leid«, fügte sie kleinlaut hinzu.

Ein grollender Laut war die einzige Reaktion darauf. Wortlos stapfte er davon und schaute in jedes der Nebengebäude, kam dort aber wohl zu einem ähnlichen Ergebnis wie Thea am Tag zuvor. Diese Schutthaufen boten keine geeigneten Verstecke und luden auch nicht dazu ein, die Räume zu betreten. Falls sich Nils irgendwo versteckt hielt, dann außerhalb. Doch vermutlich war er schon längst weit, weit weg.

David Martinez drehte sich zu Thea um, die schweigend hinter ihn getreten war. »Arbeiten Sie in Deutschland mit dieser Einstellung? Kein Wunder, dass Sie damit in Ihrem Job Schwierigkeiten hatten. Vielleicht sollten Sie keine Auszeit nehmen, sondern den Dienst quittieren.« Ohne Thea weiter zu beachten, überquerte er den Platz und betrat noch einmal das Gebäude, in dem Nils Zuflucht gesucht hatte.

Thea sah ihm sprachlos nach. Was fiel diesem Kerl ein? Ja, sie hatte einen Fehler gemacht, aber das ging doch etwas zu weit. Und woher wusste er überhaupt von ihrer Auszeit? Und was wusste er noch? Hatte er etwa …?

Zornige Tränen stiegen in ihr auf. Am liebsten hätte sie ihn einfach hier stehen lassen. Doch das wäre erst recht unprofessionell gewesen. Sie musste seine schlechte Meinung über sie nicht auch noch bestätigen. Also ballte sie kurz die Faust in der Tasche, atmete tief durch und blinzelte die Feuchtigkeit aus den Augenwinkeln. Dann straffte sie die Schultern und folgte dem Sargento mit unbewegter Miene ins Innere des verfallenen Hauses.

David Martinez untersuchte den Raum, in dem Nils übernachtet hatte. Abgesehen von einem rostigen Wäscheständer mit gerissener Leine und einem Brett auf Backsteinen, das als Ablage gedient haben mochte, gab es nur die Matratze. In dem oben geschlossenen Bereich fehlte nahezu jeglicher Schutt, nur weiter vorne, wo das durchhängende Dach deutliche Anzeichen eines bevorstehenden Einsturzes zeigte, lagen ein paar Ziegel zerbrochen unter den löchrigen Stellen.

»Hier werde ich wohl nichts mehr finden.« Der Sargento warf Thea einen gereizten Blick zu. »Der ist weg. Das haben Sie wirklich prima hingekriegt. Lohnt nicht mal, die Kriminaltechnik herzubestellen.« Er bückte sich zur Matratze und hob sie mit angeekeltem Gesicht an, um darunterzuschauen. »Was ist das?«, fragte er plötzlich erstaunt und schob die Matratze zur Seite. Dann hob er etwas auf, das dort verborgen gewesen war. Ein Bilderrahmen. Der Rahmen mit den Fotos von Heiko und Marie.

Thea starrte irritiert darauf.

»Was haben Sie?« David Martinez sah sie zum ersten Mal seit einer Stunde mit einem Blick an, der etwas anderes als Zorn ausdrückte. Mit viel gutem Willen wirkte er sogar interessiert.

»Nils hätte diese Fotos nie zurückgelassen«, sagte Thea und versuchte, sich einen Reim darauf zu machen. »Er muss uns gehört haben, hat den Rucksack gepackt und sich versteckt.« Verdammt, er hatte also doch Wort gehalten und auf sie gewartet. Sie hätte allein herkommen und mit ihm sprechen sollen. »Ich fürchte, jetzt haben wir ihn verschreckt.«

Sie machte auf dem Absatz kehrt und eilte auf den Hof. »Nils!«, rief sie. »Wenn du mich hörst, komm her. Wir wollen nur reden! Wir finden eine Lösung!«

Sie lauschte in den stillen Nachmittag. Lediglich eine Möwe antwortete kreischend.

»Hören Sie auf, das bringt doch nichts.« David Martinez trat auf den Hof. »Der ist längst weg.«

»Und jetzt?«

»Jetzt bringe ich Sie nach Hause, dann fahre ich nach Palma in die Kommandantur und schreibe den Mann zur Fahndung aus, was denken Sie denn? Und außerdem hoffe ich, dass ich dann endlich ungestört meine Arbeit machen kann, ohne dass mir oberschlaue deutsche Kommissarinnen das Leben schwermachen.« Mit dem Bilderrahmen in der Hand marschierte er davon. »Kommen Sie endlich?«, rief er über seine Schulter.

»Ich kann allein gehen«, schrie sie zurück.

»Auch gut.« Er zuckte mit den Schultern und ließ sie stehen.

11

Am Samstagmittag schloss Thea das Coco mit einem Stoßseufzer der Erleichterung ab. Das Wochenende hatte sie sich redlich verdient. Der fehlende Schlaf aus der Nacht mit Oliver machte sich noch immer bemerkbar; zudem hatte sie ihr schlechtes Gewissen in der letzten Nacht keine Ruhe finden lassen. Sie hatte die Sache mit Nils doppelt verbockt. Nicht nur, dass sie dessen Vertrauen enttäuscht hatte. Obendrein war der Sargento sauer. Und zu allem Überfluss hatte sich auch Oliver nicht mehr gemeldet. Natürlich – sie hatte damit rechnen müssen, dennoch trieb es einen Stachel in ihr Ego, dass es auf eine so typische One-Night-Stand-Geschichte hinauslaufen sollte. Er hatte die gemeinsame Nacht sichtlich genossen, deshalb hatte sie gehofft, ihn in den etwas über zwei Wochen, die sie noch hierblieb, auch außerhalb des Coco wiederzusehen. Aber ihr Handy schwieg, und sie würde sich hüten, ihm von sich aus eine Nachricht zu schicken.

Um ihre Wunden zu lecken, plante Thea einen ruhigen Tag am Meer. Becca hatte ihr die Cala d'en Monjo wärmstens empfohlen. Die Mönchsbucht lag nur wenige Kilometer von Paguera entfernt. Gar nicht so weit weg von ihrer letzten Wandertour. Fast vollständig umschlossen von bewaldeten Hängen und schroffen Felsen wartete glasklares Wasser auf diejenigen, die sich auch bei diesen Temperaturen ins Meer trauten. Dazu ein Kieselstrand, der zu dieser Jahreszeit relativ leer sein würde. So hatte es Becca beschrieben, und Thea packte vorsichtshalber einen zweiten Bikini ein, falls sie sich tatsächlich ins sicherlich sehr kalte Nass stürzen würde.

Mit Strandlaken und ihrem E-Book-Reader bewaffnet, machte sie sich auf den Weg. Über mäandernde Straßen hielt sie auf die Bucht von Cala Fornells zu und tauchte hinter dem gleichnamigen Hotel in den Pinienwald ein. Jetzt waren es nur noch wenige Minuten, dann leuchtete ihr ein unwirkliches Türkis zwischen den Bäumen entgegen.

Thea blieb stehen und konnte die Schönheit dieses Fleckchens Erde kaum fassen. Durch das kristallklare Wasser blickte sie bis auf den Meeresgrund. Dichte Pinien rahmten das Bild ein und verströmten den von Thea geliebten würzigen Kiefernduft.

Allerdings wurde sie im Hinblick auf die erhoffte Einsamkeit enttäuscht. Das gute Wetter hatte mehr Menschen in die Bucht gelockt als gedacht. Sogar ein Llaut, eines dieser typisch mallorquinischen Fischerboote, ankerte nahe dem Ufer. Trotzdem war Thea wie verzaubert und beeilte sich, einen Platz für ihr Strandlaken zu finden und das Shirt über den Kopf zu ziehen. Nachdem sie sich auch der Jeans und ihrer Wanderschuhe entledigt hatte, legte sie sich mit einem zufriedenen Lächeln in die Sonne.

Der Untergrund war ein wenig zu hart, dennoch schloss sie entspannt die Augen, genoss die wärmenden Strahlen und ließ sich von dem stetigen Rauschen der Wellen davontragen …

Ein Schrei zerschnitt die Stille. Rufe wurden laut, und plötzlich herrschte ein Aufruhr, der Thea aus ihrem Nickerchen riss. Das war nicht mehr die gewöhnliche Geräuschkulisse eines Strandtages. Thea schlug abrupt die Augen auf. Die Helligkeit blendete sie einige Sekunden lang, dann erkannte sie, dass die Menschen ihre Aufmerksamkeit auf einen Bereich rechts oberhalb von ihr richteten.

Die ersten Strandbesucher strömten dort zusammen, und zwei Männer machten sich kletternd auf den Weg hinauf zu zwei etwa zehnjährigen Kindern, die offenbar Urheber des Geschreis waren. Jetzt schnappte Thea auch einzelne Wortfetzen aus den Gesprächen auf, und als sie immer wieder »muerto« – tot – vernahm, war sie mit einem Satz auf den Beinen. Es war etwas passiert. Ein Notfall. Die Polizistin in ihr kam blitzschnell hervor.

»Was ist geschehen?«, fragte sie den Mann, der ihr am nächsten stand und der erst einmal seinen Blick wohlwollend über ihren nur mit dem Bikini bedeckten Körper gleiten ließ, bevor er antwortete.

»Die Kinder sind da oben herumgekraxelt. Sie behaupten, auf der anderen Seite liegt ein Toter.«

»Hat schon jemand die Polizei benachrichtigt?«

»Vermutlich.« Ihr Gegenüber schien nicht an derartigen Nebensächlichkeiten interessiert zu sein. Mit einem letzten Blick auf Theas Brüste drehte er sich wieder um und schaute zu den Männern hinauf, die soeben die Kinder erreicht hatten und zur anderen Seite der Klippe hinunterblickten.

Atemlose Stille breitete sich aus.

»Da liegt wirklich einer«, ertönte es gleich darauf von oben. »Jemand muss den Notruf wählen.«

Thea sah, dass einige der Umstehenden ihre Telefone zückten. Sie selbst schlüpfte in ihr T-Shirt und die Wanderschuhe, nahm ihr Handy und drängelte sich durch die Menschen, die nun aus der gesamten Bucht zusammenliefen.

»Ich bin von der Polizei«, erklärte sie und begann, den Fels hinaufzusteigen. Aus der Nähe erkannte sie, dass der Weg ausgetreten war. Wo immer er hinführte, es war jedenfalls ein nicht gänzlich unbekannter Ort. Oben auf dem Grat wurde es eng. Die beiden Kinder – zwei Jungen – starrten halb erschrocken, halb neugierig auf die andere Seite, während die beiden Männer mit eher ratloser Miene kurz zu Thea und dann wieder nach unten sahen.

»Ihr beiden kehrt jetzt mal in die Bucht zurück«, sagte Thea resolut zu den Kindern. »Ich bin Polizistin«, fügte sie hinzu. Erleichtert registrierte sie, dass die Jungen ohne Murren den Rückweg antraten.

Sie wandte sich an die Männer. »Was erkennen Sie?«

»Da liegt jemand. Ein Mann mit Rucksack.«

Ein Mann mit Rucksack? Plötzlich überfiel Thea eine düstere Vorahnung. »Lassen Sie mich nach vorne.« Sie bewegte sich behutsam zur Kante und sah hinunter. Zerklüftet fiel die steinige Küste bis zum Wasser ab. Kleine Absätze bildeten winzige Terrassen, auf einer von ihnen war ein Grillplatz angelegt. Das erklärte den ausgetretenen Pfad, der sich auf der anderen Seite fortsetzte – wobei der Ausdruck *Pfad* die zu erwartende Kletterpartie reichlich beschönigte.

»Sie müssen von hier aus schauen«, riet einer der Männer neben ihr. »Dort hinter dem dicken Brocken liegt er.« Er deutete mit dem Finger nach unten. Nach weit unten. Tatsächlich ragte hinter einem meterhohen Felsen ein Oberkörper hervor. Das leuchtende Grün des Rucksacks bestätigte Theas schlimmste Befürchtungen. »Verdammt.« Sie nahm ihr Telefon und wählte David Martinez' Nummer. Während es läutete, stoppte sie mit einer Handbewegung den anderen Mann, der sich anschickte, nach unten zu klettern. »Ich gehe.«

»Señora Molt«, erklang in diesem Moment die Stimme des Sargento aus dem Hörer. Sieh an, er hatte ihre Nummer abgespeichert. »Was kann ich für Sie tun?«

»Ich habe Nils gefunden. Kennen Sie die Mönchsbucht in der Nähe von Cala Fornells? Er liegt hier. Vielleicht so zwanzig Meter unterhalb. Reglos. Die Rettungskräfte sind informiert, aber ich dachte, das wollen Sie selbst untersuchen. Ich gehe jetzt runter zu ihm.«

Sie legte auf, bevor der Sargento auf die Idee kam, ihr wieder jegliche Einmischung zu verbieten. Sie hätte sich ohnehin nicht daran gehalten.

Thea schnürte ihre Wanderschuhe fester, in die sie für den Aufstieg nur hineingeschlüpft war. Für den Abstieg hätte das nicht gereicht; der Untergrund sah wenig vertrauenerweckend aus. Überall lag loses Gestein, und an einigen Stellen ging es verteufelt steil bergab.

Seufzend machte sich Thea auf den Weg. Sie musste die Hände zu Hilfe nehmen. Kurzerhand steckte sie ihr Telefon in ihr Bikinioberteil. Immer wieder rutschte sie aus. Dass sie in der Eile nur das T-Shirt, nicht jedoch die Jeans übergestreift hatte, machte die Kletterei nicht angenehmer. Zweimal schürfte sie sich an einer hervorstehenden Kante die Haut auf, dann erreichte sie endlich den Felsen, der die Sicht auf Nils versperrte.

Angst schnürte ihr die Kehle zu. Nils hatte sich die ganze Zeit über nicht gerührt, sie wusste also, was sie erwartete, aber wollte es nicht sehen. Dennoch – solange die geringste Wahrscheinlichkeit bestand, dass er noch lebte, musste sie zu ihm. Sie wappnete sich innerlich, ging um den Felsen herum und sah sofort, dass es sich nicht lohnte, den Puls zu ertasten. Sie tat es trotzdem und zuckte zurück, als sie die kalte Haut unter ihren Fingern spürte. Hier war jeder Reanimationsversuch zwecklos.

Wieder merkte sie, dass es einen großen Unterschied machte, ob ein Unbekannter vor ihr lag oder jemand, mit dem sie zwei Tage zuvor noch ihr Bocadillo geteilt hatte. Plötzlich wurde ihr an diesem warmen Tag eiskalt.

Zitternd schlang sie ihre Arme um sich und kämpfte blinzelnd die aufsteigenden Tränen nieder. Sie würde sich verdammt noch mal professionell verhalten, sonst behielte David Martinez am Ende recht und sie sollte sich an den Gedanken gewöhnen, dass sie zu diesem Job nicht taugte. Sie nahm ihr Telefon erneut zur Hand und wählte die Nummer des Sargento.

»Wir sind fast da«, meldete er sich über das Jaulen der spanischen Variante des Martinshorns hinweg. Der Motor heulte auf, jemand hupte, und Thea konnte nur hoffen, dass David Martinez der Beifahrer war und während der hörbar halsbrecherischen Manöver nicht auch noch mit ihr telefonierte.

»Sie können das komplette Orchester aufspielen lassen«, sagte sie in dem Versuch, ihre Betroffenheit burschikos zu überspielen. »Nils Hansen ist tot.«

»Wir beeilen uns.«

Nachdem sie das Gespräch beendet hatten, machte Thea Fotos. Sie dokumentierte Nils' Lage, so gut sie konnte, und versuchte dabei, nur dorthin zu treten, wo sie ohnehin schon gestanden hatte. Hier draußen zwischen all den Steinen etwas zu finden würde die Kriminaltechniker vor eine kaum lösbare Aufgabe stellen.

Während sie den Fundort absuchte, lief das Gedankenkarussell an. Wie war Nils an diesen Ort gekommen? Und wie war er gestorben? Sie hatte eine dunkle Stelle an seinem Kopf entdeckt, vermutlich Blut. War er unglücklich gestürzt? Oder wollte jemand, dass es wie ein Unfall aussah?

Der Bilderrahmen kam ihr in den Sinn. Der Rucksack

hatte keinen halben Meter neben den Fotos gestanden. Es wäre ein einziger Handgriff nötig gewesen, den Rahmen unter der Matratze hervorzuziehen und im Rucksack zu verstauen. Notfalls hätte er ihn sich unter den Arm klemmen und verschwinden können. Thea hatte gesehen, wie sehr Nils an dem Bild seiner Tochter hing, und war absolut überzeugt, dass er das Foto von Marie niemals zurückgelassen hätte. Damit sprang sie die logische Frage förmlich an: War Nils wirklich freiwillig aus seinem Versteck verschwunden?

Von oben erklangen Geräusche, ein Blick hinauf zeigte einige Rettungskräfte, die sich auf den Weg zu Nils und ihr machten. Sie stand auf und ging ihnen entgegen.

»Der Mann ist tot«, sagte sie. »Sein Name ist Nils Hansen. Mein Name ist Thea Molt, ich bin Polizistin in Deutschland. Nils Hansen ist in eine polizeiliche Ermittlung der hiesigen Guardia Civil verwickelt. Die Beamten sind bereits auf dem Weg hierher. Bitte bemühen Sie sich, so wenig Spuren wie möglich zu zerstören.«

Die beiden nickten, gingen an Thea vorbei und begannen ihre kurze Tätigkeit. Natürlich war auch ihnen sofort klar, dass hier jede Hilfe zu spät kam.

Unterdessen wurde es auf dem Felskamm voll. David Martinez hatte es irgendwie geschafft, schneller als die Kollegen aus Calvià am Ort des Geschehens zu sein. Vielleicht hatte er seine Untergebenen als Chef der Ermittlungen einfach zurückgepfiffen, überlegte Thea und beobachtete, wie der Sargento sich mit geschmeidigen Bewegungen und ohne sich mit den Händen abzustützen, über die Felsen bis zu ihr vorarbeitete.

»Sie schon wieder«, knurrte er, obwohl er wusste, dass er sie hier treffen würde. Er seufzte. »Wenn Sie schon mal hier sind, können Sie mir auch eine kurze Zusammenfassung geben.«

Thea beschrieb, wie sie, durch die Kinderrufe aufmerksam geworden, den beiden Männern gefolgt und dann schließlich allein zu Nils heruntergeklettert war. »Er war schon tot, die Haut kalt. Als das feststand, habe ich ihn nicht mehr angefasst. Ich habe die Sanitäter gebeten, im Hinblick auf die polizeilichen Ermittlungen umsichtig zu sein.«

»Ein Unfall?« David Martinez ließ sich nicht anmerken, ob er in eine ähnliche Richtung wie Thea dachte. Er warf einen Blick zu Nils hinüber. Die Rettungskräfte waren offensichtlich fertig. Der eine schulterte seinen Rucksack und kam zu ihnen.

»Nichts mehr zu machen«, sagte er nüchtern. »Wir wären dann hier fertig.«

»Noch nicht ganz.« David Martinez deutete auf Theas Bein. Eine der Schürfwunden hatte geblutet. »Versorgen Sie bitte noch das Bein der Zeugin.«

»Ach was, das ist nichts«, wehrte Thea ab. Seit wann sah ihr der Sargento überhaupt auf die Beine?

»Nun machen Sie schon.« David Martinez wandte den Blick nach oben und winkte seine Kollegen herunter. »Ich will Sie gleich befragen, und ich kann kein Blut sehen.«

»Ich werde vorerst nicht von einem Unfall ausgehen.« Der Sargento ließ sich neben Thea auf die kleine Bank fallen, die besorgniserregend knarzte.

Thea saß mit einem beeindruckend großen Pflaster auf ihrem Bein etwas abseits am Grillplatz und beobachtete von hier aus das Geschehen. Ein Zelt wurde gerade dort errichtet, wo Nils lag.

»Das ist gut.« Thea nickte. »Das wäre mir zu viel Zufall. Gut, dass Sie es genauso sehen.«

»Eigentlich habe ich nur befürchtet, dass Sie ohnehin keine Ruhe geben, falls ich anders handele.« Ein leichtes Schmunzeln umspielte die Mundwinkel des Sargento. Er reichte ihr die Hand. »Tut mir leid, dass ich gestern so barsch war.«

Thea ergriff die Hand. Sein Händedruck war kraftvoll. »Schon gut. Ich habe ja auch echt Mist gebaut. Dafür muss ich mich entschuldigen. Ihr Kommentar gestern war allerdings wirklich unter der Gürtellinie.«

»Ich weiß.« Er verzog reumütig das Gesicht. »Ich war ziemlich sauer auf Sie.«

»Das ist mir nicht entgangen.« Thea lächelte leicht. »Neustart?«, schlug sie dann vor.

»Neustart.« Er drückte ihre Hand, und Thea wurde bewusst, dass sie nicht losgelassen hatte.

Verlegen zog sie die Hand zurück.

»Der Tod Ihres Nachbarn geht Ihnen nahe.«

Thea sah ihn an. War das eine Frage oder eine Feststellung? In jedem Fall war er ein guter Beobachter. Dabei schluckte sie die Tränen tapfer herunter, die immer mal wieder versuchten, sich aus ihren Augenwinkeln zu stehlen. Das waren jetzt eindeutig zu viele Tote in zu kurzer Zeit. Sie hatte Heiko und Nils gemocht.

»Was steckt denn nur dahinter?«, überlegte sie laut. »Für einen aus dem Ruder gelaufenen Einbruch ist es spätestens jetzt eine Leiche zu viel.«

»Zumal wir nicht wissen, ob überhaupt etwas gestohlen wurde.« David Martinez zog eine Sonnenbrille aus seiner Weste und setzte sie auf. »Der Computer ist jedenfalls nicht weggekommen, und auch sonst scheint nichts zu fehlen. Die Wohnung wirkt nicht durchwühlt. Werden Sie nicht sauer ...« Er hob beschwichtigend die

Hand. »… aber ich denke immer noch, dass Nils Hansen in die Sache verwickelt ist. Entweder hat es etwas mit dem Dealer zu tun oder er hat seinen Liebhaber im Streit getötet, sich in der Finca versteckt, und als Sie ihn entdeckt haben, ist er wieder abgehauen. Diesmal kommt er hierher, rutscht ab, stürzt und Ende.«

»Das glaube ich nicht.« Thea schüttelte energisch den Kopf. »Er wäre nicht ohne das Foto gegangen.«

Der Sargento sah sie einen Moment lang an, als hätte sie den Verstand verloren. »Ohne welches Foto?«

»Das von Marie, von seiner Tochter. Wäre er freiwillig abgehauen, hätte er es selbst in größter Eile nicht vergessen. Es war ihm unglaublich wichtig.«

»Darauf fußen Ihre Zweifel? Sie meinen, weil die Fotos in dem Haus geblieben sind, muss Señor Hansen es gegen seinen Willen verlassen haben?«

»Der Gedanke ist mir gekommen.« Sie nickte. »Als Nils Hals über Kopf aus Heikos Bungalow geflüchtet ist, hat er diesen Bilderrahmen mitgenommen. Die Fotos bedeuten ihm viel. Und gestern, als der Rahmen nur einen Handgriff weit entfernt lag, ließ er ihn einfach zurück?« Thea schüttelte nachdenklich den Kopf. »Nein, ich glaube, jemand hat Nils und den Rucksack mitgenommen, damit es aussieht, als wäre er abgehauen. Dann hat er den Armen entweder dort an der Cala d'en Monjo hinuntergeworfen oder Nils gelang es, sich zu befreien, und er ist auf der Flucht vor dem Täter gestürzt.«

Der Sargento schürzte zweifelnd die Lippen. »Abgesehen davon, dass mir in Ihrem Szenario das Motiv Rätsel aufgibt, haben Sie eine Sache vergessen: Wir haben keine Ahnung, wer alles außer Ihnen von Señor Hansens Versteck wusste.«

Thea grinste schief. »Das macht mich jetzt wohl zu Ihrer Hauptverdächtigen.«

»Wenn Sie so weitermachen, ganz sicher«, brummte der Sargento, doch seine Augen verrieten, dass er es nicht ernst meinte. »Sie haben Glück, dass ich Ihnen einen Doppelmord nicht zutraue.«

»Ich dachte nicht, dass Sie der Typ sind, der aufs Bauchgefühl setzt.«

»Sie schätzen mich völlig falsch ein.« David Martinez schmunzelte. Ein Kollege winkte, und der Sargento erhob sich. »Vor allem liegt es wohl daran, dass Ihr Chef in Deutschland allergrößte Stücke auf Sie hält.«

»Sie haben mit meinem Vorgesetzten gesprochen?«, fragte Thea voller Unbehagen. Als ihr Chef sich für ihr Sabbatical einsetzte, hatte sie ihm versprechen müssen, die Zeit darauf zu verwenden, ihr Trauma zu überwinden. Erfreut wäre er sicher nicht, dass sie stattdessen schon wieder mit Todesfällen konfrontiert wurde.

»Hätten Sie an meiner Stelle keine Erkundigungen eingeholt?« Der Sargento setzte sich wieder und sah sie von der Seite an.

»Doch, hätte ich wohl. Ich kenne beide Opfer und hatte jeweils die Gelegenheit zur Tat.«

»Sofern der Tod von Señor Hansen nicht ein Unfall war.« Er schwieg kurz. »Ihr Chef hat wirklich eine hohe Meinung von Ihnen. Und keine Sorge – er hat zwar angedeutet, dass Sie aus persönlichen Gründen eine Auszeit brauchten, aber er hat keine Details verraten.«

»Tja, ich musste mal raus, etwas Abstand gewinnen.« Thea zuckte mit den Schultern. »Und nun sitze ich hier, und zwei Menschen, die meine Freunde hätten werden können, sind tot.«

Eine bisher nicht dagewesene Wärme zeigte sich in den Augen des Sargento. »Manchmal ist einfach alles zu viel.« Er legte seine Hand auf ihren Arm. »Sie wissen, dass man keinen Ermittlungserfolg versprechen kann, aber ich werde alles daransetzen, die beiden Todesfälle aufzuklären. Und wenn Sie reden wollen ...« Er erhob sich erneut, weil sein Kollege inzwischen sehr nachdrücklich mit den Armen wedelte. »Meine Nummer haben Sie ja, und für einen Kaffee bin ich immer zu haben.«

Dankbar lächelte Thea zu ihm hoch. Gegen die Sonne konnte sie sein Gesicht schlecht sehen, doch sie hätte schwören können, dass er sie zum ersten Mal heute nicht grimmig anstarrte.

12

David Martinez hatte ihr angeboten, sie nach Hause zu fahren, aber Thea wollte lieber laufen. Dabei konnte sie ihre Gedanken am besten ordnen, und das war dringend notwendig. Sie fühlte sich Nils gegenüber schuldig. Was, wenn sie ihn gestern überredet hätte, sich zu stellen? Oder wenn sie sofort David Martinez informiert hätte? Würde Nils dann noch leben?

Nur, weil sie gestern nicht zwischen richtig und falsch unterscheiden konnte, war heute ein Mensch tot. Vielleicht hatte sich Nils in seiner Zwangslage hilfesuchend an jemanden gewandt und war an den Falschen geraten? Er war noch nicht so lange auf der Insel und hatte vermutlich keine echten Freunde. Jemand hatte ihn an Heikos Mörder verpfiffen. An den Spanier, den Nils gesehen hatte. War es der Dealer? Vielleicht hatte Nils den ja sogar von sich aus kontaktiert, weil er Nachschub brauchte.

Siedend heiß fiel Thea ein, dass Sie David Martinez bislang nichts von dem Typen vor Heikos Haus erzählt hatte. Irgendwie hatten sie in den letzten beiden Tagen nicht den besten Draht zueinander gehabt. Ohnehin glaubte der Sargento nicht so recht an einen Einbruch. Wenn sie ihm jetzt mit einem vermeintlichen Einbrecher kam, der sich am Ende als harmloser Besucher entpuppte, würde er endgültig nicht mehr mit ihr reden. Sie beschloss, nachher ihre Nachbarn nach dem Spanier zu fragen, bevor sie dem Ermittler der Guardia Civil davon berichtete.

Als hätte sie die beiden bestellt, erreichte Thea die kleine Bungalowanlage nahezu zeitgleich mit Pepe und Martina. Die zwei Bewohner des Bungalows rechts außen hatte Thea bisher immer nur in aller Eile und Hektik erlebt. So war es auch heute, aber als Thea sie ansprach, lächelten sie ihr freundlich entgegen.

Die beiden waren in den Vierzigern, Pepes Haare wurden an den Schläfen grau, doch Martinas Mähne schimmerte pechschwarz. Vielleicht färbte sie schon.

»Gibt es etwas Neues?«, fragte Pepe nach der Begrüßung mit einem Kopfnicken in Richtung des Flatterbands vor Heikos Tür.

Thea zögerte nur kurz. Die Nachricht vom zweiten Toten innerhalb von vier Tagen würde ohnehin bald die Runde machen. Die Journalisten hatten ihre kleine Wohneinheit bisher relativ verschont, was wohl auch daran lag, dass sie nie jemanden antrafen, den sie aushorchen konnten. Das würde sich vermutlich ändern, sobald durchsickerte, dass es einen Zusammenhang zwischen den beiden Todesfällen gab. Diesmal würden es die Pressefritzen sicher nicht bei ein paar Fotos vom Gehweg aus belassen.

»Nils ist ebenfalls tot.« Thea hatte gelernt, dass es am besten war, solche Nachrichten schnörkellos und direkt mitzuteilen.

Martinas Augen wurden groß, und sie krallte sich an Pepes Arm fest. Auch der war blass geworden. »Wie kann das sein? Was ist geschehen?«

»Ich weiß es nicht. Die Polizei steht ja noch ganz am Anfang der Ermittlungen. Er wurde heute gefunden.«

»Furchtbar.« Martina kämpfte sichtlich mit den Tränen. »Die beiden waren so nett. Wir haben sie nicht oft gesehen, aber wenn, dann waren sie immer freundlich.«

»Wirklich tragisch«, pflichtete Pepe seiner Frau bei.

»Ich wollte euch in diesem Zusammenhang etwas fragen«, sagte Thea.

»Uns?« Pepe wirkte irritiert. »Wir haben Nils ewig nicht gesehen. Er hat ja meist gearbeitet, wenn wir nach Hause kamen. Ich glaube, Heiko hat mal gesagt, dass er in irgendeinem Restaurant angestellt war.«

»War er.« Thea nickte. »Es geht um etwas anderes. Am Dienstag – hattet ihr da Besuch oder einen Handwerker oder Ähnliches? So um die Mittagszeit?«

»Nein«, gab Pepe stirnrunzelnd Antwort. »Warum fragst du? War jemand in unserem Bungalow?« Automatisch wanderte sein Blick zu seiner Terrasse hinüber, und Martina wirkte noch verschreckter.

»Nein, keine Sorge«, beruhigte Thea die beiden schnell und improvisierte ein wenig: »Nils hat nur etwa zu der Zeit einen Spanier auf Höhe unserer Anlage gesehen, und jetzt versuche ich herauszufinden, ob der hier bei jemandem war. Wäre ja möglich, dass er etwas gesehen hat.«

»Bei uns war er nicht.« Martina atmete durch. »Schrecklich das Ganze. Ich würde der Polizei gerne weiterhelfen können. Ich will schließlich auch wissen, was genau geschehen ist. Wirklich gut schlafe ich nicht mehr, seit zwei Häuser weiter jemand getötet wurde. Wie hältst du das nur aus – so Wand an Wand?«

»Ebenfalls nicht so gut«, bekannte Thea und wandte sich um, als sich Anas Tür öffnete und die alte Dame auf ihren Stock gestützt auf die Terrasse trat.

»Buenas tardes«, grüßte sie mit einer Stimme, die verriet, dass sie selten benutzt wurde. »Ich habe euch reden hören. Gibt es was Neues von dem Deutschen?«

Pepe übernahm es, ihr von Nils zu erzählen, und gab auch gleich Theas Frage nach dem vermeintlichen Zeugen weiter.

Ana war ebenfalls erschüttert über den Tod der beiden Männer, konnte aber nicht weiterhelfen.

Die Antworten ihrer Nachbarn überraschten Thea nicht. Ana bekam außer dem Fernsehprogramm nicht mehr viel mit, und Pepe und Martina waren selten zu Hause. Immerhin wusste sie jetzt, dass der Spanier zu keinem der anderen Bewohner gehörte. Nicht ausgeschlossen also, dass Nils den Einbrecher und Heikos Mörder gesehen hatte, sofern der Spanier nicht ein Fantasieprodukt war.

Thea fand den Gedanken jedenfalls nicht abwegig, dass Nils deshalb sterben musste. Sie mussten ihr Hauptaugenmerk ... Nein, der Sargento musste sein Hauptaugenmerk nun auf die Frage lenken, wie der Einbrecher Nils auf die Spur gekommen war. Sie würde später mit David Martinez telefonieren.

In ihrem Bungalow ließ sich Thea so, wie sie war, aufs Sofa fallen, hüllte sich in die kuschelige Decke, die dort immer auf sie wartete, und angelte nach der Fernbedienung für den Fernseher. Für heute war sie fertig mit der Welt, am liebsten hätte sie keinen mehr gehört oder gesehen.

Da Wünsche selten in Erfüllung gehen, klingelte in diesem Moment ihr Telefon. Widerwillig zog Thea die Strandtasche zu sich heran und beförderte nach einer kurzen Suche ihr Handy ans Tageslicht. Ein Blick aufs Display verbesserte ihre Laune schlagartig.

»Oliver!«, meldete sie sich und hoffte, sie klang nicht zu begeistert.

»Hola, Thea.«

Seine Stimme allein reichte aus, um bei ihr einen wohligen Schauer auszulösen, und beschwor Erinnerungen an die gemeinsame Nacht herauf.

»Ich fand die Nacht mit dir wunderschön«, sagte Oliver prompt. »Und ich habe mich gefragt, ob du wohl Lust hast, mit mir und einigen Freunden Palmas Nachtleben unsicher zu machen. Anschließend könntest du bei mir übernachten. Im Haus oder wir fahren wieder zum Boot.«

In Thea fochten unmittelbar diverse Wünsche einen erbitterten Kampf miteinander aus. Sich bei Oliver fallen lassen zu können war vermutlich der einzige Weg, ihr Gedankenkarussell zu stoppen. Andererseits hatten die vergangenen Tage sie aufgerieben, und sie sehnte sich nach Ruhe. Durch Palmas Clublandschaft zu ziehen war das genaue Gegenteil davon.

»Hm, Begeisterung hört sich anders an«, kam Olivers Stimme aus dem Telefon. »Thea, tut mir leid, falls ich die Nacht falsch interpretiert habe. Ich dachte, es hätte dir genauso gefallen …«

»Hat es doch«, unterbrach Thea ihn. »Sehr sogar.« Sie musste lächeln. Wenn er wüsste, *wie* sehr. »Um den Teil des Abends geht es gar nicht. Aber ehrlich gesagt ist mir nicht nach Party. Es ist heute etwas Schlimmes geschehen. Mein zweiter Nachbar Nils ist auch tot. Ich war dabei, als seine Leiche gefunden wurde.«

»Thea, oh mein Gott.« Oliver klang bestürzt. »Das wusste ich nicht. Nein, natürlich ist dir unter diesen Umständen nicht nach Party zumute. Weißt du was? Ich komme vorbei. Ganz zwanglos. Wir können reden, vielleicht kann ich dich auf andere Gedanken bringen.«

»Du musst deine Pläne nicht meinetwegen umwerfen«, protestierte Thea ohne viel Nachdruck. Eigentlich hörte sich sein Vorschlag verflixt gut an.

»Ich werfe nichts um. Nach Palma kann ich immer noch, wenn ich dich ins Bett gebracht habe.« Er lachte, und Thea musste über die Zweideutigkeit grinsen.

»Klingt prima. Und – Oliver?«

»Ja?«

»Danke.«

Nun rappelte sie sich doch vom Sofa hoch, um rasch zu duschen und sich umzuziehen. Sie hätte Oliver bitten sollen, was zu essen mitzubringen, es entwickelte sich allmählich zur schlechten Gewohnheit, dass ihr Kühlschrank kaum etwas hergab. Andererseits konnte sich der Mensch auch bestens von Serranoschinken, Manchegokäse und Oliven ernähren, fand Thea. Das hatte sie seit dem Tag ihrer Ankunft fast immer im Kühlschrank. Vermutlich kam Oliver ohnehin nicht zum Essen zu ihr. Bei diesem Gedanken stellte sich sofort ein leichtes Bauchkribbeln ein.

Im letzten Punkt hatte sie sich geirrt, merkte sie, als Oliver schließlich vor ihrer Tür stand und eine große Tüte hochhielt. »Ich habe uns Tapas mitgebracht. Ich wusste nicht, ob du schon etwas gegessen hast. Notfalls kann man sie morgen noch essen.«

»Das passt perfekt.« Thea strahlte ihn an. »Ich habe noch nicht gegessen, und mein Kühlschrank ist wie immer mager gefüllt.«

Zum Glück hatte sie ihre Weinvorräte bei ihrem letzten Einkauf aufgestockt, sodass sie zumindest einen fruchtigen Rosé beisteuern konnte. Kurz darauf saßen Thea und Oliver eng nebeneinander auf dem Sofa vor dem niedrigen Couchtisch und probierten sich durch die Tapas, die von einfachen Speisen, wie eingelegte Sardellenfilets, über frittierte Spießchen mit Hackfleisch, Tomate und Manchegokäse bis hin zu raffinierten Kombinationen wie Chorizowurst in Rotwein reichten.

»Das schmeckt göttlich.« Thea angelte sich eine Scheibe der marinierten Zucchini vom Teller. »Vorhin dachte ich noch, ich würde keinen Bissen herunterbekommen, aber jetzt ...« Sie ließ den Satz offen, weil die nächste Zucchinischeibe in ihren Mund wanderte.

»Es muss ein ziemlicher Schock gewesen sein.« Oliver strich kurz über ihren Arm. »Was ist denn geschehen?«

Thea fing mit ihrem vergeblichen Besuch auf der verlassenen Finca am Vortag an.

»Hat die Polizei nicht gestern sofort eine Suche eingeleitet? Oder ist das eine naive Vorstellung aus den Fernsehkrimis?«

»Sie haben ihn natürlich zur Fahndung ausgeschrieben, aber da Nils nach Meinung des Sargento sofort nach unserem Aufeinandertreffen vorgestern das Weite gesucht hat, sah er keine Veranlassung für den ganz großen Auftrieb.«

»Keine Kriminaltechnik oder so?«

»Davon habe ich zumindest nichts mitbekommen. Für den Sargento stand ja fest, was geschehen war. Vielleicht schickt er jetzt noch einmal Leute hin.«

»Was gibt es denn jetzt noch zu ermitteln? War denn Nils' Tod kein Unfall?« Er sah sie bestürzt an. »Ein zweiter Mord?«

»Nicht ausgeschlossen.« Es tat gut, sich die Ereignisse des Tages von der Seele zu reden. Die zurückgedrängten Tränen fanden nun doch einen Weg nach draußen, und Oliver zog Thea an sich. Er streichelte sie zunächst beruhigend, später mit deutlich anderem Ansinnen, und auch seine Küsse, die erst sanft die Spur ihrer Tränen auf den Wangen verfolgt hatten, verwandelten sich in ein forderndes Spiel seiner Lippen.

Falls es seine Absicht war, sie auf diese Weise von ihrer Traurigkeit abzulenken, hatte er sein Ziel erreicht. Theas Leidenschaft entflammte schneller, als sie es nach diesem Tag für möglich gehalten hätte. Oliver zog ihr noch auf dem Sofa die Kleidung aus, und sie konnte es kaum erwarten, bis er endlich das Kondom aus seiner Hosentasche holte, bevor seine Jeans und das Shirt ebenfalls auf dem Boden landeten.

Ihre Hände glitten über seinen Körper. Schon am Donnerstag hatte sie gemerkt, wie durchtrainiert er war. Sie liebte es, seine definierten Muskeln zu berühren.

Plötzlich stutzte sie. »Was hast du denn gemacht?« Sie hatte an seinem Arm knapp unterhalb der Schulter eine Schwellung gespürt, die da nicht hingehörte. Nun sah sie genauer hin und bemerkte dort und an zwei weiteren Stellen Hämatome. »Bist du in eine Schlägerei geraten?«, neckte sie ihn.

»Unsinn.« Er lachte. »Eine Kollision mit unseren Kunststoffwannen im Lager. Ich habe beim Umräumen das Gleichgewicht verloren und unsanft das Regal umarmt. Halb so wild, und der Ware ist zum Glück auch nichts passiert.« Er beugte sich vor und verschloss ihren Mund mit einem Kuss. »Aber wenn du magst, kannst du mich natürlich sehr genau untersuchen«, raunte er ihr zwischendurch ins Ohr.

Als Thea erwachte, war Oliver gegangen. Nur das zerwühlte Bett und sein Duft zeugten davon, wie ausführlich er sie abgelenkt hatte. Sie lächelte bei der Erinnerung. Oliver war mit Sicherheit kein Mann für eine ernste Beziehung, aber heute war er genau das, was sie gebraucht hatte. Auch wenn sie wusste, dass er sich gerade in Palma vergnügte, und das vermutlich nicht allein. Sie horchte in sich hinein. Die Vorstellung kratzte ein wenig an ihrem Ego, aber der Stich der Eifersucht blieb aus. Gut so. Solange sich alles auf diesem Level bewegte, konnte sie sich gefahrlos auf weitere Dates mit ihm einlassen.

Sie wollte sich gerade wieder in die Decke kuscheln,

als es an der Tür klopfte. Jetzt – mitten in der Nacht? Hatte Oliver vielleicht doch ihrem Bett den Vorzug vor der Party im *Tito's* gegeben? Thea tastete nach ihrem Smartphone auf dem Nachttisch, bis ihr einfiel, dass es im Wohnzimmer lag.

Es klopfte noch einmal. Widerwillig erhob sich Thea und wickelte sich im Hinausgehen in ihr Laken. Das musste ohnehin in die Wäsche.

Auf dem Weg zur Tür warf sie einen Blick auf ihr Handy. So spät war es noch gar nicht. Gerade mal kurz vor neun Uhr am Abend. Sie hatte sich von der winterlichen Dunkelheit täuschen lassen.

Als sie durch den Spion blickte, stand nicht Oliver, sondern David Martinez vor ihrer Tür.

Sie öffnete einen Spaltbreit und spähte hinaus. »Was gibt's?«

»Eigentlich nichts.« Sein Lächeln geriet ein wenig unsicher. »Ich hatte nur nebenan zu tun und wollte nachschauen, wie es Ihnen geht. Sie sahen vorhin so betroffen aus. Es tut mir leid, wenn ich störe.«

»Oh.« Thea öffnete die Tür etwas weiter. Auf diese neue, freundliche Art des Sargento musste sie sich erst einstellen. »Das ist sehr nett von Ihnen. Ich hatte mich schon hingelegt.«

»Es tut mir leid.« David Martinez trat einen Schritt zurück. »Ich wollte wirklich nicht …« Er brach ab, und Thea konnte förmlich sehen, wie er ihr vermutlich leicht ramponiertes Erscheinungsbild erst jetzt richtig zur Kenntnis nahm und anschließend eins und eins zusammenzählte. Die Augenbraue schoss in die Höhe. »Tut mir leid«, wiederholte er zum dritten Mal und war schon fast von der Terrasse verschwunden, bevor Theas Worte ihn aufhielten.

»Sie stören nicht.« Das war nicht nur Höflichkeit. In

dem Moment, in dem sie es aussprach, merkte sie, dass sie es so meinte. Er sollte nicht gehen. David Martinez' gelassene Selbstsicherheit hatte eine beruhigende Wirkung.

Thea war nie die Prinzessin gewesen, die vom Prinzen gerettet werden wollte. Schon in Ermangelung geeigneter Prinzen hatte sie immer dafür gesorgt, für sich selbst einstehen zu können. Doch im vergangenen Jahr hatten sich einige Dinge geändert. Sie war sich ihrer Sterblichkeit bewusster geworden, hatte Verletzlichkeit kennengelernt und die Hilflosigkeit, wenn das Blut unaufhaltsam aus einem Körper sickerte. Sie hätte damals gerne eine Schulter zum Anlehnen gehabt, aber bekommen hatte sie nur einige Stunden mit einem Psychologen. Der war lang und schlaksig gewesen – Nils gar nicht einmal so unähnlich, wie ihr jetzt auffiel – und sicher kein Typ zum Anlehnen. Abgesehen davon, dass er das aus Gründen professioneller Distanz nicht zugelassen hätte. David Martinez' Schulter erschien hingegen gut zu diesem Zweck geeignet. »Geben Sie mir zehn Minuten, um mich frisch zu machen.«

»In Ordnung, ich komme in zehn Minuten wieder.« Der Sargento entschwand in die Dunkelheit, und Thea hörte, wie die Tür zum Nachbarbungalow aufgeschlossen wurde.

Einmal mehr duschte sie in Rekordzeit, band sich das feuchte Haar zu einem unförmigen Knäuel, das eher an einen beim Friseur zusammengefegten Berg Haare als an einen Dutt erinnerte, und schaffte es sogar noch, die Reste des Abendessens hinter dem Küchentresen verschwinden zu lassen. Gerade als sie das letzte Schälchen Tapas abgedeckt in den Kühlschrank stellte, klopfte es erneut.

Sie öffnete David Martinez, füllte zwei Gläser mit Wein und reichte eins davon dem Sargento. »Oder lieber etwas anderes?«

»Nein, Wein ist perfekt. Danke.« Er klang müde.

Sie setzten sich einander zugewandt aufs Sofa. Der Sargento hielt deutlich mehr Abstand als Stunden zuvor Oliver. Trotzdem saß er nah genug, dass Thea auffiel, wie erschöpft der Ermittler aussah. Obwohl er den halben Tag an der Luft gewesen sein musste, war er blass.

»Harte Woche, was?« Sie stellte ihr Glas auf den Couchtisch. »Sind Sie heute überhaupt schon zum Essen gekommen?«

Er schüttelte den Kopf. »Ich wollte vorhin Feierabend machen, als Ihr Anruf wegen Nils Hansen reinkam.« Er zuckte mit den Schultern. »Danach war keine Zeit mehr zum Essen. Sie wissen vermutlich selbst, wie das ist.«

»Deshalb habe ich gefragt.« Thea lächelte mitfühlend und stand auf. »Oliver hat vorhin Tapas mitgebracht, davon sind einige übrig geblieben. Ich mache Ihnen etwas zurecht.« Sie ging zur Küche und belud einen Teller mit den Köstlichkeiten.

Als sie den Kopf hob, trafen sich ihre Blicke. Sein Gesichtsausdruck hatte sich verändert. Sie kannte ihn mit harten, oft verbissenen Zügen, doch jetzt wirkte er weich, fast verletzlich. Eine seltsame Wärme durchströmte Thea, und sie schenkte ihm ein Lächeln, das er sanft erwiderte. Hatte sie sich vorhin noch seine Schulter zum Anlehnen gewünscht, erwachte nun ihr Beschützerinstinkt. Die kurze Auszeit auf ihrem Sofa mit Tapas und einem Glas Wein würde ihm hoffentlich guttun.

»Ich wollte nach Ihnen schauen, und nun umsorgen Sie mich«, sagte er, als hätte er ihre Gedanken gelesen. »Nicht, dass ich etwas dagegen hätte.« Dankbar nahm er den Teller entgegen und stürzte sich ausgehungert auf das Essen.

Thea beobachtete ihn verstohlen. Nach den ersten Tapas, die er herunterschlang, begann er zu genießen. Er kaute langsam und nickte hin und wieder anerkennend. Nach und nach wurde sein Lächeln zufriedener, und nachdem er die letzte der Tapas verspeist hatte, sah er Thea dankbar an. »Das tat gut. Und die Tapas waren ausgezeichnet. Danke.«

»Sehr gerne.« Thea brachte den Teller in die Küche. Auf dem Rückweg nahm sie die Flasche Wein und eine Flasche Wasser zum Sofa mit. »Kann ich Ihnen sonst noch etwas Gutes tun? Ich meine, haben Sie noch Hunger oder Durst?«, konkretisierte sie rasch, als der Sargento eine Augenbraue – natürlich wieder nur eine – belustigt nach oben zog.

»Gesättigt und zufrieden.« Eine kurze Stille trat ein. »Und wie geht es Ihnen?« Seine Stimme war anders, viel sanfter und einfühlsamer als sonst. Sie lernte David Martinez heute von einer völlig neuen Seite kennen.

»Ich weiß es nicht genau«, gab sie ehrlich zu. »Man sollte meinen, dass es mich nicht aus der Bahn wirft, einen toten Menschen zu sehen, doch ich merke, dass es fernab jeder Routine ist, wenn man das Opfer persönlich kennt.«

»Natürlich ist das ein riesiger Unterschied. Nur, dass man beruflich häufig mit dem Tod konfrontiert wird, macht aus uns ja noch keine Roboter. Auch wenn es Tage gibt, an denen man sich vielleicht sogar wünscht, es wäre anders.«

Schon wieder las er ihre Gedanken. Thea nickte mit einem Kloß im Hals. »Manchmal wäre es schön, nichts zu empfinden.« Schuldgefühle zum Beispiel. Weil man dem Kollegen nicht ausreichend Deckung gegeben hatte. Oder die Blutung nicht stoppen konnte.

»Thea.« David Martinez sah ihr tief in die Augen. »Wenn Sie darüber reden wollen – ich bin hier. Und breite Schultern zum Anlehnen habe ich auch.«

Das war dann wohl Gedankenlesen, Teil drei.

Thea presste die Lippen zusammen und schüttelte den Kopf. Der Kloß in ihrer Kehle wurde immer dicker. »Danke«, stieß sie schließlich hervor. »Aber es hat sich so viel aufgestaut. Wenn ich erst mal damit anfange, höre ich nicht mehr auf. So viel Zeit haben Sie gar nicht. Sie stecken mitten in einer Mordermittlung.«

Er lachte leise. »Das schaffe ich schon. Wenn Sie also wollen?«

»Es ist ja nicht nur die Sache mit Heiko und Nils«, erwiderte Thea leise. »Ich schleppe Ballast von zu Hause mit mir herum. Das wissen Sie ja.«

David Martinez nickte ernst. »Ich habe heute Abend nichts mehr vor.«

Thea füllte die Gläser nach, setzte sich, knetete ihre Finger auf dem Schoß und kämpfte mit dem Gefühl, ihm alles erzählen zu wollen, und der Angst davor, sich zu öffnen, weil sie nicht wusste, was das aus ihr machte. Aus ihr und aus der Art, wie David Martinez sie danach ansehen würde. »Sargento, ich weiß wirklich nicht …«, begann sie, weil er sie noch immer ruhig anblickte. Er hatte das Wer-zuerst-das-Schweigen-bricht-Spiel zum ersten Mal gewonnen.

»David«, sagte er. »Nicht Sargento. Wir sind in Spanien nicht so förmlich und duzen uns viel schneller als ihr Deutschen.«

Damit war sie wohl für ihn keine Verdächtige mehr. Oder er nahm den Teil der Vernehmungslehre zu genau, in dem geraten wurde, eine Beziehung zu der zu befragenden Person aufzubauen. Einerlei – so wie sie hier mit dem Sargento saß und drauf und dran war, ihm ihr Herz auszuschütten, kam es ihr unpassend vor, ihn mit seinem Dienstgrad anzureden und zu siezen.

»Thea«, erwiderte sie mit einem leichten Lächeln, und ihr wurde bewusst, dass er sie ohnehin schon mit dem Vornamen angesprochen hatte. »Gibt es schon etwas Neues von Nils?«, wich sie vorerst auf ein anderes Thema aus, das zwar ebenfalls schmerzte, aber nicht in gleichem Maße geeignet war, ihr vollends die Beherrschung zu rauben.

»Nein, noch nicht.« David schüttelte den Kopf. »Die Leiche ist jetzt in der Rechtsmedizin, die Kriminaltechnik hat bis zum Einbruch der Dunkelheit nach Spuren gesucht.«

»Macht die sicher glücklich, in dem Geröll zu arbeiten.«

»Absolut. Die sahen richtig begeistert aus. Auch, weil ein Wetterumschwung bevorstehen soll. Bei aufgewühltem Meer dürfte die Stelle von einigen Wellen überspült werden.«

»Vielleicht war das vom Täter beabsichtigt?«, überlegte Thea laut. »Die Stelle wäre klug gewählt: Es wäre plausibel, dass Nils sich da verstecken wollte. Dort gibt es Bänke, den Grillplatz, und abends, wenn die Leute weg sind, kann er sich in die Bootsgarage auf der anderen Seite zum Schlafen zurückziehen. Niemand wäre stutzig geworden, Nils da zu finden. Und in Anbetracht des Wetterberichts konnte der Täter damit rechnen, dass die Spuren über kurz oder lang weggespült werden würden.«

»Du klingst von der Theorie überzeugt.« David trank einen Schluck Wein und sah sie dabei fragend an.

»Völlig abwegig ist sie jedenfalls nicht. Nicht nur wegen des Bilderrahmens. Es ist mir zu viel Zufall, dass Nils nur vier Tage nach Heiko ums Leben kommt. Vier Tage, nachdem er vielleicht seinen Mörder gesehen hat.«

Davids Augenbraue hob sich. »Er hat den Mörder gesehen? Wie kommst du denn darauf?«

»Er hat es mir gesagt.«

Nun schoss auch die andere Augenbraue nach oben. Und der wohlbekannte strenge Zug kehrte in die Gegend der Mundwinkel zurück. »Und es ist dir nicht früher in den Sinn gekommen, mir dieses klitzekleine und ab-so-lut wich-ti-ge Detail eher mitzuteilen?«

»Doch, aber es hat sich irgendwie nicht ergeben. Du warst die vergangenen Tage immer so gereizt, wenn wir uns sahen.«

»Und das so völlig ohne Grund.« David nahm einen weiteren Schluck Wein. Einen sehr großen diesmal. Er seufzte. »Wärst du dann jetzt so freundlich, mir *alles* zu erzählen?«

»Als Nils am Dienstagmittag nach Hause kam, hat er einen Mann beobachtet, der gerade aus unserer Bungalowanlage auf die Straße trat. Er trug etwas bei sich, das Nils rückblickend für Heikos Rechner hielt.«

»Deshalb also deine Frage nach dem Computer. Hat Nils Hansen den Mann erkannt?«

»Nein, er war ihm fremd. Und ja, deshalb habe ich nach dem Rechner gefragt. Wenn der verschwunden gewesen wäre, hätte ich sicher gewusst, dass Nils die Wahrheit sagt.«

»Nun ist das Ding aber noch da.«

»Richtig. Doch der Mann gehört zu niemandem der anderen Bewohner. Ich habe vorhin mit meinen Nachbarn gesprochen. Entweder entspringt der Typ also als Schutzbehauptung Nils' Fantasie, und Nils war der Täter. Oder es war der Dealer, und Nils hat nur vorgegeben, ihn nicht erkannt zu haben. Oder aber«, Thea legte eine Pause ein, um ihre Schlussfolgerung zu betonen. »Oder aber Nils war Augenzeuge und musste womöglich deshalb sterben.«

»So, du hast deine Nachbarn schon befragt.« David schüttelte den Kopf, als ob er nicht wüsste, ob er amüsiert oder verärgert sein sollte. »Vielleicht sollte ich einfach hier sitzen bleiben und deinen Weinvorrat leeren, und du übernimmst in der Zeit meine Ermittlungen?« Er legte sich in die Polster zurück. »Das hört sich gerade sehr gut für mich an. Dein Sofa ist gemütlich.«

»Das geht nicht. Ich kann nämlich nicht die Herausgabe der Telefondaten beantragen. Die Weinvorräte bekommst du erst am Ende des Falls.«

»Hm«, brummte David. »Und was willst du wissen?« Er blinzelte schläfrig in ihre Richtung.

»Ich will wissen, wie Nils' Mörder ihn aufgespürt hat. Er muss ja irgendwie herausgefunden haben, wo sich Nils versteckt hielt. Meine Überlegung ist die, dass sich Nils hilfesuchend an jemanden gewandt hat. Und derjenige war entweder selbst der Täter oder der Täter hat irgendwie von diesem Anruf erfahren. Das aufzuklären ist dein Job.«

»Oder es war ein Unfall.« David leerte das Glas, behielt es aber in der Hand und spielte gedankenverloren mit dem Stiel. »Die Verbindungsdaten sind ohnehin beantragt, sobald wir ein Handy bei ihm finden. Und die Rechtsmedizin wird uns morgen hoffentlich mehr dazu sagen, ob Unfall oder Delikt.« Er rappelte sich aus den Polstern hoch und stellte das Glas auf den Tisch.

Thea hob fragend die Flasche.

»Für mich nur noch Wasser.« Er sah bedauernd auf den Wein. »Ich muss noch fahren.«

»Ich habe ein Gästezimmer.« Thea war seit der Nacht,

als sie wegen Heikos und Nils' Streit in Beccas Schlafzimmer gezogen war, dort geblieben.

Wortlos hielt David ihr sein Weinglas hin. Thea füllte ihm und ihr das Glas und stand auf, um die leere Flasche gegen eine volle auszutauschen. Hoffentlich hatte sie genügend Aspirin für morgen. Sie ahnte, dass der Abend auf einen beachtlichen Kater hinauslaufen würde.

»Ich glaube, du bist eine gute Ermittlerin.« David hob sein Glas in ihre Richtung, und sie stießen an. »Nicht, dass ich mir nicht trotzdem vorbehalte, dich vorzuladen, wenn du mir noch einmal Informationen vorenthältst, aber es gefällt mir, wie du Dinge durchdenkst.«

»Ich nehme an, das ist so etwas wie ein Kompliment.« Thea grinste. »Dann will ich mal nicht so sein und dir auch die Personenbeschreibung des mutmaßlichen Einbrechers geben.«

»Thea.« David sah sie kopfschüttelnd an. »Nicht dein Ernst. Ich dachte, Nils Hansen hätte ihn nicht erkannt.«

»Hat er auch nicht. Aber ich habe ihn mir beschreiben lassen.« Angesichts seiner finsteren Miene gluckste Thea. »Sei nicht sauer, ich erzähle dir ja schon alles. Es macht nur gerade Spaß, dich zu ärgern.« Sie spürte, wie der Wein die Last des Nachmittags leichter machte und durch andere Gefühle ersetzte: die Lust, zu lachen und albern zu sein. Den Wunsch, Davids Angebot anzunehmen und zu probieren, wie gut sich seine Schultern tatsächlich zum Anlehnen eigneten. Und die Erkenntnis, ordentlich beschwipst zu sein.

Er sah sie immer noch böse an, doch ihr entging das leichte Zucken seiner Mundwinkel nicht. »Kann es sein, dass du ein klitzekleines bisschen zu viel Wein hattest?«

»Möglich.« Sie kicherte. »Ich habe ja auch schon einen Vorsprung.«

»Hm.« Kurz verfinsterte sich seine Miene.

»Eigentlich konnte oder wollte mir Nils gar nicht viel sagen. Er beschrieb den Mann als einen Allerweltstypen ohne Auffälligkeiten. Spanier, mit einem Hoodie bekleidet, kompakte Statur. Nils hätte nicht einmal bei einer Phantomzeichnung helfen können. Hat er zumindest behauptet.«

»Und dennoch ist er deiner Theorie zufolge dafür umgebracht worden.«

»Der Täter kann ja nicht wissen, wie genau Nils ihn erkennen konnte. Und ich glaube auch, Nils hat mir diesbezüglich nicht die Wahrheit gesagt. Ihm ging es vor allem darum, sich selbst aus der Schusslinie zu halten.«

»Ist jetzt eh zu spät.« David verzog unzufrieden das Gesicht. »Ich werde mich morgen mal dahinterklemmen, ob Nils sich seit seiner Flucht in Paguera hat blicken lassen oder jemanden kontaktiert hat.« Er drehte den Stiel seines Glases zwischen den Fingern und beobachtete die wellenartige Bewegung der rosafarbenen Flüssigkeit. Dann hob er den Blick. »Wieso hast du in Deutschland hingeschmissen? Ich merke doch, wenn ich jemanden vor mir habe, dem das Ermitteln im Blut liegt.«

Thea schluckte. Der Moment der Wahrheit. Sofern sie es zuließ. Wollte sie das? Vielmehr – konnte sie das? Um Zeit zu gewinnen, öffnete sie die neue Flasche Wein und schenkte nach, obwohl die Gläser noch gar nicht leer waren. Ja, das würde morgen definitiv Kopfschmerzen geben.

David beobachtete sie stumm. Er drängte sie nicht, aber der Blick, mit dem er sie bedachte, war eine wortlose Aufforderung, sich ihm anzuvertrauen.

Langsam schob sie den Ärmel ihres Shirts ein Stück nach oben. Ihre Finger zitterten leicht. Sie vermied es seit fast einem Jahr, die Narbe an ihrem Oberarm zu berühren, mehr noch, sie sah sie sich nicht einmal im Spiegel an. Wie eine Mahnung an ihr Versagen zog sich die rote Linie sechs Zentimeter lang horizontal über ihren Arm.

»Wir hatten einen Einsatz«, begann sie. »Wir wollten nur einen Zeugen befragen. Zu diesem Zeitpunkt deutete nichts darauf hin, dass er tatverdächtig sein könnte. Als meinem Kollegen und mir das klar wurde, war es zu spät. Wir saßen in der Falle. Ich hatte nicht einmal Zeit, meine Waffe in Anschlag zu bringen, da traf mich schon der erste Schuss. Ein Streifschuss, aber ich verlor meine Dienstpistole.« Jetzt zitterte nicht mehr nur Theas Hand. Ihr Körper bebte, und die bekannte und gefürchtete Übelkeit stieg in ihr auf.

»Wenn zum ersten Mal auf einen geschossen wird, kann einen das ganz schön aus der Bahn werfen«, hörte sie Davids Stimme wie aus weiter Ferne. »Thea, ist alles in Ordnung? Du bist ganz blass.«

Nichts war in Ordnung. Sie hatte es ja gewusst. Sie hätte gar nicht erst davon anfangen dürfen. Jetzt erlebte David sie in ihrem schlimmsten Moment, und sie konnte es nicht abstellen. Wie ein Kleinkind wiegte sie sich vor und zurück in der Hoffnung, dass sich die Übelkeit und die leichte Atemnot nicht zu einer ausgewachsenen Panikattacke steigern würden. Die hatte sie überwunden geglaubt.

Plötzlich spürte sie kräftige Arme. Ein männlich herber Geruch stieg in ihre Nase, und sie wunderte sich, dass sie solche Nebensächlichkeiten überhaupt wahrnahm. David hatte sich hinter sie gesetzt, sie an sich gezogen und hielt sie nun fest umarmt. Geborgen. Warm. Sicher.

Langsam strömte die Luft wieder leichter in ihre Lungen. Sie gestattete sich, sich an ihn zu lehnen.

»So ist es gut«, hörte sie seine Stimme an ihrem Ohr.

»Schön ein- und ausatmen. Es ist alles gut. Ich bin hier, und du bist in Sicherheit.«

Sie wurde ruhiger, registrierte, wie gut ihr die Umarmung tat, und auch, dass es David war, der sie umarmte, und sie das durchaus angenehm fand. Sie legte ihren Kopf an seine Schulter, und als er darauf reagierte, indem er sanft ihren Arm streichelte, wertete sie es als Zeichen, dass für ihn diese Nähe ebenfalls in Ordnung war. Plötzlich fühlte Thea einen Frieden in sich wie seit Monaten nicht mehr. Vielleicht verlieh ihr das den Mut, tief Luft zu holen und zu sagen: »Es ist nicht die Verletzung, die mir zu schaffen macht. Sondern dass mein Kollege in meinen Armen starb.«

David schwieg, aber er zog sie noch etwas enger an sich heran. »Das tut mir leid«, sagte er schließlich leise. »Erzähl mir davon.«

Thea schüttelte den Kopf. »Das kann ich nicht. Du hast doch gesehen, was passiert, wenn ich die Erinnerung zulasse.«

»Es wird nicht besser, wenn du es nicht tust.« Seine Stimme war warm, aber bestimmt. »Ich bin hier, und ich halte dich. Lass es raus. Ich bin da.«

Ohne sich aus Davids Umarmung zu befreien, streckte sich Thea nach ihrem Weinglas. Mit drei großen Schlucken leerte sie es zur Hälfte, bis David es ihr abnahm, selbst daraus trank und es dann mit einer bewundernswerten Gelenkigkeit auf dem kleinen Beistelltisch hinter sich platzierte, ohne Thea dabei loszulassen.

Der Grat war schmal, zwischen der leichten Fröhlichkeit, die der Wein auslöste, und der bleiernen Müdigkeit, die darauf folgte. Theas Kopf wurde schwer. Sie rutschte tiefer, legte ihren Kopf auf Davids Brust und schloss die Augen.

Sein Herzschlag war für eine Weile das Einzige, das

sie hörte. Bis David die Stille zerschnitt. »Erzähl es mir, sonst wirst du es nicht los.«

»Ich werde weinen. Atemnot bekommen. Schlimmstenfalls eine Angstattacke. Du hast mich doch gerade erlebt.«

»Eben darum weiß ich, wie wichtig es ist, darüber zu reden.« Der Klang seiner ruhigen Stimme umhüllte sie wie eine Decke. Vielleicht war er wirklich der Richtige, um sich zu öffnen. Sie wäre in nicht einmal mehr drei Wochen wieder weg und würde den Mann danach nie wiedersehen.

»Es hatte einen Toten gegeben, und es sprach viel für einen nicht natürlichen Tod. Also sind mein Kollege André und ich …« Thea schluckte. Es schmerzte schon, seinen Namen laut auszusprechen. »André und ich sind im Nahbereich losgezogen, um mögliche Zeugen zu befragen. Es war eine ländliche Gegend, spärlich besiedelt, kaum als Dorf zu bezeichnen. Aber genau in solchen Orten achten die Leute noch aufeinander. Wir machten uns Hoffnung auf einen Zeugen.« Sie sprach immer hektischer, als könnte sie der Angst damit ein Schnippchen schlagen. Wenn sie nur schnell genug fertig wurde, schaffte sie es vielleicht, bevor der Druck auf der Brust so stark wurde, dass sie keine Luft mehr bekam. »Wir erreichten ein Gehöft, recht verbaut. Haus, Stall, Scheune, alles ging ineinander über. Der Landwirt war im Stall, wir befragten ihn dort. Ich weiß nicht einmal, warum André misstrauisch wurde. Auf mich wirkte der Mann völlig normal, aber ich spürte mit einem Mal Andrés Anspannung. Und der Täter wohl auch, denn plötzlich verschwand er in einem Gang. Und dann geschah alles gleichzeitig. André zog seine Dienstpistole, wies mich an, ihm Rückendeckung zu geben, da tauchte der Bauer mit einer geladenen Waffe hinter uns auf. Später stellte sich heraus, dass es durch die vielen An- und Umbauten unzählige Türen und Gänge gab. So konnte er uns unbemerkt umrunden und im Vorbeigehen seine Waffe mitnehmen. Ehe ich noch begriffen hatte, was geschah, drückte er ab und traf André. Ich hatte meine Pistole noch nicht einmal im Anschlag, da schoss er auch auf mich.« Theas Hand wanderte automatisch an ihren Arm. Ihr Herz hämmerte ein Stakkato gegen den Brustkorb.

»Atmen, Thea, atmen.« Davids Stimme drang in ihr Bewusstsein, bevor die Angst das Kommando übernahm. »Hör auf meine Stimme. Schön ein- und ausatmen. Einfach atmen.«

Seine Worte begleiteten Thea, bis der Druck auf die Brust tatsächlich nachließ und sich ihr Puls normalisierte. Er hatte es geschafft, die Panikattacke abzuwenden. Und nicht nur das – es gelang Thea, weiterzusprechen. Zwar hörte sich ihre Stimme in ihren eigenen Ohren brüchig und schwach an, doch zum ersten Mal in ihrem Leben erzählte sie jemandem, der nichts mit der internen polizeilichen Untersuchung zu tun hatte, was danach geschehen war. Wie sie André in ihren Armen hielt, während das Blut aus ihm sickerte. »Zu diesem Zeitpunkt hatte ich noch nicht einmal gemerkt, dass ich ebenfalls getroffen worden war. Im ersten Moment war ich nur dankbar dafür, dass der Kerl kein zweites Mal auf mich schoss, sondern das Weite suchte. Heute denke ich manchmal, es wäre besser gewesen, wenn er auch mich getroffen hätte.«

»So darfst du nicht reden.« David klang erbittert, fast zornig. »Ich glaube nicht, dass deinem Kollegen das gefallen würde.«

Ihm gefiel es ganz offensichtlich nicht.

»Ich weiß, dass es unvernünftig ist. Aber in dunklen

Stunden schleicht sich der Gedanke heran, wie viel Leid mir erspart geblieben wäre, wenn ich in diesem Stall gestorben wäre. Er lag in meinen Armen, und ich musste zusehen, wie das Leben aus ihm wich. Ich hatte Verstärkung gerufen, ein altes Handtuch gefunden, das ich ihm auf die Schusswunde drückte, und redete wie irre auf ihn ein, dass er durchhalten muss und so Zeug. Meine Hände waren voller Blut, sein Blick wurde immer leerer. Ich wusste, er schafft es nicht, und ich konnte nichts dagegen tun.« Tränen liefen ihr über die Wangen, die sie erst bemerkte, als David sie behutsam mit dem Daumen wegwischte. Er hielt sie still fest, gab ihr einfach das Gefühl, mit alldem nicht allein zu sein. Halt bei ihm zu finden.

Und es wirkte.

Thea erlaubte den Tränen, zu fließen. Sie kämpfte nicht wie sonst dagegen an, weil sie spürte, dass David ihr die Möglichkeit verschaffte, sich nach dem Weinen zum ersten Mal nicht verlassen zu fühlen. Er würde sie auffangen, wenn sie am Ende in dieses tiefe schwarze Loch zu fallen drohte.

Sie fiel nicht.

Die Tränen rannen unaufhörlich, sie bekam durch die verstopfte Nase keine Luft, ihr Gesicht war heiß und ihre Lider geschwollen. Dennoch stoppte sie die Tränen nicht, und als sie letztlich von selbst verebbten und sie sich leer und erschöpft fühlte, blieb all das aus, was sonst folgte. Die quälenden Schuldgefühle, die sie nach dem Weinen in die Schwärze zogen, lauerten am Rande ihres Bewusstseins, aber sie sprangen Thea nicht mit der gleichen Wucht an wie früher.

»Danke«, murmelte sie. »Warum tust du das?« Sie hob den Kopf. Kurz durchzuckte sie der Gedanke, dass sie furchtbar aussehen musste, doch nun war es eh zu spät. Ihre Blicke kreuzten sich bereits.

»Du hast vorhin in der Bucht so verletzlich ausgesehen. Ich musste einfach wissen, dass es dir gut geht.« Er strich ihr sanft über die feuchte Wange. »Und da es dir nicht gut ging, wollte ich das ändern.«

Sie lächelte. »Du bist also doch nicht nur zur Guardia Civil gegangen, um schnell Auto fahren zu dürfen.«

»Säge nicht an meinem Image vom harten Kerl.« Er lächelte zurück. »Du weißt, wir Spanier sind Machos.«

»Ach so.« Thea runzelte demonstrativ die Stirn. »Also wolltest du doch nur nach den Vorschriften des Lehrbuchs eine persönliche Beziehung zu deiner Zeugin aufbauen.«

»Das mit der persönlichen Beziehung könnte stimmen.« David sah sie intensiv an. Sein Blick war so ernst, dass er Thea durch und durch ging. Was passierte hier?

»Ich dachte eigentlich, dass du froh bist, mich nicht zu sehen. Du machtest nie einen besonders glücklichen Eindruck, wenn wir aufeinandertrafen.«

»Das *Sehen* empfand ich nie als Problem.« David schmunzelte. »Dass du meine Arbeit ständig torpedierst, verstimmt mich gelegentlich.«

»Ich torpediere doch gar nicht«, protestierte Thea und wollte sich aufrichten, doch David zog sie einfach in seine Arme zurück, und sie legte ihren Kopf wieder an seine Schulter. »Ich habe dir immer alles gesagt.«

»Und das nahezu sofort«, brummte er.

Sie schwieg für einen Moment. »Meinst du, Nils würde noch leben, wenn ich dich sofort informiert hätte?«

»Thea, tu das nicht.«

»Was denn?« Überrascht hob sie den Kopf.

»Such dir nicht die nächste Baustelle für Schuldgefühle. Noch wissen wir nicht einmal, was passiert ist.

Wenn du je wieder in deinem Beruf arbeiten willst, musst du aufhören, dir ständig die Schuld zu geben. Du kannst nicht alle retten. Vielleicht wirst du irgendwann zu spät kommen, weil du noch ein Bocadillo gekauft hast. Oder einen entscheidenden Zusammenhang nicht auf Anhieb begriffen hast. Oder was auch immer.«

»Hast du gelernt, damit umzugehen?«, fragte sie leise. Sie hatte gemerkt, dass er immer dann besonders heftig reagierte, wenn es um Schuldgefühle ging.

»Nicht so, wie ich es gerne hätte«, antwortete er offen. »Aber ich habe gelernt, Dinge einzuordnen, und damit kann ich arbeiten, sobald die Was-wäre-gewesen-wenn-Gedanken kommen.«

»Meinst du, ich kann das auch lernen? Manchmal denke ich, ich bin tatsächlich falsch in meinem Beruf.«

»Sieh mich an.« Er wartete, bis sie den Kopf hob und sich ihre Blicke trafen. »Du bist nicht falsch in deinem Beruf. Was ich gestern zu dir gesagt habe, war dumm. Du bist ein kluger Kopf und denkst dich in die Fälle hinein. Bleib dabei, Thea.«

Wie leicht wäre es für ihn gewesen, mit dem Finger auf ihren Fehler zu zeigen und Salz in die Wunde zu streuen. Doch er besaß die Größe, es nicht zu tun.

»Danke«, sagte sie, und als er ihr Lächeln erwiderte, legte sie ihren Kopf erneut an seine Brust. Es gab keinen Grund, das zu tun, weil ihre Krise – zumindest für heute – überwunden war. Aber es fühlte sich einfach gut an, und David schien nichts dagegen zu haben. Im Gegenteil. Er strich mit seinen Fingern sanft über ihren Arm, und sie blieben schweigend liegen. Allmählich wurden Davids Bewegungen träger, und irgendwann ging sein Atem tief und gleichmäßig. Thea richtete sich vorsichtig auf. Tatsächlich: David war eingeschlafen.

Behutsam schälte sie sich aus seiner Umarmung und

angelte die Kuscheldecke vom anderen Ende des Sofas, die sie über sie beide zog. David war so erschöpft, dass er sich nur kurz regte. Im Halbschlaf zog er Thea wieder an sich.

13

Das Sofa verfügte über eine breite Sitzfläche, trotzdem war es schmaler als ein Bett. Und auf Dauer unbequemer. Theas Rücken schmerzte, und sie war sich sicher, dass Davids Arm schon vor Stunden eingeschlafen sein musste. Dennoch konnte sie sich am nächsten Morgen kaum entschließen, sich aus seiner Umarmung zu lösen, und auch er schien es nicht eilig zu haben aufzustehen. Vielleicht fürchtete er ebenso wie sie, diese besondere Stimmung zu zerstören. Es gab Momente, die ließen sich nicht wiederholen, und dies hier – sie beide, die Geborgenheit, die Vertrautheit zwischen zwei fast fremden Menschen – war ein solcher Augenblick. Wenn sie nun aufstanden, war diese spezielle Nacht unwiderruflich vorbei.

Davids Telefon nahm ihnen schließlich die Entscheidung ab. Seufzend stand Thea auf und reichte David seine klingelnde Jacke vom Sessel.

»Sí«, meldete David sich, und es folgten noch einige »Sí, sí« mehr, während Thea gespannt versuchte, etwas von dem Gespräch aufzuschnappen. Sie ahnte, dass es um Nils ging.

»Ich komme gleich«, verabschiedete sich David und beendete das Gespräch. »Ich muss los. Besprechung und dann zur Obduktion.«

»Handtücher liegen im Bad, wenn du duschen möchtest. Ich kann dir in der Zeit einen Kaffee machen.«

»Ich glaube, eine heiße Dusche wäre nicht schlecht.« David ließ die Schulter kreisen und verzog das Gesicht.

»Ich habe irgendwo Sportsalbe gesehen«, rief sie ihm hinterher, als er im Bad verschwand.

»Übertreib nicht, ich bin ein harter Kerl«, kam es prompt aus dem Bad zurück.

Die Aspirin, die sie ihm neben seinen Kaffee legte, steckte er dann aber doch mit einem dankbaren Nicken ein.

»Meldest du dich, wenn du etwas Neues weißt?«, bat Thea, während David in seine Jacke schlüpfte und sie ihn zur Tür begleitete.

Er hob seine Augenbraue. »Dass ich hier der Ermittler bin und du zur Erholung auf dieser schönen Insel, gilt weiterhin.« Er seufzte leicht, als er ihren Blick sah. »Mal sehen, was sich machen lässt. Jetzt muss ich los. Bis später.« Mit dynamischen Schritten joggte er über den Gartenweg zu seinem Auto, das – wie könnte es anders sein – einmal mehr äußerst abenteuerlich schräg in einer zu engen Parklücke stand.

Thea blickte ihm mit einem nachdenklichen Lächeln nach. Ob das Gespräch mit ihm tatsächlich etwas in ihr gelöst hatte? Im Moment fühlte es sich so an. Das käme einem Wunder gleich, und Becca würde feixen, dass sie am Ende recht behalten hatte. Mallorca tat ihr wirklich gut.

Trotz ihrer leichten Kopfschmerzen stürzte sich Thea mit erstaunlich viel Energie auf den Hausputz. Fred schaute vorbei, forderte sein Frühstück ein, war jedoch offensichtlich kein Freund von Staubsauger und Wischmopp und verschwand sofort, nachdem er seinen Napf geleert hatte. Weil sie in Putzlaune war und sich überdies die Sonne nicht zeigen wollte, beschloss Thea, sich auch die Fenster vorzunehmen.

Oft sah sie in der Hausarbeit nur eine lästige Pflicht,

aber gelegentlich half die Monotonie, ihre Gedanken zu ordnen. Heute war so ein Tag.

Während sie das Schlafzimmerfenster streifenfrei polierte, dachte sie an jenes im Nachbarbungalow. Sie hatte vergessen, David danach zu fragen. Warum hatte es offen gestanden? War der Typ vom Hof – Nils' Dealer? – dort eingestiegen? Oder war Heiko tags zuvor nach Hause gekommen, während sich der Eindringling im Schlafzimmer aufhielt? Der hatte dann vielleicht das Fenster geöffnet, um zu fliehen, bevor er gemerkt hatte, dass der Weg dort hinaus eine gewisse Geschicklichkeit verlangte.

Thea starrte mit dem Lappen in der Hand ins Leere. Sie visualisierte, was geschehen sein könnte. Solche Ereignishypothesen aufzustellen war Bestandteil ihrer Arbeit. Sobald es erste Erkenntnisse gab, stellten sich die Ermittler mindestens zwei unterschiedliche Abläufe vor. Den für sich selbst plausibelsten und zwingend einen alternativen Weg. Das sollte vermeiden, sich vorschnell in eine einzige Idee zu verrennen. Den Hergang wie einen Film vor ihrem geistigen Auge abzuspulen war Theas Stärke. Das hatte sie zumindest bis zu dem verhängnisvollen Einsatz mit André gedacht. Denn was an jenem Tag geschah, hatte sie nicht kommen sehen. Sie waren blind in die Falle getappt.

»Schon wieder neue Schuldgefühle?«, hörte sie Davids Stimme in ihrem Kopf. Er hatte ja recht. André war der weitaus erfahrenere Kollege, und selbst er hatte nichts geahnt – oder erst, als es bereits zu spät war.

Sie traf keine Schuld. Das war das Ergebnis der damaligen Untersuchung gewesen, und das hatten ihr alle Kollegen und ihr Vorgesetzter immer wieder versichert. Und doch hatte es offensichtlich erst der Worte des Sargento David Martinez bedurft, damit sie den Gedanken zuließ, sie könnte *tatsächlich* schuldlos sein.

Mit einem stillen Dank an David verbot sie es sich, weiterzugrübeln, und konzentrierte sich auf den Fall. Ihr innerer Spielfilm zeigte den Täter im Schlafzimmer. Massig, Hoodie, vielleicht zu ungelenk, um aus dem Fenster zu steigen und auf das untere Grundstück zu gelangen. Was geschah dann? Heiko kommt nach Hause, das Paket unter dem Arm. Hat er seinen Irrtum schon bemerkt? Wohl nicht, sonst hätte er kehrtgemacht, Thea war schließlich noch im Laden, und Heiko hatte Mittagspause, also Zeit. Heiko betritt den Bungalow, der Täter hat keine Ausweichmöglichkeit. Es kommt zum Kampf, Heiko stürzt, schlägt sich den Kopf an und stirbt.

Thea stutzte. In dem Bild stimmte etwas nicht.

Das Paket.

Das Paket fehlte in der Szene. Wo war es in dem Handgemenge abgeblieben? Hätte Heiko es noch in den Händen gehalten, wäre es unmittelbar neben ihm zu Boden gefallen. Kartons rollen nicht weg. Sie kippen vielleicht einmal um, doch danach liegen sie dort, wo sie aufgekommen sind. Thea ging davon aus, dass ihr ein Paket neben Heiko aufgefallen wäre. Hatte es also keinen Überraschungsangriff gegeben?

Sie spulte den inneren Film zurück zu dem Punkt, als Heiko den Bungalow betritt. Er kommt herein, stellt das Paket auf den Tresen und bemerkt dann … ja, wen? Zu diesem Szenario passte die These von einem Einbrecher, den Heiko erst bemerkt, nachdem er das Paket abgelegt hat. Ebenso war hier die alternative Ereignishypothese denkbar, die David Martinez bevorzugte. Wenn seine Version stimmte, existierte kein Einbrecher, und Nils war der Täter. Heiko kommt nach Hause, stellt das Paket ab, Nils und er geraten in Streit, der handgreiflich wird. Mit dem bekannten Ergebnis. Verdammt.

Es war wichtig, wo genau das Paket gelegen hatte. Doch ihre Erinnerung ließ sie ausgerechnet in diesem Punkt im Stich. Zu sehr war sie auf den toten Heiko fixiert gewesen. Sie musste David fragen, wo seine Kollegen das Paket gefunden hatten.

Sie schrieb David eine Nachricht, dass er sich bitte bei ihr melden sollte, wenn er mit seiner Besprechung und dem Besuch in der Rechtsmedizin fertig war. Dann legte sie sich mit einem Buch auf die Couch und wartete.

Am späten Nachmittag wurde sie ungeduldig. David rührte sich nicht. Nicht einmal Oliver ließ etwas von sich hören. Er hätte ja zumindest mal fragen können, wie es ihr geht, dachte sie und schmollte ein wenig. Dabei hätte sie es besser wissen sollen. So war Oliver nun einmal.

Spät am Abend kam endlich doch noch eine Nachricht von David, aber sie war ernüchternd kurz. Er hätte unheimlich viel zu tun gehabt, schrieb er, und dass er sich morgen melden werde. Er meinte es offenbar ernst damit, sie aus seinen Ermittlungen weiterhin auszuschließen. Mit dem bitteren Gefühl einer vor der Nase zugeschlagenen Tür schaltete Thea den Fernseher an und ließ sich von einem schlecht gemachten Krimi ablenken.

***

Als Thea am nächsten Morgen den Laden betrat, war sie allein im Coco. Das Lager war verwaist und dunkler als sonst, denn das Sonnenlicht der letzten Wochen fehlte. Das angekündigte Tiefdruckgebiet hatte Mallorca erreicht. Für die Berge der Serra Tramuntana galt eine Unwetterwarnung. Hier unten an der Küste war das Wetter nur trüb und entsprach damit exakt Theas Laune. Sie hatte gehofft, wenigstens Oliver kurz zu sehen, wenn schon der Sargento sie ignorierte.

Grummelnd machte sie sich einen Kaffee, trat ans Schaufenster und wartete auf die ersten Kunden. Es hatte angefangen zu regnen, und die Straße lag wie ausgestorben vor ihr. Kein Wetter für einen Einkaufsbummel. Es würde ein ruhiger Morgen werden. Und ein langweiliger. Die Aussicht darauf hob ihre Stimmung nicht unbedingt.

Unschlüssig betrachtete sie die Regale. Sie konnte Staub wischen und Ware auffüllen. Besser, als mit der Kaffeetasse in der Hand in den Regen hinauszustarren. Der gewann an Stärke und trommelte inzwischen ein prasselndes Stakkato auf das Vordach.

Mit dem Staublappen in der Hand machte sie sich an die Arbeit, notierte im Geiste, wo Ware nachgelegt werden konnte, dekorierte ein wenig um und ging schließlich ins Lager, um die fehlenden Artikel aus den Plastikwannen zu holen.

Weder Oliver noch Ángel ließen sich blicken. Ángel bestückte den Verkaufswagen für den Markt meist schon am Vorabend, sodass sie nie sagen konnte, ob sie überhaupt einen der beiden antreffen würde. Ihr war inzwischen so langweilig, dass sie sich sogar über Ángels immer ein wenig mürrische Miene gefreut hätte.

Nachdem sie die Regale im Laden aufgefüllt hatte, blieb endgültig nichts mehr zu tun. Im Lager befanden sich noch einige Pakete im Bereich der Anlieferung, aber sie verwarf den Gedanken sofort wieder, sich die vorzunehmen. Oliver hatte am Anfang die klare Anweisung gegeben, die neu gelieferte Ware nicht anzurühren. Viel war es ohnehin nicht, was dort aufs Auspacken wartete. Ein kleineres Paket mit blauem Etikett wie jenes, das in

Heikos Bungalow gestanden hatte, dazu zwei größere mit den orangefarbenen Etiketten eines Händlers, der – wenig überraschend – Produkte aus Orangen anbot. Vom Orangenöl über Orangentee bis zum Orangengelee bezogen sie eine Vielzahl von unglaublich wohlriechenden Artikeln. Die Pakete verströmten einen derart intensiven Duft nach Zitrusfrüchten, dass Thea sie blind im Regal hätte finden können.

Nach einem letzten Blick ins Lager drehte sie sich um, schaltete das Licht aus und ging in den Laden zurück. Gerade sprintete jemand quer über die Straße. Der arme Mann hatte sich den denkbar schlechtesten Zeitpunkt ausgesucht, denn es schüttete wie aus Kübeln. Mit einem großen Sprung über eine Pfütze erreichte er den Gehweg und flüchtete sich unter das Vordach des Coco. Er hob den Kopf, strich sich die nassen Haare aus der Stirn – und entpuppte sich als David.

Ein Lächeln stahl sich in Theas Gesicht. Endlich ein menschliches Wesen, und noch dazu ein sehr willkommenes.

Die Tür schwang auf, und ein triefender Sargento betrat den Laden. Er blieb am Eingang stehen. »Hola.« Erneut strich er sich die Haare aus der Stirn. Danach standen sie in alle Richtungen ab, was ihm etwas von der Strenge nahm, die ihn sonst umgab. »Ich wollte mit dir einen Kaffee trinken, aber ich fürchte, so wird das nichts.« Er deutete auf die Tropfen unter ihm, die sich zu ersten kleinen Rinnsalen vereinten. »Eigentlich hält die Jacke einiges ab, aber das hilft nichts, wenn das Wasser in den Kragen läuft«, beschwerte er sich.

Thea holte ein frisches Handtuch aus dem Schränkchen neben der Toilette. »Hier, erste Hilfe. Wenn du möchtest, kann ich dir einen Kaffee machen. Oder lieber einen Tee zum Aufwärmen?«

»Lieber Kaffee.« Mit einem dankbaren Lächeln griff er zum Handtuch, trocknete sein Gesicht ab und verstrubbelte seine Haare noch mehr. Thea hätte gerne ein Foto gemacht. Sie nahm ihm die nasse Jacke ab und hängte sie im Nebenraum so auf, dass sie in den Putzeimer tropfen konnte, nebenbei beauftragte sie die Kaffeemaschine mit zwei Tassen Kaffee und schäumte Milch auf.

»Lebensretterin.« David nahm seine Tasse entgegen. »Tut mir leid, dass ich es gestern nicht mehr geschafft habe, mich zu melden. Wir müssen den Kollegen bei der Drogensache aushelfen. Da scheint momentan mehr Methaqualon im Umlauf zu sein, und wir wissen noch immer nicht, wie es auf die Insel gelangt.«

»Frustrierend, ich weiß.« Sie schenkte ihm einen mitfühlenden Blick. »Gleich zwei Fälle, die nicht so recht vorankommen. Oder gibt es bei Heiko und Nils etwas Neues?«

David schmunzelte. »Sehr subtil, Frau Kollegin. Munter aufs Ziel vorgeprescht. An deinen Vernehmungsmethoden müsstest du vielleicht noch einmal arbeiten.« Er probierte seinen Kaffee. »Der ist gut.« Glücklich lächelte er in die Tasse und trank gleich noch einige Schlucke. »Bestechungsversuche wirken bei mir allerdings nicht. Nicht einmal mit Kaffee. Du hast dich wahrlich schon genug in meinen Fall eingemischt.«

»Und dabei einiges mehr an Ermittlungserfolgen erzielt als du«, konnte sich Thea nicht verkneifen. »Vor nicht allzu langer Zeit hast du meine Fähigkeit noch gelobt, wie ich Fälle durchdenke.«

Er hielt ihr die inzwischen leere Tasse hin. »Machst du uns noch einen Kaffee, bitte?«

Mit frischem Kaffee versorgt und an den Kassentresen gelehnt, warf David Thea einen langen Blick zu. »Ich werde es bereuen«, murmelte er zu sich selbst und dann etwas lauter: »Ich werde dir erzählen, was wir bisher haben. Viel ist es allerdings nicht. Bei Heiko zeigte das toxikologische Gutachten keine Auffälligkeiten, abgesehen davon, dass er am Vorabend Alkohol konsumiert hat.«

»Wein«, sagte Thea bedrückt, und die Erinnerung an den gemeinsamen Abend – der letzte in Heikos Leben – schmerzte erneut. »Wir haben drei Flaschen getrunken.« Zu ihrer Überraschung streckte David die Hand aus und drückte tröstend ihren Arm.

»Gestorben ist Señor Gortz infolge eines Schlags auf den Hinterkopf«, fuhr er fort. »Der war nicht sofort tödlich, führte jedoch zu einem Sturz, dabei traf er mit dem Kopf auf die Kante des Küchentresens, und beide Verletzungen zusammen sorgten für eine so schwere Schädigung des Hirns, dass er daran verstarb.«

Thea schloss kurz die Augen und schluckte. Im Grunde hatte sie es gewusst, Heikos Lage hatte darauf hingedeutet. Zudem war es wahrlich nicht das erste Mal, dass sie ein Opfer mit Schädel-Hirn-Trauma vor sich sah und später in der Rechtsmedizin Details über den Hergang hörte. Ihr Verstand hatte all das längst parat, doch ihre Seele tat weh, weil es einen Mann betraf, zu dem sie eine beginnende Freundschaft gespürt hatte.

»Und Nils?«, fragte sie, um es hinter sich zu bringen. »Wie ist er ums Leben gekommen?«

»Eine Vielzahl von inneren Verletzungen, dazu Kopfverletzungen, die von dem Sturz herrühren«, antwortete David. »Ob er gestoßen wurde oder gefallen ist, lässt sich nicht mit Sicherheit sagen. Beide Szenarien sind denkbar und würden mit den Spuren in Einklang zu bringen sein. Keine Fesselmale. Zur Toxikologie kann ich noch nichts sagen.«

»Hm. Also sind wir keinen Schritt weiter. Die Art

und Weise, wie beide ums Leben gekommen sind, war uns ja im Grunde vor der Obduktion schon klar.«

David nickte mit grimmiger Miene. »Das bringt es leider auf den Punkt. Es gibt keine weiteren Spuren. So denn die Theorie mit dem Einbruch stimmt, hat der Täter Handschuhe getragen. An der Kleidung des Opfers gab es Fremd-DNA, doch da er den ganzen Tag von Kunde zu Kunde gefahren ist und zwischendurch noch einkaufen war, wird es schwer möglich sein, daraus irgendwelche Schlüsse zu ziehen. Andersherum wäre es einfacher. Wenn wir einen Tatverdächtigen hätten …« Er zuckte mit den Schultern. »Wir wissen ja nicht einmal, ob die Sache mit dem Einbrecher stimmt.«

»Glaubst du, der Drogenkram hat etwas mit dem Tod von Heiko und Nils zu tun?«

»Das eine Motiv ist so gut wie das andere.« David schnalzte mit der Zunge. »Bisher haben wir nicht die leiseste Ahnung, wer etwas gegen Heiko Gortz gehabt haben könnte. Ausnahmslos jeder, den wir gefragt haben, konnte nur Gutes berichten. Nett, sympathisch, fleißig, zuverlässig.«

»Würde ich so unterschreiben«, sagte Thea. »Vielleicht bringt uns die Sache mit dem Paket weiter.«

Interesse blitzte in Davids Augen auf. »Was soll damit sein?«

»Weißt du, wo das Paket gefunden wurde? Also das, was Heiko irrtümlich aus dem Coco mitgenommen hatte. Bei unserem Tausch stand es auf der Arbeitsplatte hinter dem Küchentresen. Aber befand es sich da schon die ganze Zeit oder haben es die Kollegen nach der Untersuchung dort hingestellt?«

»Keine Ahnung. Müsste ich nachsehen. Warum ist das wichtig?« Sein Tonfall war geschäftsmäßig geworden. Sie sah seiner Miene an, dass er zum ersten Mal mit der Ermittlerin Thea Molt sprach. Die Kollegin und nicht mehr die Touristin aus Deutschland.

»Ich habe die Abläufe visualisiert«, erklärte Thea. »Und für mich gibt es nur zwei denkbare Alternativen: Im ersten Szenario kommt Heiko nach Hause, mit dem Paket unter dem Arm. Er wird von dem Einbrecher überraschend niedergeschlagen, bevor er die Gelegenheit hat, es irgendwo abzustellen. Das Paket fällt dabei zu Boden. Es muss in der Nähe seiner Leiche ... also irgendwo bei Heiko gefunden worden sein. Im anderen Szenario kommt er nach Hause. Er stellt das Paket ab, weil es entweder keinen Einbrecher gibt oder der zunächst von Heiko nicht bemerkt wird. Erst danach kommt es zum Kampf.«

»Und es macht einen Unterschied, weil ...?«

»... weil in beiden Szenarien ein Einbrecher als Täter infrage kommt, Nils jedoch nur im zweiten, denn ich sehe keinen plausiblen Grund für einen Überraschungsangriff von Nils. Selbst wenn die beiden am Mittag erneut gestritten hätten, wäre Heiko doch zumindest die Zeit geblieben, den Bungalow zu betreten und das Paket ordentlich abzustellen.«

»Sollte das Paket also heruntergefallen sein, spricht es für einen Überraschungsangriff durch einen Unbekannten.« David brummte leise. »Lässt sich hören, auch wenn es nur ein vager Fingerzeig ist. Sehr vage, wenn du mich fragst.«

»Das ist mir klar. Ich habe nur keine andere Idee.«

»Ich leider auch nicht. Ich werde mich wegen des Pakets schlaumachen, dann können wir dein Szenario vielleicht anpassen.« Er hielt kurz inne. »Gefällt mir, deine Herangehensweise.«

Mit diesem Lob hatte sie nicht gerechnet. Thea lächelte. »Gibt es etwas Neues wegen des Schlafzimmerfensters? Ich weiß noch nicht genau, wo uns das hinführt, doch interessiert mich, wie deine Kollegen es vorgefunden haben und ob es Spuren gab. Außerdem, welche Abdrücke auf dem Paket waren. Der Einbrecher könnte die Position nachträglich verändert haben.«

»In Ordnung, *jefa*.« Immerhin schmunzelte David, als er sie Chefin nannte. »Ich werde mich melden, sobald ich nachgesehen habe. Jetzt muss ich los und mich wieder um diese Drogengeschichte kümmern. Du ahnst nicht, wie sehr ich diese Fernsehkommissare beneide, die immer nur einen Fall haben. Ich muss ständig irgendwo einspringen.«

»Oliver«, ertönte in diesem Moment Ángels Stimme aus dem Lager. »Kannst du mir bei dieser verfluchten Kiste mal helfen? Das Scheißding ist brutal schwer.«

Thea warf einen verblüfften Blick in Richtung Tür. »Ich wusste gar nicht, dass die beiden da sind.«

»Dann störe ich ja ohnehin.« David wirkte plötzlich eine Nuance kühler. »Danke für den Kaffee.«

Er ging in den Nebenraum, riss die Jacke vom Bügel und stapfte aus dem Laden, bevor Thea noch etwas sagen konnte außer: »Bis bald.«

Seltsam, dass er mit einem Mal so gereizt war. War er etwa eifersüchtig? Er wusste, dass Oliver am Samstag die Tapas mitgebracht hatte, und er hatte aus Theas Aussehen sicherlich die richtigen Schlüsse gezogen. Aber selbst wenn er seine Distanz allmählich aufgab, hatte sich David ihr gegenüber nie anders als ein Freund verhalten. Am Samstag zugegebenermaßen wie ein sehr enger Freund. Mehr war da jedoch nicht gewesen. Sie zuckte mit den Schultern. Vielleicht hatte David auch einfach einen schlechten Tag.

Sie stieß die Tür zum Lager auf. »Hallo, ihr beiden. Ich wusste gar nicht, dass ihr schon zurück seid.«

»Grüß dich, Thea.« Oliver schenkte ihr ein breites Lächeln. »Es war so wenig los auf dem Markt, dass wir abgebaut haben, bevor uns am Ende der nächste Wolkenbruch fortgespült hätte.«

Ángel knurrte lediglich etwas, das entfernt an »Hola« erinnerte, aber genauso gut ein Fluch hätte sein können. Zum Tonfall passte Letzteres. Ob er immer so grimmig war oder konnte er nur sie nicht leiden? Freunde würden sie jedenfalls nie werden. Das sah mit Oliver ganz anders aus, der sie erneut mit einem Lächeln bedachte, das hell in den trüben Tag strahlte.

»Ich habe heute leider einiges zu erledigen. Aber ich melde mich die Tage bei dir, okay?«

War das eine Variation von »Ruf mich nicht an, wir rufen Sie an«? Egal, sie hatte gewusst, worauf sie sich einließ. Wenn sie anfing, sich Gedanken darüber zu machen, war es ohnehin an der Zeit, die Reißleine zu ziehen.

»Ja, klar.« Sie erwiderte sein Lächeln lässig. »Wir sehen uns dann.«

Sie nickte Ángel kurz zu und kehrte in den Laden zurück. Sie würde jetzt Feierabend machen, sich aufs Sofa werfen und es heute nicht mehr verlassen. Schade, dass Becca keine Badewanne hatte, das wäre an diesem kühlen, nassen Tag das Richtige.

14

Dienstag. Markttag. Und damit der schrecklichste Tag im Coco. Das Wetter hatte sich nicht wesentlich gebessert, noch immer hingen dicke Wolken über der Insel. Becca behauptete oft, das Licht auf Mallorca sei selbst bei Regen ein anderes als in Deutschland. Thea bemerkte eigentlich keinen großen Unterschied. Graue Wolken waren nun einmal graue Wolken. Vielleicht milderte die Weite des Meeres das Gefühl ab, der Himmel könnte einem gleich auf den Kopf fallen. Sie würde es am Nachmittag bei einem Strandspaziergang ausprobieren. Auf dem Weg zum Coco fand Thea die kalte Feuchtigkeit in der Morgenluft jedenfalls genauso ungemütlich wie in Deutschland. Mit hochgezogenen Schultern eilte sie zum Laden.

Sie hatte gehofft, das Wetter würde die Lust der Menschen auf einen Marktbesuch dämpfen, und anfangs sah es tatsächlich danach aus. Später klarte es jedoch auf, und nun strömten die Massen wie gewohnt zum Markt und bummelten auf dem Rückweg an den Schaufenstern vorbei.

Nachdem sie dreimal den Inhalt der berühmten Paella-Gewürzmischung vorgelesen hatte, kannte sie sie beim vierten Mal fast auswendig. Die handgefertigten Ölkännchen fanden heute reißenden Absatz, nachdem Thea sie im Zuge der gestrigen Umdekorierung besser in Szene gesetzt hatte. Sie verkaufte Salz- und Pfefferstreuer, verschiedene Öle und klopfte sich im Stillen selbst für ihre Geduld auf die Schulter, als eine Kundin triumphierend trompetete, auf dem Markt seien die Tischdecken in diesem typisch mallorquinischen Dessin aber viel günstiger, und dabei einen Zipfel aus der Tüte zog, um das aufgedruckte Zungenmuster zu präsentieren. Aber Becca hatte Thea ja vorgewarnt. Also lächelte sie höflich, erklärte kurz den Unterschied zu ihrer Ware und wandte sich einer anderen Kundin zu, die das Gespräch interessiert verfolgt hatte und im Anschluss einen der traditionell gefertigten Tischläufer bei ihr kaufte.

Der vermeintliche Sparfuchs schaute etwas pikiert drein, schien einen Moment unentschlossen, wählte dann jedoch den geordneten Rückzug und stolzierte aus dem Laden.

Nachdem der Ansturm abgeebbt war, betrachtete Thea erschöpft, aber mit sich zufrieden die Lücken in den Regalen. Falls es morgen wieder regnen sollte, hatte sie wenigstens damit zu tun, alles zu ordnen und neu zu dekorieren.

Am Nachmittag zog der nächste Regen auf, und Thea verschob den geplanten Strandspaziergang. Das hier war Mallorca und nicht die Nordsee, wo Windböen und Schauer auf eine verschrobene Art dazugehörten. Sie hatte es sich gerade mit einer Tasse Tee, einem Buch und der kuscheligen Decke, die ein bisschen nach David roch, auf dem Sofa gemütlich gemacht, als ihr Telefon losdudelte. David.

»Es ist seltsam«, begann er nach einer kurzen Begrüßung. »Ich habe vorhin mit der Kriminaltechnik Rücksprache gehalten. Ein Paket scheint nicht untersucht worden zu sein. Mehr noch – keiner der Kollegen kann sich an ein Paket erinnern.«

»Wie kann das sein?« Thea runzelte die Stirn. »Hatte er es noch im Auto und die Leute von der Kriminaltechnik haben es später in die Küche gelegt?«

»Dann hätte sich zumindest derjenige daran erinnert, der sich darum gekümmert hat. Ich habe allerdings einen der Forensiker noch nicht erreicht, er hat in dieser Woche frei. Vielleicht kann er das Rätsel lösen. Ich bleibe dran.« Er klang gestresst.

Thea rieb sich mit der freien Hand über die Stirn. Das bekannte Prickeln setzte ein, mit dem ihr Unterbewusstsein ihr signalisierte, dass sie achtsam sein musste, weil sich der Fall entwickelte.

»Das Schlafzimmerfenster war übrigens geschlossen. Die Spurensicherung meint, da wurde nachgeholfen. In keinem Fall kann ein Kater das Fenster einfach aufstoßen.«

»Halt mich auf dem Laufenden«, bat Thea, deren Prickeln sich stetig steigerte. Statt ihres Krimis hatte sie nun einiges an echtem Kriminalstoff, worüber sie nachdenken musste.

»Habe ich eine Wahl?«

Thea hörte Davids Schmunzeln förmlich durch den Hörer. »Nicht, wenn du den Fall gelöst haben willst«, antwortete sie neckend, und nun lachte er.

»Ich melde mich. Versprochen.«

***

Mittwoch schien es, als hätten alle kulinarisch Begeisterten ihre Einkäufe am Dienstag erledigt. Zwei Touristinnen studierten mäßig interessiert die verschiedenen Ölsorten, um letztlich zu beschließen, dass die Flaschen zu groß und zu schwer für den Koffer waren. Immerhin nahmen sie jede ein Döschen Flor de Sal mit, und Thea notierte sich im Geiste, den Bestand zu kontrollieren. Sie hatte gestern bereits viel von dem Salz verkauft, das sich in den hübschen Dosen zum Renner entwickelte.

Nachdem die Kundinnen den Laden verlassen hatten, ging Thea ins Lager. Die Wanne mit den Vorräten an Flor de Sal war wie befürchtet nahezu leer. Sie musste Oliver dringend bitten nachzubestellen.

Sie räumte die beiden verbleibenden Döschen Salz ins Regal, füllte die anderen Lücken auf und kehrte ins Lager zurück, um zu kontrollieren, dass ihre Kunststoffwannen alle wieder ordentlich zurückgestellt und verschlossen waren. Mehrfach streifte ihr Blick das Regal mit den Wareneingängen. Zwei Pakete standen dort, die von ihrem Produzenten des Flor de Sal stammten. Die Etiketten leuchteten ihr entgegen.

Eigentlich war es unsinnig, dass sie heute nur noch maximal drei Dosen der Salzspezialität verkaufen konnte, wo sich hier im Lager zwei volle Kartons befanden. Oliver hatte ihr diesbezüglich allerdings eine klare Ansage gemacht, und sie wollte keinen Ärger provozieren. Also musste sie hoffen, dass heute kein weiterer Kunde dem hübschen Design erliegen würde.

Der helle Ton des Glockenspiels kündigte neue Kundschaft an, und natürlich verkaufte sie prompt das nächste Döschen Meersalz.

»Die Dosen sind so nett anzuschauen, Salz braucht man immer, und es ist klein genug für ein Reisemitbringsel«, erklärte ihr die Kundin ungefragt die erstaunliche Beliebtheit des Produkts.

Dieser Meinung waren noch zwei weitere Kunden, und lange vor dem Mittag – und damit dem Ladenschluss – war das Fach mit dem Meersalz leer.

Nun wurde es Thea zu dumm. Oliver konnte nicht daran gelegen sein, dass sie keinen Umsatz machte, einfach nur, weil die Ware hinten im Lager herumstand anstatt im Laden. Sie hatte sich zwar vorgenommen, ihn nicht anzurufen, doch das hier betraf das Geschäftliche.

Entschlossen zückte sie ihr Handy und wählte seine Nummer, aber es meldete sich sofort die automatische Stimme, die ihr mitteilte, dass sich der Teilnehmer außerhalb des Empfangsbereichs befand. Vielleicht war er auf dem Meer, dann würde es heute schwierig, ihn überhaupt zu erreichen.

Nach kurzer Überlegung betrat sie das Lager und zog einen der Kartons mit den bunten Salz-Etiketten hervor. Sie würde sorgfältig notieren, was sie wo entnommen hatte, dann würde Oliver schon nicht sauer werden.

Der Karton war schon geöffnet, einige Dosen schienen zu fehlen. Sie erinnerte sich, dass Oliver und Ángel letzte Woche damit begonnen hatten, die Lieferung auszupacken. Sie nahm von jeder Sorte – *natural*, mit Chili versetzt, mit Kräutern – zwei Dosen heraus und schrieb die Entnahme auf einen Zettel, den sie in den Karton legte. Eine zusätzliche Notiz würde sie Oliver nachher an der Kasse hinterlassen; wenn er die Einnahmen abholte, wusste er Bescheid, das sollte seinem Kontrollbedürfnis doch reichen.

Gerade beugte sie sich über die Kiste, um den Zettel hineinzulegen, als hinter ihr Schritte erklangen. Schwere Schritte. Erschrocken fuhr sie herum.

Ángel stand vor ihr. Zorn blitzte in seinen Augen.

Thea prallte zurück und spürte etwas Hartes in ihrem Rücken. Ihr wurde bewusst, dass sie zwischen dem massigen Spanier und dem Regal gefangen war – und Ángel sah aus, als wollte er sie in Stücke reißen.

»Ángel, was soll das?« Sie versuchte, selbstbewusst zu klingen. Gar nicht so einfach, wenn die Stimme im selben Moment drei Oktaven zu hoch piepste.

»Das sollte ich wohl eher dich fragen.« Ángel ergriff ihr Handgelenk. »Was ist das hier?« Er meinte das Blatt, das sie noch immer hielt.

»Ich habe …« Thea räusperte sich. »Mein Flor de Sal ist leer. Ich habe mir einige Dosen aus dem Karton genommen und wollte Oliver diese Notiz hinterlassen, wegen der Buchführung.«

Ángel gab ihr Handgelenk frei und riss ihr mit einem Ruck den Zettel aus der Hand. Er starrte darauf, knüllte ihn zusammen und schleuderte ihn in eine Ecke.

»Hör gut zu«, sagte er und trat noch näher. Jetzt passte kein Blatt Papier mehr zwischen ihre Körper. Es war zu nah, um ihm das Knie in die Weichteile zu rammen. Ohnehin wollte Thea ungern eine Schlägerei mit dem engsten Mitarbeiter von Beccas Kollegen – und ihrem Bettgefährten – beginnen. Selbst wenn Ángel ihr allmählich richtig Angst machte. Er zwang sie mit einem Zangengriff unter ihrem Kinn, zu ihm aufzusehen, und als Thea auf seinen wilden Blick traf, setzte ihr Herz einen Schlag aus. Sie wusste nicht, was ihn dermaßen in Wut versetzte, aber sie steckte offenbar gewaltig in der Klemme.

»Oliver hat dir erklärt, dass du die Finger von diesen Paketen lassen sollst.« Seine Stimme war ein einziges Grollen. »Und ich sorge dafür, dass Olivers Anordnungen befolgt werden, verstehst du?« Um seine Worte zu unterstreichen, drückte er noch fester zu.

Thea traten vor Schmerz Tränen in die Augen. Hilflos gab sie ein Geräusch von sich, das irgendwo zwischen Wimmern und Zustimmung lag.

»Ja, verstehst du?«, wiederholte Ángel und weidete sich offensichtlich an seiner Überlegenheit.

Als hätte er damit eine Linie übertreten, die Thea unbewusst als gerade noch erträglich gezogen hatte, verwandelte sich ihre Angst urplötzlich in Entschlossenheit und Energie. Sie spannte ihre Hände und knallte sie mit aller Kraft in etwa dorthin, wo Ángels Nieren sein mussten. Die allerdings gut geschützt unter einer Schicht Muskeln lagen. Thea hatte das Gefühl, in einen Medizinball zu schlagen, während Ángel nur ein eher überraschtes als schmerzvolles Grunzen von sich gab. Dennoch reichte es, damit er seinen Griff um ihren Kiefer lockerte. Thea wollte sich aus der Situation heraus- und an ihm vorbeiwinden, da hatte er sie bereits gepackt und zu Boden geworfen. Erschrocken schrie sie auf. Sie sah Ángels großen Schatten über sich auftauchen und riss abwehrbereit die Arme hoch. In diesem Moment ertönte eine scharfe Stimme.

»Keine Bewegung. Lassen Sie die Frau in Ruhe.«

David! Das war David. Vor Erleichterung hätte sie fast gelacht. Mit einer raschen Bewegung kam sie auf die Beine und achtete darauf, nicht zwischen Ángel und David zu geraten, der tatsächlich seine Waffe gezogen hatte.

»Was ist hier los?« David betrat mit großen Schritten den Raum und warf Thea schnell einen prüfenden Blick zu. »Alles in Ordnung?«

Thea rieb sich den schmerzenden Kiefer. »Ja, geht schon.«

David wandte sich Ángel zu, mit einer Miene, die Ärger bedeutete. In diesem Moment ging das Tor zum Lager mit einem leisen Quietschen auf. Der Marktwagen rollte in den Hof, und Oliver sprang aus dem Führerhaus. Sichtlich gutgelaunt wie immer kam er herein und blieb abrupt stehen. »Habe ich etwas verpasst?« Er kniff die Augen zusammen und fixierte David, der seine Waffe inzwischen wieder verstaut hatte. »Und Sie sind …?«

»David Martinez, Sargento der Guardia Civil.«

»Guardia Civil?« Oliver runzelte die Stirn. »Sie sind aber doch privat hier.« Er sah vom Sargento zu Thea

177

und zurück, und etwas Fragendes schwang in seiner Feststellung mit.

»Das habe ich gedacht, aber dann wurde ich Zeuge dieses kleinen Zwischenfalls.« David erwiderte Olivers Blick kühl. »Jetzt ist es wohl eher dienstlich.«

»Zwischenfall?« Olivers Stirnrunzeln vertiefte sich. »Was für ein Zwischenfall?«

»Ein Missverständnis«, beeilte sich Ángel zu erklären. »Thea räumte in den Paketen herum, ich habe nur deine Anordnung wiederholt, dass sie nicht darangehen soll. Irgendwie sind wir darüber in Streit geraten. Tut mir leid.« Er verzog das Gesicht zu etwas, das er wahrscheinlich für eine reumütige Miene hielt, Thea jedoch eher an den Gesichtsausdruck eines Drittklässlers erinnerte, der gezwungen wurde, sich nach einer Pausenhofrauferei bei seinem Mitschüler zu entschuldigen.

Trotzdem winkte sie ab. »Schon gut. Unter Arbeitskollegen muss man keine große Sache daraus machen.« Dass sie David bitten würde, Ángel zu überprüfen, musste dieser ja nicht wissen, und da sie vorhatte, ihn im Auge zu behalten, spielte sie ihm jetzt lieber die Friedfertige und Harmlose vor.

»Also gut.« Oliver nickte, sah noch immer stirnrunzelnd in die Runde, dann kehrte das gewohnt lässige Lächeln in seine Gesichtszüge zurück. »Thea, du brauchtest Meersalz? Die dort?« Er deutete auf die Dosen, die Thea aus dem Karton genommen hatte.

»Ja, steht auf dem Zettel, der …«, sie sah sich um und zeigte auf das zusammengeknüllte Papier einige Schritte entfernt auf dem Boden, »… da drüben liegt.«

Ángel bückte sich danach, strich den Zettel glatt und reichte ihn Oliver, der das Blatt mit unbewegter Miene nahm und las.

»Alles klar, nimm die Dosen mit nach vorne.« Er

schenkte ihr ein Lächeln. »Und Thea, bitte frag demnächst. Das hier hätte alles nicht sein müssen.«

Hätte es wirklich nicht, dachte Thea. Wenn die beiden nicht so zwanghaft reagieren würden, sobald es um das Lager geht. Oliver hatte Ángel zwar als äußerst temperamentvoll beschrieben, aber ob das diesen cholerischen Aussetzer wirklich erklärte? Ihre Neugier war geweckt.

Ohne den wütenden Spanier noch eines Blickes zu würdigen, stapelte Thea die Meersalzdosen und balancierte sie in den Laden.

David folgte ihr. »Verrätst du mir, was das gerade war?«

Während Thea die Dosen ins Regal stellte, warf sie einen Blick über ihre Schulter. Lässig an den Kassentresen gelehnt, beobachtete David sie. »Nicht hier. Ich vermute, die Wände haben Ohren.«

David sah sie einen Moment lang stirnrunzelnd an, dann hellte sich seine Miene auf. »Ach, du meinst, *die Wände hören*. So sagt man das hier.« Er lachte leicht. »Ich wollte dich ohnehin fragen, wann du hier fertig bist. Wir könnten zusammen einen Kaffee trinken.«

»Klingt gut.« Thea blickte auf die Uhr. »Ein bisschen muss ich noch. Vielleicht in einer Stunde?«

»Treffen wir uns bei dir? Ich wollte mir in der Nachbarwohnung das Schlafzimmerfenster noch einmal ansehen. Dann warte ich auf deiner Terrasse.«

Thea blickte durch das Schaufenster auf die Straße. Es war unverändert trüb und grau, ein Fußgänger eilte mit hochgezogenen Schultern vorbei. »Moment.« Sie holte ihre Tasche aus dem Nebenraum und angelte den Bungalowschlüssel aus dem Chaos. »Das Wetter ist furchtbar. Du kannst bei mir im Warmen warten, wenn du möchtest.«

David nahm mit überraschter Miene den Schlüssel, den sie ihm vor die Nase hielt.

»Was denn?«, kommentierte Thea. »Ich werde doch wohl einem Kollegen vertrauen können.«

Als Thea eine Stunde später nach Hause kam, wurde ihr Vertrauen belohnt. David hatte unterwegs eine Ensaimada gekauft und bereits die Kanne für den Café solo vorbereitet.

»So möchte ich häufiger empfangen werden.« Thea lächelte. »Danke.«

Kurz darauf saßen sie mit den Kaffeetassen auf dem Sofa, die riesige Schmalzteigschnecke vor sich, von der sie abwechselnd kleine Stücke abrissen.

»Hast du dir das Schlafzimmerfenster angesehen?« Thea leckte sich genüsslich den Puderzucker von den Lippen.

David nickte. »Die Kollegen sind sich sicher, dass das Fenster verschlossen gewesen war und nach der Inaugenscheinnahme nicht offen geblieben ist. Die Überprüfung hat gezeigt, dass es gut schließt. Ich habe mich gerade selbst noch einmal davon überzeugt: Das geht nicht einfach von allein auf oder weil ein Kater dagegendrückt. Wohl aber lässt es sich mit einem gewissen Kraftaufwand aufstoßen. Und ich wette, genau das ist geschehen. Die Kollegen haben nämlich bei der neuerlichen Untersuchung Absplitterungen entdeckt. Leider keine weiteren Spuren.«

»Das ist ja ein Ding.« Thea rieb sich über die Nasenwurzel. »Ich will deinen Kollegen nicht zu nahe treten, aber glaubst du, sie könnten bei der ersten Untersuchung etwas übersehen haben?«

»Nein.« David schüttelte energisch den Kopf. »Das ist

ein gutes, verlässliches Team. Die haben sorgfältig gearbeitet.«

»Aber das hieße ja …«

»… dass es einen weiteren Einbruch gab«, vervollständigte David den Satz. »Ja, darauf deutet alles hin. Obwohl ich mir keinen Reim darauf machen kann.«

Thea rieb kräftiger über ihre Nasenwurzel. »Damit wird Nils' Version immer wahrscheinlicher. Es gab einen Einbrecher. Heiko hat ihn bei seinem Tun gestört, er musste deshalb später noch einmal wiederkommen.«

»Was ebenfalls bedeutet, dass deine Nachbarn keine Zufallsopfer waren. Dem Einbrecher ging es gezielt um etwas, das einer der beiden in seinem Besitz hatte.«

Thea sah David ratlos an. »Ich nehme an, ihr habt alles gründlich durchsucht.«

»Natürlich haben wir das.« Eine Augenbraue wanderte nach oben. Thea wusste das inzwischen als Zeichen zu deuten, dass David amüsiert, spöttisch oder verstimmt war. Da seine Miene in diesem Moment eher ausdruckslos war, blieb die Deutung ein Ratespiel.

»Das war keine Kritik. Nur eine Feststellung«, schob sie rasch hinterher. »Ich versuche nur, einen Sinn in die Sache zu bekommen.«

»Heiko Gortz war beliebt, aber offenbar hatte er keine Freunde, die ihm wirklich nahestanden. Es kann oder will uns niemand eine Idee zu einem möglichen Motiv liefern. Zu seiner Familie in Deutschland hatte er nur sehr lockeren Kontakt. Selbst das allseits beliebte Motiv Geld fällt weg. Keine Schulden, aber auch keine Reichtümer. Nichts. Auch keine Vorstrafen. Es gibt einfach nichts.« David fuhr sich frustriert durch die Haare. Er riss sich noch ein Stück aus der Ensaimada und kaute wütend darauf herum.

Thea teilte seine Ratlosigkeit. Die Angelegenheit wurde immer seltsamer. »Ob er bei einem Kunden etwas gesehen hat und zum Schweigen gebracht werden sollte?«, überlegte sie laut. »Nein, dann ergibt der zweite Einbruch keinen Sinn. Aber vielleicht hat er etwas aufgenommen? Ein belastendes Foto?«

»Möglich, aber wir haben nichts gefunden, das darauf hindeutet.«

»Hm.« Zufrieden war Thea mit ihrer Theorie auch nicht. Vor allem nicht, weil ihr Bauchgefühl vehement darauf bestand, dass Heiko einer von den Guten war. Der wurde nicht aus heiterem Himmel kriminell.

»Und wenn es um Nils ging?«, grübelte sie weiter. »Drogen? Schulden bei den falschen Leuten? Und Heiko kam tatsächlich zum falschen Zeitpunkt nach Hause?«

»Wie ich schon einmal sagte – ein Motiv ist so gut wie das andere.« David seufzte auf. »Aber solange wir nicht eine einzige Spur haben, treten wir auf der Stelle. Verrat' mir lieber, was das vorhin bei euch im Lager war. Und warum hast du die Sache kleingeredet? Der Kerl war drauf und dran, sich auf dich zu stürzen, und du sagst nur ›Schon gut‹?«

»Ich hatte meine Gründe.« Thea erzählte ihm von Olivers Tick mit dem Lager und warum sie dennoch an den Karton gegangen war. Und wie Ángel sie dann erwischt hatte. »Und weil ich Ángel ab jetzt im Auge behalten werde und dich obendrein bitten möchte, ihn zu überprüfen, wollte ich ihn in Sicherheit wiegen.«

David schmunzelte. »Bauchgefühl?«

»Definitiv. Bei ihm schlägt alles Alarm, was mein Unterbewusstsein zu bieten hat. Er war mir von Anfang an nicht geheuer. Ich gebe zu, dass ich vorhin im Lager richtig Angst vor ihm hatte. Wärst du nicht dazugekommen – wer weiß, wie es für mich ausgegangen wäre?« Sie hielt kurz inne. »Danke.«

David nickte grimmig. »Es war mir ein Vergnügen. Noch mehr Vergnügen würde es mir bereiten, wenn wir ihn für irgendetwas drankriegen könnten. Denn mein Bauchgefühl ist völlig deiner Meinung. Mit dem stimmt etwas nicht. War denn irgendwas Auffälliges in den Kartons, damit sich der ganze Aufstand gelohnt hat?«

»Nein, überhaupt nicht. Das ist es ja eben. Das ergibt überhaupt keinen Sinn!«

15

Am nächsten Tag meldete sich endlich die Sonne zurück. Auf dem Weg ins Coco hatte Thea gleich bessere Laune. Vielleicht lag es auch daran, dass David gestern länger geblieben war, als sie erwartet – und er vermutlich beabsichtigt – hatte. Die Infrarotheizung hatte eine gemütliche Wärme gespendet, und David hatte ihnen irgendwann eine Pizza geholt. Wahrscheinlich wäre das eine oder andere Glas Wein hinzugekommen, wenn nicht sein vermaledeites Telefon geklingelt hätte und er seine verlängerte Pause hätte abbrechen müssen.

Das Coco erwartete sie mit dem inzwischen vertrauten Duftgemisch von Orange und Kräutern. Thea lächelte automatisch, und ihr wurde bewusst, dass sie diesen Moment vermissen würde, wenn sie zu Hause nicht mehr gegen diese olfaktorische Wand laufen und die Aromaexplosion genießerisch aufsaugen könnte. Umso tiefer holte sie heute Luft und bemerkte eine zarte Kaffeenote, die sich unter die üblichen Gerüche mischte.

»Guten Morgen, Oliver«, grüßte sie aufs Geratewohl, noch bevor sie das Licht einschaltete, und ein blonder Schopf erschien dort, wo sich die Tür zum Nebenraum befand.

»Erwischt.« Oliver bedachte sie mit seinem üblichen strahlenden Lächeln. Doch zum ersten Mal wurden ihre Knie nicht sofort weich. »Ángel macht den Markt heute allein, ich habe mit den Booten zu tun. Anders ausgedrückt: Ich habe Zeit für einen Kaffee mit dir.« Er kam näher und senkte seine Lippen auf ihre. Küssen konnte

der Mann. Mochte sein Lächeln gerade die Wirkung ver-
fehlt haben, seine Lippen auf ihren verursachten unver-
züglich das vertraute Kribbeln, und als seine Hände auf
Wanderschaft gingen, hätte sie beinahe vergessen, dass
sie mitten in einem Geschäft mit einem großen Schaufenster standen.

»Ich bin heute den ganzen Tag über beschäftigt«, sagte Oliver, »und morgen erwarte ich Geschäftspartner
zum Abendessen. Aber vielleicht können wir am Wochenende hiermit weitermachen.« Oliver zwinkerte ihr zu.
»Ich melde mich.«

Er verschwand Richtung Lager, und kurz darauf
sprang im Hof ein Auto an. Thea sah ihm halb schmun-
zelnd, halb kopfschüttelnd hinterher. Er hatte nicht einmal gefragt, ob sie sich mit ihm treffen wollte. Offenbar
bestand daran aus seiner Sicht nicht der geringste Zweifel.

Bestanden denn aus ihrer Sicht Zweifel? Sie horchte
in sich hinein. Das Prickeln war da gewesen und die
Stunden mit Oliver ... nun, dass es ihr nicht gefallen hätte, wäre eine Lüge. Doch irgendetwas hatte sich verändert.

Ob es an David lag, der sich seit der Nacht auf ihrem
Sofa immer öfter in ihre Gedanken schlich? Es lief nichts
zwischen ihnen, außer am Samstag diese Stunden in seiner Umarmung, die ihr den dringend nötigen Trost gespendet hatten. Näher waren sie sich nicht gekommen.
Sie wusste nicht einmal, ob es jemanden in seinem Leben
gab. Und doch kam es ihr wie Verrat vor, sich weiter mit
Oliver auf diese Weise zu treffen.

Vielleicht fühlte sie sich aber auch wegen Ángel nicht
mehr so wohl in Olivers Nähe. Dass er mit diesem be-
drohlichen Menschen so eng zusammenarbeitete, sorgte
anscheinend unbewusst dafür, ihr Misstrauen auf Oliver

auszudehnen. Warum machte sie sich plötzlich so viele Gedanken? Sie würde Samstag einfach aus dem Bauch heraus entscheiden, nahm sie sich vor und schob das Rollregal hinaus auf die Terrasse.

Als gegen Mittag die Türglocke läutete, Thea aufblickte und in Davids lächelndes Gesicht sah, musste sie sich eingestehen, dass sie darauf gewartet hatte, dass er wieder auf einen Kaffee vorbeikam.

»Kaffeedurst?«, fragte sie neckend.

»Vielleicht auch ein bisschen«, gab er zu. »Aber hauptsächlich wollte ich dich sehen.« Bevor Thea zu viel in diese Worte hineininterpretieren konnte, fügte er hinzu: »Ich habe Neuigkeiten.«

»Von dem Paket? Ist geklärt, wo es sich befand?« Das Ermittlerkribbeln im Nacken meldete sich.

»Es scheint so, als hätte sich an jenem Nachmittag kein Paket in der Wohnung befunden. Weder im Wohnbereich noch vor oder auf der Küchenzeile.«

»Wie kann das sein?« Das Kribbeln im Nacken nahm zu. »Ein Paket verschwindet doch nicht und taucht dann einfach so wieder auf.« Sie knetete ihre Nasenwurzel.

»›Einfach so‹ vielleicht nicht. Aber wenn einen Tag später ein zweiter Einbruch stattfindet, wäre das eine Erklärung.«

Thea starrte David mit großen Augen an. »Ein Einbrecher, der ein Paket erst klaut, dann erkennt, dass er mit Küchenschürzen und Geschirrtüchern nichts anfangen kann, und es daraufhin reumütig zurückbringt?«

»Klingt merkwürdig, ist aber die einzige Theorie, die alle Absonderlichkeiten dieses Tages in Einklang bringt.« David standen die Zweifel an der eigenen These ins Gesicht geschrieben.

»Und würde dazu passen, dass Nils den mutmaßlichen Einbrecher mit etwas unterm Arm gesehen hat, das er für einen großen Computer hielt. Aus der Ferne könnte man ein Paket mit dem verwechseln.« Die Stelle an der Nase schmerzte. Thea hatte zu fest gedrückt. »Aber warum macht er sich die Mühe, es zurückzubringen?«

»Damit niemand darauf kommt, dass es ihm um dieses Paket ging?«

»Küchenschürzen und Geschirrtücher?«

»Eigentlich erwartete Heiko Gortz doch eine andere Lieferung. Vielleicht ging es darum.«

»Um Fahrradteile? Sind die so viel wert, dass sie einen gezielten Einbruch provozieren könnten? Oder schmuggelte Heiko Rohdiamanten in irgendwelchen Bauteilen?« Das war scherzhaft gemeint gewesen, doch mit einem Mal starrten sich Thea und David sprachlos an. Der Blitz der Erkenntnis hatte beide gleichzeitig getroffen.

»Das nicht, aber Drogen!«, platzte es aus Thea heraus.

»Methaqualon-Tabletten«, kommentierte David im selben Moment und sah Thea an, als hätten sie gerade *El Gordo*, den Hauptgewinn der Weihnachtslotterie, geknackt. »Das würde auch erklären, warum dieser Kleindealer um den Bungalow herumschlich. Den wir übrigens geschnappt haben. Aber er schwört auf das Leben seiner Mutter, dass er nur da war, weil Nils Hansen ihm Geld schuldete. Als er uns gesehen hat, habe er Angst bekommen und sei abgehauen.« Er zuckte mit den Schultern. »Etwas anderes können wir ihm bislang nicht nachweisen. Wenn deine Nachbarn natürlich Drogen ins Land schmuggeln ... also wenn das des Rätsels Lösung wäre ...« Ihm fehlten die Worte. »Thea, das ist unglaublich. Ich muss los, der Sache muss sofort nachgegangen werden.« Er rannte zur Tür und hatte die Hand schon zum Griff ausgestreckt, als er sich noch einmal umdrehte. »Thea, was ich dir noch sagen wollte: Ángel Santos. Ich habe ihn überprüft. Wir haben ihn in den Akten. Körperverletzung hauptsächlich. Und kleinere Drogengeschichten. Alles nur unbedeutende Delikte. Sei trotzdem auf der Hut. Der Kerl gefällt mir nicht.« Mit diesen Worten verschwand er durch die Tür.

Thea warf unwillkürlich einen Blick über die Schulter. Sie dachte an ihr erstes Zusammentreffen mit Ángel. Als sie sich plötzlich im Coco allein und ausgeliefert gefühlt hatte. Dieselbe Beklemmung befiel sie auch jetzt. Sie ging zur hinteren Tür und sah ins Lager. Erwartungsgemäß war niemand dort. Ángel war auf dem Markt in Ses Salines und Oliver auf dem Meer.

Nach Davids Besuch fand Thea keine Ruhe. Was hatte es mit Heikos Lieferung auf sich, dass er womöglich dafür mit dem Leben bezahlen musste? Ob er wirklich mit Drogen handelte? Ihr Nachbar ein Methaqualon-Schmuggler? Sollte sich das als wahr erweisen, durfte sie ihrem Bauchgefühl nie wieder vertrauen. Niemals hätte sie Heiko so viel kriminelle Energie zugetraut. Das passte eher zu Typen wie Ángel, dessen Blicke ihr ohnehin kalte Schauer über den Rücken jagten. Seit David sie vor ihm gewarnt hatte, war sie schon dreimal zusammengezuckt, weil vom Hof ein lautes Geräusch in den Laden drang.

Jedes Mal schimpfte sie sich selbst einen dusseligen Angsthasen. Als ob sich Ángel von nun an bei jeder sich bietenden Gelegenheit auf sie stürzen würde. Doch alle Vernunft half wenig, sobald ihr der wilde Blick dieses Mannes in den Sinn kam. Genauso hatte er sie an dem Tag angesehen, als Heiko das Paket vertauscht hatte.

Die Bilder jenes Vormittags schoben sich mit Nachdruck in ihren Geist. Die lebhafte Erinnerung an Ángel brachte ihr Unbewusstes offenbar auf Hochtouren. Ohne Mühe kramte sie die Details aus ihrem Gedächtnis. Sie sah Heiko, wie er den Karton durch den Laden trug. Einen *großen* Karton. Verdammt, es war ein großer Karton gewesen! Nicht dieses kleine Ding mit den Küchenschürzen.

Thea wusste um die Unzuverlässigkeit des Erinnerungsvermögens. Oft genug hätten Zeugen jeden Eid geleistet, ein weißes Fahrzeug gesehen zu haben, das sich später als dunkelblau entpuppte. Von Dingen wie Größenangaben gar nicht erst zu reden. Dennoch war sich Thea mit jeder Minute sicherer: Heiko hatte an jenem Tag anstelle seiner Fahrradteile einen großen Karton hinausgetragen.

Am Tag der Verwechslung war ihr die Ähnlichkeit zwischen Heikos Lieferung und anderen Paketen im Lager aufgefallen. Der orangefarbene Aufkleber auf Heikos Paket sah für den flüchtigen Betrachter aus wie das Logo des Orangenproduzenten. Und Heiko war in Eile gewesen. Hatte er also die Orangenprodukte erwischt? Unwahrscheinlich, das hätte er doch sofort am Geruch erkannt. Was war es dann? Sie ging im Geiste die Etiketten durch. Hatte noch jemand Orange auf seinem Label? Ja, der Salzhändler. Seine Etiketten waren bunt – und hatten dabei einen hohen Anteil Orange.

Aber welche Folgerungen waren daraus zu ziehen? Wenn es um Drogen in den Fahrradteilen ging – dann hätte der Dieb das Salz weggeworfen, nachdem er erkannt hatte, dass er bei Heiko das falsche Paket gestohlen hatte. Zumindest hätte er dasselbe Paket zurückgebracht, sofern er vertuschen wollte, dass sich die Tat um ebendiesen Karton drehte. Aber bei Heiko stand eine Kiste voller Schürzen herum.

Ließ das nicht nur den einen Schluss zu, dass es nicht um Heikos Fahrradteile ging, sondern im Gegenteil um den Inhalt des Pakets, das er stattdessen mitgenommen hatte? Thea wurde bei diesen Überlegungen schwindelig. Deshalb also war Ángel so ausgerastet. In den Meersalz-Lieferungen musste etwas versteckt sein. Der gedankliche Schritt zu den Drogen lag nahe. Das Kribbeln im Nacken war nun beinahe unerträglich. Sie rieb mit der Hand darüber. Mit der anderen griff sie zitternd vor Aufregung zu ihrem Telefon. Ihr Versuch, David zu erreichen, endete jedoch auf seiner Mailbox.

Es juckte Thea in den Fingern, sich die Kartons mit dem Flor de Sal vorzunehmen, solange es im Lager noch ruhig war. Bis dato war es für sie einfach nur ein Karton mit Döschen voller Salz gewesen. Jetzt hatte sie jedoch das Gefühl, dass es aufschlussreich sein könnte, sich diese Lieferungen genauer anzusehen. Was hatte Ángel zu verbergen? Verschlagen genug für irgendwelche halbseidenen Machenschaften war er mit Sicherheit. Ob Oliver etwas davon ahnte? Sie schob diese Frage beiseite. Ehrlicherweise wollte sie darüber in diesem Moment nicht nachdenken. Sie hätte noch ausreichend Zeit, sich deswegen schlecht zu fühlen, sobald überhaupt feststand, dass sie auf der richtigen Spur war.

Nur die Erinnerung, wie Ángel sie gestern gestellt hatte, hinderte Thea daran, sich sofort auf die Suche zu begeben. Spät am Abend wäre ein besserer Zeitpunkt.

Der Nachmittag wurde zu einer Zerreißprobe für die Nerven. David meldete sich nicht, im Nachbarbungalow blieb alles ruhig. Da Ángel und Oliver den Verkaufswagen am Vorabend startklar machten, würde Thea lange mit ihrem Besuch im Lager warten müssen, wenn sie keinem der beiden in die Arme laufen wollte.

Es ging schon auf Mitternacht zu, als sich Thea dem Coco näherte. Einer Einbrecherin gleich schlich sie mit behutsamen Schritten die lange Hofeinfahrt entlang bis zur Rückseite des Gebäudes. Das Rolltor war nicht vollständig heruntergelassen, Licht ergoss sich über den Hof.

Verdammt, sie war zu früh. Wieso waren die beiden um diese Zeit noch im Lager?

Kurz kämpfte sie mit sich. Vielleicht wäre es klug, sich sofort zurückzuziehen. Hieß es nicht *Neugier ist der Katze Tod* in dem aus England stammenden Sprichwort? Daran musste Thea denken, als sie sich mit klopfendem Herzen näher an das geöffnete Tor heranschob.

»Alles verstaut«, sagte Oliver gerade. »Wir fahren dann vom Markt aus direkt zu mir nach Port d'Andratx und laden da aus.«

»Voll der Umstand«, brummte Ángel. »Ich habe doch gesagt, die bedeutet Ärger. Wie konntest du das zulassen? Ausgerechnet du holst dir die Picoletos ins Haus.«

»Und wie hätte ich deiner Meinung nach verhindern sollen, dass die Polizei in mein Haus kommt? Mit welcher Begründung hätte ich Becca verbieten sollen, ihre Freundin als Vertretung einzusetzen?« Olivers Stimme klang scharf.

Picoleto. Die wenig schmeichelhafte Titulierung für einen Ermittler der Guardia Civil. Übelkeit stieg in Thea auf, als sie begriff, was diese Unterhaltung bedeutete. Nicht nur Ángel hatte offenbar etwas vor der Polizei zu verbergen.

»Wenn du nicht den Mist gebaut hättest, gäbe es diese Probleme überhaupt nicht«, fuhr Oliver fort. »Thea hat sich brav an die Regeln gehalten und frisst mir aus der Hand. Nicht sie hat den Ärger verursacht, sondern du durch dein völlig hirnloses Handeln. Und ich darf die Scheiße ausbaden.«

Wie bitte? Sie fraß ihm aus der Hand? Was um alles in der Welt redete Oliver da? Thea ballte die Fäuste und malte sich aus, wie sie die Oliver in die Magengrube rammte. Eine befreiende Vorstellung. Ihr Bauchgefühl im Hinblick auf Ángel hatte sie nicht getrogen. Im Hinblick auf Oliver bedauerlicherweise schon.

Jetzt galt es herauszufinden, was hier vor sich ging.

»Schon gut«, erwiderte Ángel beschwichtigend. So kleinlaut hatte Thea den Spanier noch nie erlebt. »Ich habe doch schon gesagt, dass es mir leidtut.«

»Das ist ja wohl das Mindeste«, knurrte Oliver. »Ist zum Glück noch mal gut gegangen. Morgen geht eine Lieferung nach Ibiza, den Rest lagern wir bei mir und halten uns zurück, bis Thea wieder weg ist. Und nun lass uns endlich Feierabend machen. Ich bin hundemüde und will morgen nicht ausgerechnet vor den Moreno-Brüdern einschlafen.«

Thea huschte zurück zur Straße. Der Bulevar war um diese Zeit menschenleer. Nicht einmal einige Nachtschwärmer waren unterwegs. Hier würde sie auffallen wie eine Leuchtreklame. Schon hörte sie, wie ein Auto auf dem Hof gestartet wurde.

Mit einem Zwischensprint rettete sie sich in die nächste Einfahrt. Keine Sekunde zu früh, denn als sie sich umblickte, erschienen die Umrisse des SUV bereits neben dem Coco. Oliver gab Gas und schoss an Theas Versteck vorbei, die sich flach in den Schatten der Hauswand drückte. Kurz beleuchtete die Straßenlaterne zwei Männer in dem Wagen. Die Luft war rein.

Sie sah dem SUV nach, bis die Rücklichter aus ihrem Blickfeld verschwanden. Erst dann atmete sie auf.

Ihre Hände zitterten, als sie die Tür zum Coco aufschloss und hineinschlüpfte. Der bekannte Geruch empfing sie, doch das übliche Wohlgefühl wollte sich in diesem Moment nicht einstellen.

Von draußen fiel genügend Licht herein, um im dämmrigen Laden nirgendwo anzustoßen. Vorsichtig bewegte Thea sich zum Nebenraum und schaltete im Schein ihrer Handylampe die Alarmanlage aus. Und was nun?

Regungslos stand sie neben dem Kassentresen. Lauschend, mit angehaltenem Atem. Und mit noch immer zitternden Händen. Vor Anspannung, wollte sie sich einreden, doch da ihr der Schweiß über den Rücken rann wie nach einem Zehn-Kilometer-Lauf, musste sie sich eingestehen, dass sie Angst hatte. Das unbeleuchtete Ladenlokal war unheimlich. Die freundliche Atmosphäre, die all die farbenfrohen Artikel in den Holzregalen verströmten, war zusammen mit der Beleuchtung verschwunden. Jetzt standen mausgraue Ölkännchen neben dunkelgrauen Olivenschüsseln und warfen im Schein des Straßenlichts seltsame Schatten.

Welch armselige Ermittlerin aus ihr geworden war. Sie hatte die Auszeit genommen, um sich darüber klar zu werden, ob sie weiterhin in ihrem Beruf arbeiten wollte. Oder konnte. In diesem Augenblick, vor Furcht erstarrt wegen einiger Salzstreuer im Zwielicht, erhielt sie ihre Antwort. Die Erkenntnis schmerzte wie ein Schlag. Ihre Beine wollten plötzlich die Last nicht mehr tragen, die Lunge nicht mehr arbeiten. Ihre Kehle zog sich zu. Konnte das sein? Bekam sie eine Panikattacke mitten im Coco, weil sie so schwach geworden war, dass sie nicht einmal mehr der Wahrheit hocherhoben ins Gesicht sehen konnte? Wollte sie wirklich so sein?

David hielt sie für eine gute Ermittlerin. Das war sie

sicher einmal gewesen. Vor der Sache mit André. In einem anderen Leben. Nie hatte sie an einem Tatort auch nur mit der Wimper gezuckt, sie hatte Leichen angesehen und Blutgeruch ertragen. David hatte erkannt, dass der Funke nicht erloschen war. Irgendwo tief in ihr brannte sie noch immer für ihren Job. Wollte sie es also wirklich so enden lassen? Angstvoll zusammengekrümmt am Kassentresen eines dämmrigen Ladens?

Nein.

Nein, so wollte sie nicht aus ihrem Beruf scheiden. Schwer zu sagen, was es mit ihr machen würde, erneut in den Lauf einer Waffe zu blicken. Gut möglich, dass eine auf sie gerichtete Mündung das endgültige Aus bedeuten würde. Aber mit Sicherheit kapitulierte sie nicht vor einer Ansammlung von Ölflaschen in einem schummrigen Laden oder einem Haufen Plastikwannen in einem vermutlich noch düstereren Lager.

Energisch straffte sie die Schultern und öffnete die Tür hinter sich, bevor die Entschlossenheit sie wieder verlassen konnte. Der Truck parkte neben dem Regal, sonst sah es aus wie jeden Morgen. Nur dunkler. Thea zückte ihr Telefon und schaltete die Handyleuchte an. Dann ging sie an den verbotenen Regalreihen entlang, die sich in nichts von ihrem Teil des Lagers unterschieden, außer dass Olivers Wannen orange waren. Kleine Etiketten verrieten den Inhalt. Stichprobenartig zog Thea mal die eine, mal die andere heraus und sah hinein. Ohne jede Überraschung befand sich darin das, was außen dranstand. Was also war es, was Oliver vor ihr zu verbergen versuchte?

In Olivers Bereich waren mehr Dosen mit dem Salz in den Wannen als in ihrem blauen Bereich. Wahllos griff Thea hinein, nahm zwei Dosen heraus und steckte sie ein. Sie würde sie später durch die aus ihrem Warenbestand ersetzen und das Geld verbuchen. Neue Erkenntnisse versprach sie sich im Grunde nicht. Beide Dosen sahen exakt so aus wie all die anderen, die in den vergangenen Wochen durch ihre Hände gegangen waren.

Der Bereich für den Wareneingang war wie leergefegt, Oliver und Ángel hatten offenbar nicht nur den Truck beladen, sondern auch hier für Ordnung gesorgt. Ihr Blick wanderte zu dem Fahrzeug. Etwas dort drin sollte vor ihr versteckt werden. Dinge, die bei Oliver gelagert werden sollten, damit Thea sie nicht entdeckte. Die erst recht die Polizei nicht sehen sollte. Wieder dachte sie an die Drogen, die die Insel überschwemmten. Gleich hätte sie Gewissheit. Dass Oliver bei derart krummen Geschäften die Finger im Spiel hatte, machte sie nicht nur sauer, es verletzte auch ihren Stolz. Sie hatte nichts geahnt. Er war so smart, so überzeugend in seiner Rolle als Sunnyboy.

Thea umrundete den Wagen und probierte die Türen durch. Verschlossen. Sie hätte schreien mögen. Lockpicking, das Öffnen von Schlössern ohne Schlüssel, hatte sie zwar vor langer Zeit einmal gelernt, doch war sie nie gut darin gewesen. Sie musste es dennoch probieren. Im Coco lag eine Rolle mit Draht.

Im selben Moment schoss ein Fahrzeug mit aufheulendem Motor auf den Hof und bremste scharf ab. Zwei Türen schlugen.

»Geh nach vorne«, hörte sie Olivers Stimme. »Ich übernehme hier hinten.« Ángel antwortete etwas, das Thea nicht verstand. Nicht zuletzt deshalb, weil ihr Blut plötzlich zu laut im Kopf rauschte.

Ihr Puls jagte.

Die beiden mussten aus irgendeinem Grund misstrauisch geworden sein.

Sie saß in der Falle.

Im Laden gab es keine Verstecke. Ángel hätte sie sofort entdeckt, eine gute Ausrede hatte sie nicht parat, und was er dann mit ihr anstellen würde, wollte sie sich lieber nicht vorstellen.

Hier hinten gab es nur die Schwerlastregale. Sie hatte den Gedanken noch nicht zu Ende gedacht, da hatte sie die halbe Höhe des Gestells neben sich bereits erklommen. Sie erreichte die oberste Etage in dem Moment, in dem der Schlüssel in die Tür neben dem Rolltor gesteckt wurde. Während er das erste Mal gedreht wurde, begriff sie, dass das Regal zu schmal war. Ein Blick nach oben, und sie wäre entdeckt.

Der Truck stand nur eine Armlänge von ihr entfernt. Die Idee, die sich formte, war so dermaßen Achtzigerjahre-Krimi, dass sie absurd schien. Außerdem würde es vermutlich Lärm und eine ordentliche Delle geben. Andererseits war der Truck breit. Sollte sie wirklich …?

Zu spät – die Tür schwang auf. Oliver betrat das Lager. Auch aus dem Coco waren Schritte zu hören. Das Licht im Laden flammte auf.

»Hast du was?« Oliver durchquerte das Lager. Thea presste sich flach auf das Regal und traute sich kaum, zu atmen.

»Keine Spur.« Ángel klang ausgesprochen schlechtgelaunt.

»Was sagt denn die Alarmanlage? Laut Benachrichtigung ist sie vor ungefähr einer halben Stunde deaktiviert worden.« Oliver ging nun auch in den Laden. Es piepste, während er wohl eine Datenabfrage der Anlage startete. Was für ein Mist. Wer hätte auch ahnen können, dass es sich um eine smarte Sicherheitsvorrichtung handelte, die Oliver sofort verständigte. Das hätte Becca ihr auch mal sagen können.

»Kein Fehler«, sagte Oliver. »Jemand hat sie regulär ausgeschaltet, und ich nehme an, wir wissen, wer.«

»Meinst du, sie ahnt etwas? Ob sie etwas gefunden hat?«

»Lass uns im Lager nachsehen, ob sie noch da ist. Und im Truck. Ich schätze, wir sollten umdisponieren.«

Jetzt oder nie. So behutsam wie möglich hangelte sich Thea auf das Dach des Marktfahrzeugs. Ein leises Poltern ließ sich nicht vermeiden, und ihr stockte der Atem. Doch Oliver und Ángel standen noch im Nebenraum des Coco und sprachen miteinander. Man musste auch mal Glück haben.

Die folgende Stunde war die wohl quälendste in Theas Leben. Abgesehen von den Minuten, in denen André in ihren Armen gestorben war, natürlich. Zum Stillliegen verdammt zu sein, voller Furcht, letztlich doch entdeckt zu werden, und vor dem, was dann geschehen würde – Thea schrie innerlich. Äußerlich versuchte sie mit Meditation ruhig zu bleiben. Sie hatte Atemtechniken gelernt gegen ihre Panikattacken. Leider war es auf dem Dach eines Kleinlastwagens nicht ganz einfach, den Atem entspannt kommen und gehen zu lassen, zumal, wenn einige Spinnweben einem dazu vor der Nase tanzten. Sie verlegte ihre Konzentration darauf, nicht zu niesen, sich nicht zu bewegen und ansonsten möglichst viel von dem mitzubekommen, was sich unter ihr tat. Im Fernsehkrimi hätten die Bösen sich jetzt ins Führerhaus gesetzt und wären losgefahren. Dieses Schicksal blieb ihr hoffentlich erspart.

Oliver und Ángel waren die Regale entlanggelaufen und widmeten sich nun dem Truck.

»Die Schlösser sind unbeschädigt«, sagte Oliver.

»Und einen Zweitschlüssel gibt es hier nicht. Ich denke, sie war nicht im Wagen.«

»Sie war doch nicht ohne Grund mitten in der Nacht im Laden.«

»Vielleicht hat sie nur etwas geholt und danach vergessen, die Alarmanlage wieder einzuschalten. Wenn sie einen Verdacht hätte, würde schon längst der Picoleto hier herumschnüffeln.«

»Wer sagt dir, dass er das nicht schon getan hat?«

»Weil er dann mit Sicherheit im Truck gewesen wäre.«

Ángel brummte skeptisch.

»Ich werde Thea einfach fragen. Während ich sie am Wochenende ordentlich durchvögele, wird sie mir alles verraten, was ich wissen will.« Er lachte selbstbewusst. »Du weißt ja: Halte deine Freunde nah und deine Feinde noch viel näher.«

Thea sträubten sich die Nackenhaare. Diesen Kerl hatte sie attraktiv gefunden? Sie hätte wohl besser auf Beccas Warnungen hören sollen. Auch wenn diese das Ausmaß seiner Durchtriebenheit sicherlich nicht geahnt hatte. Oder doch?

Nein, Olivers Worte gerade hatten sich nicht so angehört, als ob Becca eingeweiht wäre. Wenn sie irgendwie darin verwickelt wäre, hätte sie sich ziemlich sicher keine Polizistin ins Coco geholt.

Unter ihr rumpelte es im Truck. »Sieht tatsächlich alles unberührt aus«, meldete Ángel.

»Wir sollten trotzdem auf Nummer sicher gehen. Nimm nur mit, was wir morgen in Llucmajor benötigen, den Rest laden wir in den SUV.«

Der Wagen wackelte, als darin herumgeräumt wurde.

Oliver fuhr das Rolltor hoch und setzte den SUV rückwärts in das Lager. Thea wagte nicht, den Kopf zu heben. Es hörte sich an, als würden schwere Kartons aus dem Truck in Olivers Kofferraum umgeladen.

Etwas fiel zu Boden, es klang nach einem kleinen Sandsack.

»Scheiße.«

»Ángel, du Idiot. Weißt du, was das Zeug wert ist?«

»Das kommt durch die Scheißhektik. Ich feg es ja schon auf.«

Schritte. Dann das Geräusch von Kehrblech und Besen.

»Das reicht. Man muss hier nicht vom Boden essen können. Sollte noch was rumliegen, wird es jeder für normales Salz halten. Ich will endlich ins Bett. Mit den Morenos wird es morgen eine lange Nacht. Die verstehen zu leben.«

Oliver verschwand im Laden und entschied mit dem bestätigenden Signalton der Alarmanlage über den weiteren Verlauf der Nacht. Sobald Oliver und Ángel endlich verschwunden sein würden, musste Thea in Rekordgeschwindigkeit vom Dach des Trucks herunter. Danach hatte sie fünfundvierzig Sekunden, um das Coco zu verlassen, bevor die Alarmanlage anschlug. Zeit, um weiter herumzuschnüffeln, blieb da keine. Für eine Nacht war das ohnehin Aufregung genug.

16

Thea vermochte am nächsten Morgen kaum die Augen zu öffnen. Sie hatte es innerhalb der fünfundvierzig Sekunden knapp geschafft, das Coco zu verlassen, und die Ladentür so zitternd und schweißgebadet hinter sich geschlossen, wie sie sie geöffnet hatte. Für die Hektik bezahlte sie nun mit einem schmerzhaft pochenden Bein, weil sie beim Herunterklettern böse am Regal entlanggeschrammt war und genau die Stelle getroffen hatte, die noch von ihrer Kletterei in der Mönchsbucht lädiert war.

Zurück im Bungalow hatte sie David eine Nachricht auf der Mailbox hinterlassen. »Ich habe keine Beweise, aber den Verdacht, dass Ángel etwas mit Drogenverkäufen zu tun haben könnte. Wenn ihr Kapazitäten habt, solltet ihr Oliver und ihn im Auge behalten.«

Danach war sie erschöpft von der Aufregung ins Bett gefallen, ohne jedoch in einen ruhigen Schlaf zu finden. Zu viele Gedanken kreisten ihr durch den Kopf.

Jetzt zahlte sie den Preis dafür. Todmüde schlurfte sie ins Bad, wo sie beim Blick in den Spiegel bemerkte, dass sie sich nicht nur wie ein Zombie fühlte, sondern auch so aussah, und kochte sich einen dreifachen Café solo. Mehr passte in die Kanne nicht hinein. Nachdem Fred ebenfalls versorgt war, musste sie sich sputen, wenn sie den kleinen Abstecher zum chinesischen Shop noch schaffen wollte, bevor sie das Coco öffnete. Der Gedanke, gleich unbefangen und so, als wenn nichts wäre, mit Oliver umgehen zu müssen, sorgte obendrein nicht für übermäßige Vorfreude auf den Tag.

Sie erreichte das Coco abgehetzt, aber pünktlich. Wie immer schaltete Thea die Alarmanlage aus und Licht und Kaffeemaschine ein. Dann rollte sie das Regal auf die Terrasse, wartete auf die ersten Kunden und mehr noch auf Oliver. Der tatsächlich kurze Zeit später auf den Hof fuhr und geradewegs in den Laden kam.

Thea feixte innerlich, weil er mindestens so übernächtigt aussah wie sie. Kein Wunder, wenn er nach seinem überraschenden Auftauchen im Lager noch Was-auch-immer durch die Nacht gefahren und am Ziel wieder umgeladen hatte.

»Guten Morgen, Thea.« Er warf ihr ein lässiges Lächeln zu, beugte sich vor und drückte ihr einen Kuss auf den Mund.

Thea war versucht, ihr Gesicht wegzudrehen. Gerade rechtzeitig fiel ihr ein, dass sie in ihrer Rolle bleiben musste. »Oliver, grüß dich. Möchtest du einen Kaffee?«

»Den kann ich gut gebrauchen. Die Nacht war entschieden zu kurz. Mitten in der Nacht bekam ich die Meldung aufs Handy, dass jemand die Alarmanlage deaktiviert hat. Das warst nicht zufällig du?«

»Doch«, sagte Thea und sah ihn offen an. »Ich hatte mein Telefon vergessen. Nachdem ich es den ganzen Abend erfolglos gesucht hatte, konnte es eigentlich nur im Coco sein. Es ließ mir keine Ruhe, und ich bin mitten in der Nacht noch einmal hinuntergelaufen, um es zu holen.«

»Warum war die Alarmanlage aus, als ich nachgesehen habe?« Oliver durchbohrte sie mit einem misstrauischen Blick.

»Oh, Mist.« Thea schlug die Hand an die Stirn und verzog zerknirscht das Gesicht. »Ich hatte die ganze Zeit über das Gefühl, etwas vergessen zu haben. Du Armer bist deshalb den ganzen Weg von Port d'Andratx nach

Paguera gefahren? Das tut mir leid.« Sie schenkte ihm einen intensiven Blick und trat auf ihn zu. »Vielleicht kann ich das am Wochenende wiedergutmachen?« Schließlich fraß sie ihm ja aus der Hand.

Seine Miene hellte sich auf. »Ich denke, da fällt mir schon das eine oder andere ein.« Er grinste frech. »Möchtest du nicht gleich heute Abend kommen und übers Wochenende bleiben? Häng ein Schild rein, dass wegen dringender Termine am Samstag geschlossen ist.«

»Klingt verlockend, ist Becca gegenüber aber unfair. Sie verlässt sich auf mich.«

»Ich gebe heute Abend doch diesen kleinen Empfang. Ein bisschen Champagner, gutes Essen, gechillte Atmosphäre mit Whiskey und Cocktails. Sag nicht, du kannst da widerstehen?« Er sah auf die Uhr. »Du musst das ja nicht sofort entscheiden. Schick mir einfach eine Nachricht. Ich muss jetzt los.« Er beugte sich erneut zu ihr und streifte hauchzart ihre Lippen mit seinen. »Du würdest wirklich etwas verpassen, wenn du nicht kommst.«

»Ich überlege es mir.« Thea schickte ein Lächeln hinterher, das hoffentlich arglos und brav geriet und vor allem nicht zeigte, wie froh sie war, dass er das Coco verließ. Sie war sich nicht sicher, wie lange sie die Scharade hätte aufrechterhalten können. Denn seine Küsse widerten sie nur noch an.

Kaum war Oliver verschwunden, machte sich Thea auf den Weg ins Lager. Zum ersten Mal kam sie auf die Idee, nach Überwachungskameras Ausschau zu halten. Sie entdeckte keine, und Oliver wäre vorige Nacht sicherlich weniger ratlos gewesen und hätte sie vor allem heute anders behandelt, falls er ihre Schnüffelei auf Video verfolgt hätte.

Thea blieb vor den Regalreihen stehen und sah sich

um. Nach dem Treiben der letzten Nacht ging sie davon aus, dass alles, was verdächtig sein konnte, von Oliver und Ángel weggeschafft worden war. Doch mit etwas Glück würde sie noch Spuren vom Inhalt des geplatzten Beutels finden.

Sie hatte heute eine extragroße Handtasche dabei, die sie sich kurzerhand aus Beccas Beständen geliehen hatte. Daraus zog sie nun das auf dem Hinweg frisch erworbene Handfeger-Set sowie die ebenfalls gerade gekauften verschließbaren Gefrierbeutel. Dann machte sie sich an die Arbeit. Meterweise rutschte sie auf den Knien dort über den Boden, wo der Truck und Olivers SUV gestanden hatten.

»Jeder wird es für normales Salz halten«, hatte Oliver über den Inhalt des Beutels gesagt, der vor Thea verborgen werden sollte. Sie betrachtete das kleine Häufchen, das sie zusammengefegt hatte. Tatsächlich fanden sich darin kristalline Krümel, die an Salz erinnerten. Kritisch beäugte sie die Substanz. Ganz unscheinbar im Grunde, und doch heikel genug, um sie vor Thea zu verstecken. Ihr Nackenkribbeln setzte ein. Vorsichtig schüttete sie die Probe von der Kehrschaufel in den Beutel. Dann machte sie davon ein Foto und schickte es David. Zusammen mit der Frage: Wie sieht eigentlich die Vorstufe von Methaqualon aus?

Davids Wagen kam kaum eine halbe Stunde später vor dem Coco zum Stehen. Er parkte quer über den Bürgersteig, sprang aus dem Fahrzeug und stürmte in den Laden.

»Sag mir, dass das ein Witz sein sollte«, blaffte er anstelle einer Begrüßung. »Du hast nicht wirklich allein weiterermittelt? Entgegen meiner ausdrücklichen Anweisung. Verdammt, Thea. Es ist eine Sache, wenn ich wider besseres Wissen einige Dinge mit dir bespreche. Aber etwas ganz anderes, wenn du hier auf eigene Faust ermittelst.« Seine braunen Augen schienen Blitze abzufeuern. Die goldenen Sprenkel darin glühten.

»Kaffee?«, entgegnete Thea, weil es das Erste war, das ihr einfiel. Dass David so reagierte, hatte sie nicht erwartet.

Er schnaubte nur. Dennoch setzte Thea die Maschine in Gang. Sollte er sich erst einmal beruhigen.

»Hier.« Sie drückte ihm einen Cappuccino in die Hand. »Und bevor du mich weiter in der Luft zerreißt, hör mir doch zu. Ja, ich habe ermittelt. Und es hat sich gelohnt, denn ich habe etwas für dich. Mir ist klar, dass ich hier keine Befugnisse habe und deshalb nichts gerichtsverwertbar ist. Aber ohne mich wärst du erst gar nicht daran gekommen, oder hast du irgendetwas in der Hand, um gegen Oliver einen Durchsuchungsbeschluss zu erwirken?«

»Gegen Oliver?« Er zog nicht nur eine, sondern beide Augenbrauen in die Höhe. »Es geht also inzwischen auch um deinen Freund und nicht mehr nur um Ángel.«

Immerhin redete er wieder normal mit ihr.

Thea schluckte die Erklärung herunter, dass Oliver keineswegs ihr Freund war. War er schon vorher nicht gewesen und seit gestern Nacht erst recht nicht mehr. »Ich hatte den Verdacht, dass er etwas hier im Lager versteckt und dass er deshalb so ausgerastet ist, als ich an diesen Kartons war. Aber es scheint so, als wäre auch Oliver darin verwickelt. Lässt du mich nun alles der Reihe nach erzählen?«

David nickte. »Hören die Wände heute nicht mit?«

»Ángel ist auf dem Markt und Oliver unterwegs.« Vorsichtshalber öffnete Thea dennoch die Tür zum Lager und sah hinein. »Niemand da.«

Dann berichtete sie David von ihrem nächtlichen Abenteuer. Seine Stirn umwölkte sich deutlich, mehr als einmal schnellte seine Augenbraue in die Höhe, und am Ende sah er sie strafend an. »Das also verstehst du darunter, dich nicht einzumischen.« Er fuhr sich mit den Händen durch die Haare, wirkte jedoch nicht mehr sauer, sondern eher besorgt. »Du hast Ángel doch erlebt, als er nur einen vagen Verdacht gegen dich hatte. Was glaubst du, macht so ein Kerl, wenn du ihm tatsächlich zu dicht auf den Fersen bist?«

»Darüber möchte ich lieber nicht nachdenken.«

»Solltest du aber.« Plötzlich stand David dicht vor ihr. Er stellte seine Tasse auf dem Kassentresen ab, dann legte er seine Hände auf ihre Schultern. »Ich war gerade nicht wütend, weil ich Angst um irgendwelche Beweisverwertungsverbote hatte. Ich hatte Angst um dich. Ich mag die Vorstellung nicht, dass Ángel dich noch einmal angreifen könnte und ich dann nicht in der Nähe bin.«

Thea sah in seine Augen und schluckte. Sie hatte nicht erwartet, so viel Zuneigung darin zu finden. Einen Moment lang versanken sie im Blick des anderen. Ein guter Moment, um sich zu küssen, dachte Thea, aber bevor diese Erkenntnis auch in David reifen konnte, bimmelte die Türglocke und ein deutsches Ehepaar trat ein.

David seufzte leise und ließ sie mit einem bedauernden Lächeln los.

»Ich bin gleich für Sie da«, sagte Thea zu den Kunden, dann angelte sie ihre Tasche unter dem Kassentresen hervor. »Hier, das ist der Beutel mit dem fraglichen Salz. Ich habe es vorhin dort zusammengefegt, wo es Ángel heruntergefallen ist. Und hier in den Dosen ist unser Flor de Sal, wie wir es verkaufen. Ich denke jedoch nicht, dass darin etwas anderes als Salz ist. Der Beutel allerdings ... Glaubst du, es könnte etwas mit den Drogen auf der Insel zu tun haben?«

»Das werden wir hoffentlich bald wissen.« David nahm die Proben kopfschüttelnd entgegen. »Du bist echt unglaublich. Gut möglich, dass es sich um Anthranilsäure handelt. Daraus kann Methaqualon gewonnen werden. Ich geb's gleich ins Labor.« Dann wurde seine Miene streng. »Aber ab jetzt keine Alleingänge mehr, verstanden? Sonst fällt mir doch noch ein Grund ein, dich festzunehmen.«

Sie lachte leise. »Das will ich natürlich nicht riskieren. Sag mir bitte trotzdem, was das Labor herausgefunden hat.«

»Da bin ich mir noch nicht so sicher.« Er strich ihr über den Arm, dann verließ er mit energischen Schritten das Coco. Die armen Autofahrer auf der MA-1 in Richtung Palma würden sich gleich wundern. Davids entschlossene Miene verkündete, dass er das Labor in Rekordgeschwindigkeit zu erreichen gedachte.

Dass David dem Labor ordentlich Druck gemacht hatte, erwies sich am Nachmittag, als er Thea am Telefon bereits die Ergebnisse präsentieren konnte.

»Wie ich gedacht habe«, informierte er sie grimmig. »Das weiße Zeug ist Anthranilsäure und wird zur Herstellung von Methaqualon verwendet. Kein Wunder, dass die beiden nicht wollten, dass du das Zeug entdeckst.«

Thea schluckte. »Sie stellen wirklich Drogen her?« Bis zuletzt hatte sie es nicht glauben wollen. Nie hatte sie sich so in einem Menschen getäuscht wie in Oliver.

»Ob sie die Drogen herstellen, wissen wir noch nicht. Aber immerhin wird jetzt ein Zwischenschritt der Verbreitung des Methaqualons klar.« David schwieg einen

Moment. »Wir werden Oliver und Ángel intensiv observieren müssen. Für einen Durchsuchungsbeschluss fehlt uns die Handhabe. Bloß mit der Begründung, wir hätten einen Tipp von einem Informanten erhalten, gibt uns kein Ermittlungsrichter die Erlaubnis. Wir können nur hoffen, dass die Observierung etwas ergibt.«

»In nächster Zeit eher nicht.«

»Bitte?«

»In nächster Zeit werdet ihr nichts finden, fürchte ich«, wiederholte Thea. »Oliver wollte heute noch eine Lieferung machen und den Rest auf seinem Grundstück lagern, wo ihr ohne Beschluss nicht drankommt. Dann wollte er die Füße stillhalten, solange ich auf der Insel bin.«

David stöhnte. »Verdammt. Wir sind so nah dran. Im wahrsten Sinne des Wortes. Und doch wissen wir nichts und werden offenbar vorerst nichts erfahren.« Etwas rumste im Hintergrund, als ob David frustriert auf den Tisch geschlagen hätte. »Die Wege der Chemikalien, die Hintermänner. Nichts, wir wissen mehr als je zuvor, und doch wissen wir nichts.«

»Sagen dir die Moreno-Brüder etwas?«, fragte Thea aufs Geratewohl. Das Geschäftsessen von Oliver bekam plötzlich einen neuen und sehr interessanten Aspekt.

»Moreno-Brüder?« Davids Tonfall verriet, dass soeben beide Augenbrauen in die Höhe schossen. »Wie kommst du jetzt auf die? Sag nicht …«

»… dass Oliver sie heute Abend zum Essen eingeladen hat, um geschäftliche Dinge zu besprechen«, vollendete Thea seinen Satz. »Und wenn ich deine Reaktion richtig interpretiere, wissen wir beide, welcher Art diese Geschäfte sein werden.«

»Verdammt.« Wieder landete etwas, von dem Thea annahm, es sei Davids Faust, laut auf der Tischplatte.

»Das wäre *die* Gelegenheit für uns, an die Informationen zu kommen, die wir benötigen. Und wir haben keine Möglichkeit mitzuhören. Ich könnte explodieren vor Wut.«

Ihr habt keine Möglichkeit, aber ich, dachte Thea, hütete sich jedoch, David gegenüber ein Sterbenswörtchen von ihrer Einladung zu erwähnen. Dann würde er wirklich explodieren. Sie würde sich allerdings nicht davon abbringen lassen. Mit Oliver hatte sie mehr als ein Hühnchen zu rupfen. Sie hatte die Art nicht vergessen, wie er über sie geredet hatte. Und noch viel weniger, dass Heiko just an dem Tag ermordet worden war, an dem er den Karton Flor de Sal versehentlich mitgenommen hatte. Einen Karton voller Drogen, der später verschwunden war. Deshalb war Ángel so ausgerastet, als er die Verwechselung bemerkte. War er der Spanier in dem Hoodie, den Nils dabei beobachtet hatte, wie er sich das Paket zurückholte? Wut kochte bei dem Gedanken in ihr hoch, dass Heiko wahrscheinlich deswegen hatte sterben müssen.

Noch konnte sie keine dieser Fragen beantworten. Aber das würde sich am heutigen Abend ändern. Irgendetwas würde sie finden.

Sie beendete das Gespräch mit David, dann schrieb sie Oliver eine Nachricht. »Du hast recht, ich kann Champagner nicht widerstehen und würde sehr gerne heute zu dir kommen.«

Ihr Finger verharrte über dem Absende-Button. Wollte sie das wirklich? Es war riskant. Aber es war auch der einzige Weg, an Informationen zu gelangen. Informationen, die Heiko Gerechtigkeit verschaffen konnten. Und Nils ... oh Gott. Nils. Er hatte den Täter gesehen. Er hatte Ángel gesehen und hätte ihn identifizieren können. Und sie selbst hatte Oliver davon erzählt. Wie konnte sie auch nur eine Sekunde zögern, für die beiden dieses Wagnis einzugehen? Oliver hielt sie ohnehin für naiv und leicht zu manipulieren, das gab ihr einen strategischen Vorteil. Solange sie sich dumm stellte, würde er ihr nichts tun. Hoffentlich.

Sie drückte auf *Senden*.

Die prompte Antwort lautete: »Ich hoffe, es ist nicht nur der Champagner, dem du nicht widerstehen kannst. Ich freue mich auf dich. Ángel kann dich nachher mitnehmen. 18.30 Uhr am Coco?«

Die Aussicht, mit Ángel in einem Auto zu sitzen, war ungefähr so angenehm wie ein Bad in einem Ameisenhaufen. Sie wollte gerade erwidern, dass sie auch den Bus nehmen konnte, da folgte Olivers nächste Nachricht.

»Keine Sorge, er tut dir nichts. Sonst bekommt er Ärger mit mir.«

Das nahm ihr den Wind aus den Segeln. Sie schickte ein Daumen-hoch-Emoji.

Thea traf pünktlich am Coco ein. Ángel verheimlichte nicht, dass er sich auf die Fahrt genauso sehr freute wie sie. Als sie auf den Beifahrersitz schlüpfte, kühlte sich die Temperatur in seinem in die Jahre gekommenen Seat Ibiza auch ohne Klimaanlage merklich ab. Beide grüßten sich mit einem knappen Nicken, dann gab Ángel wortlos Gas.

Er behielt sein verbissenes Schweigen bei, bis sie Port d'Andratx erreichten, den Hafen passierten und einen der umliegenden Hügel erklommen. Die Straße mäanderte in engen Windungen hinauf. Leider war die Sicht auf die Bucht überall verbaut. Hohe Mauern schirmten die Grundstücke ab. Von dort musste der Blick auf das Meer spektakulär sein.

Je höher der Seat mit merklicher Anstrengung kletterte, desto exklusiver wurden die Häuser. Ganz oben waren es schließlich regelrechte Anwesen. In einem davon wohnte Oliver. Ein massives Stahltor glitt langsam zur Seite, als sie sich näherten, und Thea wurde beklemmend bewusst, dass es sich hinter ihnen wieder schloss.

Die Auffahrt verbreiterte sich zu einem großen Platz vor dem Haus und führte weiter zu einer Garage. Das Wohngebäude war ein kubischer Bau, dominiert von Glas und Metall. Wo es Mauern statt Fensterfronten gab, glänzten sie matt im dunklen Grau der Fassadenverkleidung. Edel, aber kühl. Schön anzusehen, doch Thea fehlte die Wärme. Dem Bewohner in dieser Charakteristik nicht unähnlich.

Ángel stellte seinen Seat neben der Garage ab. Ob er zu schäbig ist, um auf dem Platz vor dem Haus zu parken?, dachte Thea ein klein wenig gehässig. Ihr Golf daheim war zwar ebenfalls nicht das aktuellste Modell, allerdings deutlich besser gepflegt.

Da Ángel nicht im Begriff schien, sie zu begleiten oder ihr auch nur zu zeigen, wohin sie gehen sollte, stieg sie aus und lenkte ihre Schritte auf das Haus zu.

Die Bezeichnung Vorgarten wollte für die Fläche vor dem Eingang nicht recht passen. Zu steril, mit vielen Steinen und grobem Kiefernrindenmulch am Boden und nur wenigen in geometrische Formen geschnittenen Büschen. Bäume fehlten gänzlich. Oliver liebte offensichtlich klare Strukturen. Da sie keine Klingel fand, klopfte Thea kräftig an die Tür.

Nichts passierte.

Unschlüssig stand sie herum. Der Wind strich durch die Baumwipfel auf dem Nachbargrundstück, Olivers Anwesen lag wie ausgestorben vor ihr. Selbst Ángel ließ sich nicht mehr blicken. Es gab wohl einen Nebeneingang.

Ihr Blick glitt an der hohen Mauer entlang und verharrte einen Moment lang am stählernen Tor, das Ähnlichkeit mit so manchem Eingang einer JVA hatte. Ein deutliches Gefühl des Eingesperrtseins breitete sich in ihr aus. Was tat sie hier eigentlich? Als ob Oliver und die Morenos ernsthaft die nächsten Drogendeals besprechen würden, wenn sie danebensaß. Sie sah auf die Uhr. Kurz vor sieben. Gleich kämen die Brüder. Dann wären die Männer zu viert – und sie allein. Eine unbewaffnete Frau zusammen mit vier vermutlich ziemlich skrupellosen Kriminellen. Eine ganz schlechte Idee. Die nun nicht mehr zu ändern war.

Weil sie keinen Ärger mit David wollte, wusste nicht einmal er, wo sie sich befand. Der Gedanke hatte sich kaum geformt, da hielt sie schon ihr Telefon in der Hand und schickte ihm eine Nachricht: »Nur zur Information: Ich bin gerade bei Oliver auf dem Anwesen. Ich melde mich, sobald ich etwas herausgefunden habe.« Sie ließ das Handy wieder in die Tasche gleiten, dann umrundete sie auf der Suche nach dem Hausherrn das Gebäude.

In der Tasche brummte ihr Handy.

»Ich hätte dich wegen irgendetwas verhaften und wegsperren sollen. Mach, dass du dort wegkommst, du Irre.«

Thea war geneigt, David recht zu geben. Nicht, was das Wegsperren betraf, doch die Sache mit dem Wegkommen erschien ihr mit jeder Sekunde verlockender. Dies hier war nicht ihr Kampf, dafür waren Menschen wie David und seine Kollegen zuständig. Um mit Oliver abzurechnen, hätten sich andere Möglichkeiten geboten. Ein Tritt in eine schmerzempfindliche Körperregion vielleicht. Oder Mitleid, in süßlich bedauerndem Tonfall vorgetragen, weil er ihre sexuellen Erwartungen einfach nicht erfüllte. Das schmerzte ihn vermutlich mehr als ein Tritt.

Sie würde Migräne vortäuschen und Oliver bitten, ihr ein Taxi zu rufen. Sofern sie ihn fand.

An der Rückseite des Hauses erstreckte sich eine Poollandschaft, die an einer langgezogenen Glasfront endete und eine so spektakuläre Aussicht bot, dass Thea kurz der Atem stockte. Obendrein übergoss ausgerechnet jetzt das letzte Aufglühen der untergehenden Sonne alles mit goldenem Licht.

»Schön, nicht wahr?«

Thea zuckte zusammen. Oliver war unbemerkt näher getreten.

»Traumhaft.« Thea drehte den Kopf zur Seite und warf ihm ein Lächeln zu. Er trug einen Anzug, der wie angegossen saß, die oberen Knöpfe des Hemdes waren geöffnet. Seine Augen funkelten. Warum nur musste er einen so hässlichen Charakter haben? »Wie in einem Film.«

Oliver legte seinen Arm um ihre Schultern. »Möchtest du etwas trinken? Meine Gäste kommen irgendwann ab neunzehn Uhr.« Er lachte leise. »Mit Betonung auf ›ab‹. Du weißt ja, wie die Spanier sind. Zeitangaben sind bestenfalls Vorschläge.«

»Nein danke, ich möchte nichts trinken.« Sie lächelte entschuldigend. »Ich glaube, ich habe mir etwas eingefangen. Mir ist nicht ganz wohl. Ehrlich gesagt würde ich gerne nach Hause fahren. Könntest du mir ein Taxi rufen?«

»Nicht doch. Dagegen hilft sicher ein Glas Champagner.« Oliver lachte leise und beugte sich zu ihr. »Vielleicht nützt auch ein kleines Vorspiel? Noch ist Zeit«, raunte Oliver ihr ins Ohr und zupfte mit den Lippen an ihrem Ohrläppchen.

»Da muss ich dich enttäuschen.« Thea stieß ihn – wie sie hoffte, spielerisch – weg. Keinesfalls durfte sie ihn misstrauisch machen, indem sie ihre Rolle aufgab. Dass er sie nicht einfach gehen lassen würde, hatte sie kapiert. »Ich habe doch nicht Stunden vor dem Spiegel zugebracht, um mich deinen Gästen wie eine Vogelscheuche zu präsentieren.« Tatsächlich hatte sie weniger Zeit auf ihre Frisur verwendet als auf die Auswahl ihrer Garderobe. Mit hohen Absätzen, auf denen sie nicht gut laufen – oder weglaufen – konnte, und einem Rock, der ihr jegliche Bewegungsfreiheit nahm, wollte sie sich nicht in die Höhle des Löwen begeben. In Jeans und Sneakern konnte sie jedoch ebenso wenig auftauchen. Sie hatte sich also bei Becca bedient und trug nun eine weit geschnittene dunkelblaue Stoffhose im Marlene-Stil und dazu eine cremeweiße Seidenbluse. Damit es nicht zu bieder wirkte, hatte sie die Bluse bis fast zu den Spitzen ihres Bustiers geöffnet und eine breite Kette aus Edelstahl und Schmucksteinen angelegt.

Vor allem hatte sie sich für bequeme Ballerinas entschieden, und angesichts der hohen Grundstücksmauer dankte sie dem Schicksal für diese Wahl. Denn wenn es hart auf hart käme, hätte sie mit diesen flachen Schuhen eine bessere Chance, das Hindernis zu überwinden.

In diesem Moment erschien Ángel an der Terrassentür. »Oliver, kann ich dich kurz sprechen?«

»Entschuldige mich für einen Augenblick. Das ist wichtig.« Er nahm mit einem raschen Griff ihre Handtasche an sich. »Die bringe ich schon mal rein und stelle sie an die Garderobe. Genieß die Aussicht.« Mit diesen Worten ließ er Thea stehen und verschwand mit Ángel im Innern des Hauses.

Thea sah ihnen perplex hinterher. Oliver hatte sie subtil und zugleich strikt von ihrem Telefon getrennt. Genau genommen hatte er sie generell recht gut isoliert. Zum ersten Mal fragte sich Thea, ob seine Einladung wirklich nur dem Zweck diente, sie unauffällig auszuhorchen.

Auf dem Grundstück flammten die Lichter auf. Hübsch sah es aus, wie überall verstreute Lichtpunkte Akzente setzten. Der Himmel zeigte inzwischen nur noch einen feinen hellblauen Streifen im mit Sternen gespickten Tintenblau des Firmaments. Malerisch. Trotzdem hätte Thea sich in dem düsteren Herrenhaus eines Horrorfilmschauplatzes kaum angespannter gefühlt.

Sie musste ihre Tasche finden. Und einen Weg, von hier zu verschwinden.

Durch die Terrassentür gelangte sie ins Haus. Wenig überraschend präsentierte sich die Einrichtung minimalistisch in strengen Formen und schwarzen, weißen und grauen Tönen.

Das Wohnzimmer umfasste loftartig nahezu das gesamte Erdgeschoss. Über zwei Stufen erreichte man eine edle Küchenzeile. Auf der Arbeitsfläche standen einige Thermobehälter aus der professionellen Gastronomie. Offenbar hatte Oliver einen Caterer beauftragt.

Ein breiter Durchgang führte in den Eingangsbereich. Dort kam Oliver soeben eine Treppe herunter, mit Ángel im Schlepptau. Ohne Thea im Wohnzimmer zu entdecken, knipste er sein strahlendes Lächeln an und öffnete schwungvoll die Haustür. Davor standen zwei Spanier. Der eine hager und großgewachsen, der andere eher kompakt. Gemein war beiden, dass ihr Aussehen geradezu nach einem Ritt quer durch das Strafgesetzbuch schrie.

Der berühmte Kriminologe Lombroso hatte einstmals erforscht, ob es den geborenen Verbrecher gibt, und zu diesem Zweck das Äußere von Delinquenten kategorisiert. An diesen beiden Musterexemplaren hätte er seine wahre Freude gehabt.

Thea zog sich schnell einen Schritt zurück. Mit etwas Glück wurde es nun interessant. Dann hätte ihre nicht ganz so kluge Idee mit dem Besuch hier immerhin zu einem Ergebnis geführt.

»Herzlich willkommen«, grüßte Oliver. »Ich freue mich, dass ihr Zeit gefunden habt. Kommt herein.«

Die Art, wie er redete, verriet eine gewisse Unterordnung. Drahtzieher waren also offenbar die Morenos.

»Ist sie da?« Hatte Lombroso auch Stimmen untersucht? Falls ja, hätte er hier Anschauungsmaterial gefunden. Der Hagere sprach hart und knapp und löste allein durch diesen Tonfall bei Thea Unbehagen aus. Von seinen Worten ganz zu schweigen.

»Natürlich. Ich habe doch versprochen, sie ohne Aufsehen herzulocken.«

»Besser wär's. Noch mehr Aufsehen können wir wahrlich nicht gebrauchen.« Das musste der zweite der Brüder sein. Seine Art zu reden war bedächtiger.

»Ich habe doch gesagt, dass es mir leidtut«, meldete sich Ángel.

»Falsch.« Das war wieder der Hagere. »Wenn wir wegen dir Probleme bekommen, *wird* es dir leidtun. Dann aber so richtig.«

Sein Ton jagte Thea den nächsten Schauer über den Rücken. In Ángels Haut wollte sie nicht stecken. In ihrer allerdings ebenso wenig, denn auf wen sich die Frage des Hageren bezogen hatte, ließ sich nicht allzu schwer erraten. Auf dieses Zusammentreffen legte sie keinen Wert. Dass sie hier war, entpuppte sich inzwischen als katastrophale Idee. Neues erfahren hatte sie auch nicht. Nicht einmal, aus welchem Grund die Morenos sauer auf Ángel waren. Wegen Heikos Tod?

»Also? Wo ist sie? Ich finde, wir sollten uns erst mit ihr unterhalten, bevor wir das weitere Vorgehen planen.« Der Dickere hörte sich gar nicht so gefährlich an, doch was er sagte, sorgte bei Thea für schweißnasse Hände. »Immerhin hängt alles davon ab, was sie überhaupt weiß. Vielleicht machen wir uns viel zu große Sorgen.«

»Wir müssen leider befürchten, dass sie etwas vermutet«, antwortete Oliver. »Ich habe mir vorhin die Aufzeichnungen der Außenkamera angesehen. Das Miststück war vergangene Nacht am Lager. Außerdem ist der Boden an der Stelle, wo gestern der Beutel aufgeplatzt ist, gründlich gefegt.«

Die Moreno-Brüder gaben unwillige Laute von sich. »Nicht gut«, knurrte der eine.

»Gar nicht gut«, echote der andere und wiederholte: »Also, wo ist sie?«

Kamera? Es gab also doch eine? Thea hatte sie nicht bemerkt. Ihr Magen rebellierte mit jeder Sekunde deutlicher, und sie holte tief Luft. Wenn sie jetzt eine Panikattacke bekäme, wäre alles verloren.

»Auf der Terrasse«, sagte Oliver.

»Um diese Zeit noch? Es ist inzwischen kalt und stockfinster.« Eilige Schritte in Richtung Wohnzimmer erklangen. Mangels besserer Möglichkeiten tauchte Thea hinter der frei stehenden Sitzlandschaft neben ihr ab und schickte Stoßgebete an alle verfügbaren Götter, die Männer mögen den Raum durchqueren, ohne sie zu bemerken.

Das Schicksal meinte es in diesem Moment gut mit ihr, und während die Männer draußen realisierten, dass

Thea nicht mehr brav auf der Terrasse wartete, robbte sie bereits in Richtung Haustür. Der gefährlichste Moment würde das Öffnen der Tür sein, denn die war nicht nur von der Terrasse aus einsehbar, sondern darüber hinaus hell beleuchtet. Noch kauerte Thea an der Wand im Flur, lauschte auf jedes Geräusch – und sammelte Mut.

Sekunden später ertönte die Stimme des Hageren – und sie war verdammt nah. »Lasst uns wieder reingehen. Die Kälte hält ja kein Mensch aus. Falls sie abhauen will, werden die Bewegungsmelder uns schon informieren. Ich habe jedenfalls keine Lust, mir da draußen den Kältetod zu holen.«

Was für eine Memme. Den harten Kerl spielen, aber bei Temperaturen knapp unter zehn Grad Frostbeulen fürchten. Und ihr damit die Fluchtmöglichkeit abschneiden.

»Ángel, durchsuch das Haus. Wenn sie hier ist, sitzt sie in der Falle. Die Haustür ist abgeschlossen, die Fenster sind ebenfalls verriegelt.« Das war Oliver, und seine Worte stimmten Thea nicht glücklich. Auf Zehenspitzen schlich sie sich zum nächstbesten Versteck – einer kleinen Tür –, um sich wenigstens nicht mehr auf dem sprichwörtlichen Präsentierteller zu befinden.

»Und wir, meine Freunde«, fuhr Oliver fort, »können uns derweil schon einmal dem Essen und den geschäftlichen Dingen zuwenden. Die Unterhaltung mit unserem Ehrengast muss dann eben warten, bis Ángel sie gefunden hat.«

Die Morenos brummten zustimmend. Schritte erklangen, und Thea schlüpfte durch die Tür. Ein Mann – wohl Ángel – lief die Treppe hinauf, und Thea atmete durch. Für die nächsten Minuten war sie hier sicher.

Sie fand sich in einer schlauchförmigen Kammer wieder.

Durch ein winziges Fenster am anderen Ende fiel das trübe Licht der Außenbeleuchtung herein. Nachdem sich Theas Augen an die Dunkelheit gewöhnt hatten, erkannte sie rechts und links an den Wänden Regale mit Vorratsbehältern und Konserven, in einer Ecke brummte ein Gefrierschrank. Thea huschte tiefer in den Raum. Sollte Ángel hereinsehen und das Licht einschalten, wäre sie in jedem Fall verloren. Die Regale waren deckenhoch, noch einmal würde sie sich nicht auf dieselbe Weise wie gestern im Lager verstecken können.

Weiter hinten gab es eine zweite Tür. Sofern Thea den Grundriss des Hauses im Geiste richtig zusammensetzte, führte sie in die Küche. Wie zur Bestätigung ertönte auf der anderen Seite das Klappern von Geschirr und Besteck. Offenbar hatten die drei Männer ihre Jagd auf Thea tatsächlich unterbrochen und widmeten sich dem Essen.

»Wir können es uns nicht leisten, zwei oder drei Wochen zu pausieren«, sagte der Hagere in diesem Moment direkt neben der Tür. Thea hätte vor Schreck beinahe einen Satz nach hinten gemacht – mitten in ein Regal voller Gläser. Ihr Körper beließ es glücklicherweise bei einem lautlosen Zurückzucken. Jetzt bloß nicht niesen! Stocksteif verharrte sie in der Kammer und wagte es nicht, sich zu rühren. Der hagere Moreno konnte keinen halben Meter von ihr entfernt stehen.

»Ich muss meinem Bruder recht geben.« Auch der quadratische Moreno war nicht allzu weit weg. Ein Teller klapperte. »Wir haben gerade Fuß gefasst. Wenn wir jetzt nicht dranbleiben, wandern die Konsumenten ab. Methaqualon ist auf den Inseln noch nicht ausreichend etabliert.«

»Ich halte es für leichtsinnig«, traute sich Oliver zu widersprechen. »Thea Molt ist gewiefter, als wir geglaubt haben. Ich gebe zu, dass ich mich in ihr getäuscht habe.«

Na, immerhin, dachte Thea mit einer gewissen Genugtuung. Das klingt schon besser.

»Du hättest vielleicht nicht deinem Schwanz das Denken überlassen sollen.« Der Hagere lachte meckernd und wenig erheitert.

»Das war der beste Weg, sie unauffällig auszuhorchen«, verteidigte sich Oliver.

»Und der vergnüglichste, nehme ich«, kommentierte der Kompakte.

»Das auch. Warum nicht das Nützliche mit ein bisschen Spaß verbinden? Leider hat unsere Vögelei die kleine Hure nicht davon abgehalten, sich mit diesem Picoleto einzulassen. Keine Ahnung, wie viel der weiß. Eventuell hat er sie genauso benutzt wie ich.«

»Hm«, brummte der hagere Moreno. »Dass sie jemanden der Guardia Civil ins Coco schleppt, war in der Tat der Gipfel. Vielleicht hätten wir da schon einschreiten sollen.«

»Was das genaue Gegenteil von unauffällig gewesen wäre«, entgegnete der dickere Moreno.

»Das mit dem Unauffälligsein haben wir doch schon hinter uns gelassen, als der kleine Idiot die Sache mit dem Paket verbockt hat. Wäre er bei dem Fahrradfritzen reingegangen und hätte unsere Lieferung gegen etwas Harmloses ausgetauscht oder hätte zumindest ein paar Sachen mehr mitgehen lassen, damit es nach einem echten Einbruch aussah, wäre alles in Ordnung gewesen. Wie dumm muss man sein, nur diesen einen Karton mitzunehmen, damit auch dem dämlichsten Picoleto noch auffällt, dass es um exakt und genau dieses eine Paket gehen muss.«

Thea stand zitternd vor Anspannung in der kleinen

Kammer. Nun hatte sie die Bestätigung, die sie so gerne nicht gehört hätte. Heiko hatte wegen des vertauschten Pakets sterben müssen und Nils …

Thea biss sich in die geballte Faust, um nicht laut aufzustöhnen. Das Zittern erfasste ihren gesamten Körper, sie bebte, die Beine wurden schwach. Schon hörte sie das Rauschen in den Ohren, und das Atmen wurde schwer. Nun war die Panik nicht mehr aufzuhalten. Aus Nils wurde André, aus André wurde Nils. Gesichter wirbelten vor ihrem inneren Auge, verschmolzen, dunkle Punkte tanzten zwischen ihnen, wurden größer, gleich würde Schwärze sie umfangen.

Stopp!

Wenn sie das zuließ, trat sie mit Füßen, was ihr im Leben wichtig war. Sie war Ermittlerin geworden, weil sie daran glaubte, dass jemand für die Schwachen einstehen musste. Wenn sie nun ihrer Panik die Führung überließ, würde sie nicht nur hier und heute sterben, sondern auch zulassen, dass zwei Morde – vielleicht sogar drei, wenn sie ihren dazuzählte – ungesühnt blieben. So wollte sie nicht abtreten. Ganz davon abgesehen, dass sie trotz der Probleme der letzten Monate prinzipiell am Leben hing. Sehr sogar, merkte sie an ihrem jäh galoppierenden Herz, als sich Schritte der Tür näherten. Ihr Blick jagte über die Regale. Gab es hier eine Waffe? Eine Bratpfanne, einen schweren Krug – irgendetwas, womit man hart zuschlagen konnte?

Die Schritte stoppten vor der Tür. Eine Schublade wurde aufgezogen und wieder geschlossen. Die Schritte entfernten sich. Andere Schritte folgten, es wurde ruhig vor der Tür. Die drei Männer hatten sich offenbar an den Tisch gesetzt.

Thea atmete auf. Denn außer der Möglichkeit, mit

Konservendosen zu werfen, taugte hier nichts zur Verteidigung.

Die Ablenkung sowie die Erkenntnis, wie gerne sie das hier überleben würde, hatten ihre Panik in Zaum gehalten. Noch immer bebte sie am ganzen Körper, ging der Atem schnell und durchnässte kalter Schweiß die edle Bluse. Aber sie hatte sich wieder unter Kontrolle. Weit genug, um zu begreifen, dass es nicht mehr lange bis zu ihrer Entdeckung dauern würde.

Theas Blick wanderte hinauf zu dem winzigen Fenster. Einmal im Leben könnte sich ihre geringe Körpergröße als echter Pluspunkt erweisen. Nicht viele Menschen würden durch diese schmale Öffnung passen. Vielleicht war dieses Fenster aus genau diesem Grund nicht verschlossen. Thea hatte genügend Fälle von Einbruchdiebstahl bearbeitet, um zu wissen, dass Hausbesitzer nicht selten die unscheinbaren Zugangsmöglichkeiten übersahen. Fenster wie das über ihr waren geradezu prädestiniert dafür, vergessen zu werden. Ähnlich wie Dachluken und Oberlichter. Sie stieg vom Regal aus auf den Gefrierschrank in der Ecke, streckte von dort den Arm zum Fenstergriff aus, der tatsächlich über kein Schloss verfügte, und betete, dass nicht irgendeine Alarmanlage losgehen würde. Dann legte sie den Hebel um, zog vorsichtig – und das Fenster schwang auf.

Ihre Kondition hatte sie in den letzten Monaten eingebüßt, ihre Gelenkigkeit zum Glück nicht. Nahezu lautlos stemmte sich Thea hoch, wand sich ein-, zweimal und lag schließlich auf dem flachen Garagendach. Behutsam zog sie das Fenster wieder zu.

Als sie den Sternenhimmel über sich sah, hätte sie am liebsten vor Freude geweint. Dabei war sie noch längst nicht in Sicherheit.

Sie robbte über den feinen Kies des Garagendachs bis zum Rand. Es knirschte leise. Zu laut in Theas Ohren, doch was konnte sie anderes tun, außer darauf zu vertrauen, dass alle Männer im Haus waren.

Um über den Rand zu schauen, musste Thea sich etwas aufrichten. Heller Staub bedeckte ihre Hose. Die Bluse war inzwischen reichlich lädiert. Becca würde sie umbringen – vorausgesetzt die Drogenhändler erledigten das nicht vor ihr. Thea beugte sich vor und warf einen Blick nach unten. Ganz schön hoch.

Während sie noch überlegte, wie sie es am besten anstellte, das Dach zu verlassen, ohne sich den Fuß zu verknacksen, bemerkte sie den Bewegungsmelder. Die Mühe, hier herunterzuklettern, konnte sie sich sparen. Bis sie unten wäre, wären die Männer da.

Ein Abstieg in Richtung Terrasse kam wegen der Männer, die mit Blick auf Pool und Garten dinierten, nicht infrage. Auf der Längsseite der Garage wuchs stacheliges Gestrüpp, daneben parkte Ángels Seat. Theas Verlangen, in die Dornen zu springen, hielt sich in überschaubaren Grenzen.

Also Plan B. Das Oberlicht der Garage. Eine kleine Kuppel aus milchigem Glas wölbte sich mittig auf dem Flachdach. Falls es sich öffnen ließ und Oliver hier bei der Sicherung genauso nachlässig gewesen war …

Thea watschelte in der Hocke hinüber. Es war geschlossen, aber sie entdeckte Scharniere. Hoffentlich konnte man es nicht nur theoretisch aufklappen. Sie probierte ihr Glück, und in der Tat gelang es ihr, die Kuppel wie eine Falltür anzuheben. Das Ding war höllisch schwer. Sie ertastete keinen Mechanismus, mit der das Oberlicht in geöffneter Position gehalten werden konnte. Wenn es zufiel, würde es einen solchen Knall geben, dass sie ihren Aufenthaltsort ebenso gut mit einem Fanfarenstoß verkünden konnte. Sie steckte den Kopf durch den Spalt und blickte in die Finsternis. Unter sich erahnte sie einen dunklen Umriss. Olivers SUV.

Olivers ziemlich *hoher* SUV. Dessen Alarmanlage hoffentlich nicht allzu empfindlich war. Sie würde es gleich wissen. Viel länger konnte sie die Kuppel des Oberlichts ohnehin nicht mehr halten. Beherzt stieg sie auf das Dach des SUV, darum bemüht, den Wagen bloß nicht zu stark zu erschüttern. Dann ließ sie das Oberlicht lautlos herunter. Einen Augenblick später rutschte sie über die Motorhaube, und ihre Füße berührten den Garagenboden. Jetzt musste sie nur noch den Toröffner finden und ihren Vorsprung nutzen, um die Grundstücksmauer zu erreichen. Sie tastete sich zwischen Motorhaube und Garagentor entlang zur Wand. Im selben Moment, in dem ihre Finger einen Schalter fanden und Thea ihn hoffnungsvoll drückte, öffnete sich im hinteren Bereich eine Tür. Licht flammte auf.

17

Wenn es jemals einen plausiblen Zeitpunkt für eine Panik gegeben hatte, war es dieser. Seltsamerweise meldete sich die gefürchtete Enge in der Brust nicht, setzte nicht der Tanz der schwarzen Punkte vor ihren Augen ein. Nur ihr Herz raste vor Angst, und der Atem ging schnell.

Äußerlich gefasst blickte sie Oliver entgegen. Da hinter ihm Ángel die Garage betrat, versuchte Thea erst gar nicht, um das Auto herum zu flüchten. Vor allem, weil ihr die Knie nun doch recht weich wurden.

»Ich wusste, dass ich dich hier finden würde. Es blieb ja nur die Garage.« Sein Lächeln bekam einen kalten Zug. »Komm jetzt. Wir möchten mit dir reden.«

Thea sah ihn nur stumm an und konnte es im Grunde immer noch nicht fassen, dass sie sich von diesem durch und durch miesen Menschen hatte täuschen lassen.

»Los jetzt.« Als wollte er seine Schlechtigkeit unter Beweis stellen, hielt Oliver plötzlich eine Waffe in der Hand.

Nun war er also gekommen, dieser Moment. Der Lauf einer Waffe war auf sie gerichtet. Thea horchte in sich hinein. Sie hatte Angst. Konkrete, greifbare Angst, denn sie fürchtete um ihr Leben. Falls nicht ein Wunder geschah, würde sie das Ende des heutigen Tages nicht mehr erleben. Diese Erkenntnis verschlug ihr fast den Atem. Aber nur fast. Sie holte tief Luft, und es funktionierte. Ihre Beine zitterten, aber sie trugen sie. Die irrationale Panik hielt sich zurück. Ein völlig unsinniges, deplatziertes Triumphgefühl durchströmte Thea. Eine Sekunde lang lächelte sie sogar, und Oliver warf ihr einen Blick zu, als hätte sie den Verstand verloren.

Viel Zeit, sich zu freuen, blieb ihr nicht. Ángel hatte den SUV umrundet, tauchte nun hinter ihr auf und stieß sie unsanft nach vorne. Sie musste nicht in sein Gesicht sehen, um zu wissen, dass er Spaß an der Szene hatte.

Thea trottete vor Ángel durch die Tür in einen Korridor. An einer offen stehenden Tür warteten die Moreno-Brüder. Dass beide ebenfalls Waffen in der Hand hielten, überraschte Thea nicht. Eher war sie über ihre eigene Reaktion erstaunt. Sie nahm diese Tatsache zur Kenntnis, ihre Sorge und Furcht wuchs – aber ihr Körper funktionierte noch immer. Ihre Gedanken waren offenbar zu sehr damit beschäftigt, einen Ausweg zu suchen. Außerdem war sie viel zu wütend, um panisch zu reagieren. Wütend auf Oliver und mehr noch auf sich selbst, weil sie sich in diese Situation gebracht hatte.

»Da runter.« Der hagere Moreno zeigte die Treppe hinab. Seine Miene war eiskalt.

Thea gehorchte. Die Treppe mündete in einen Gang, der in eine Waschküche führte.

Gefliest. Leicht zu reinigen. Von Blutspritzern zum Beispiel. Thea zwang Luft in ihre Lungen.

Ángel schleppte einen Stuhl herbei, den er in der Mitte platzierte. »Hinsetzen.«

Dem Befehl leistete sie schon deshalb Folge, weil sie inzwischen doch alles andere als sicher auf den Beinen stand.

Erstaunlicherweise trat nun der kompakte Moreno-Bruder vor sie. Thea hatte den Hageren für den Boss gehalten.

»Dass du den Tag nicht überleben wirst, dürfte dir klar sein. Wenn du uns brav alle Fragen beantwortest, wird es jedoch schnell und schmerzfrei abgehen. Anderenfalls wird unser Freund hier dafür sorgen, dass du sprichst.« Er warf einen bedeutungsvollen Blick zu Ángel, der aussah, als würde er sich wünschen, dass Thea sich störrisch zeigte.

»Zunächst einmal: Wie hast du von den Drogen erfahren?«

Thea schüttelte den Kopf. »Gar nicht.«

Ansatzlos holte Moreno aus und verpasste ihr eine schallende Ohrfeige. Sofort schossen ihr Tränen in die Augen, doch Thea blinzelte sie zornig weg.

»Noch einmal: Wie hast du von den Drogen erfahren?«

»Ich habe nie von den Drogen erfahren. Lassen Sie mich wenigstens ausreden.« Der letzte Satz klang gequält, denn er hatte erneut ausgeholt und stoppte seine Hand nun knapp vor ihrem Gesicht. Gönnerhaft tätschelte er die brennende Wange, Thea verbiss sich einen Schmerzenslaut.

»Ich habe vergangene Nacht bemerkt, dass etwas im Lager des Coco nicht stimmt. Sie wissen ja schon, dass ich in der Nacht dort war.« Thea warf Oliver einen giftigen Blick zu. »Wenn da Drogen versteckt sind, habe ich sie jedenfalls nicht gefunden. Ich weiß nur von der Anthranilsäure.«

»Woher weißt du, dass es Anthranilsäure ist?«

»Aus dem kriminaltechnischen Labor.« Einen kleinen triumphierenden Unterton konnte Thea sich nicht verkneifen.

»Der Stecher von den Picoletos.« Der hagere Moreno durchbohrte Thea mit seinem Blick. »Was weiß er noch?«

»Ich habe ihm die Probe gegeben, und er weiß, dass

226

sie aus dem Lager des Coco ist, wo sie Ángel beim Verladen der Beutel heruntergefallen ist.«

»Was weiß er noch?«

»Nichts. Ich bin ja selbst gestern erst misstrauisch geworden.«

Oliver trat aus dem Hintergrund. Er hatte ihre Tasche dabei und zog jetzt ihr Telefon daraus hervor. »Den Entsperrcode, bitte.«

Ángel richtete sich auf, und Thea nannte rasch die Zahlen.

Totenstille senkte sich über den Raum, während sich Oliver in ihre Whatsapp-Nachrichten und SMS vertiefte. Er hob den Kopf. »Wir haben ein Problem.« Er warf Thea einen hasserfüllten Blick zu. »Der Picoleto weiß, dass sie hier ist. Wenn wir sie jetzt töten, weiß er auch, dass ich es war, und wenn wir es hier erledigen, wird er es mir irgendwann beweisen können. Blut ist schwer zu beseitigen.«

Der dickere Moreno legte die Stirn in Falten. »Ich kläre das.« Er bewegte sich zur Tür, blieb stehen und sah Ángel an. »Fessele sie. Ich trau ihr nicht. Bleib vorsichtshalber im Raum.« An Oliver und seinen Bruder gewandt fügte er hinzu: »Kommt hoch, wenn ihr hier fertig seid.«

»Ich bin fertig mit ihr.« Der zweite Moreno zuckte mit den Schultern. »Wir müssen ohnehin vom Schlimmsten ausgehen.« Mit einem letzten grimmigen Blick auf Thea und Ángel folgte er seinem Bruder nach draußen. Oliver blieb an die Wand gelehnt stehen und beobachtete, wie Ángel eine Wäscheleine nahm und Thea damit festzurrte. Besonders rücksichtsvoll ging der Spanier dabei nicht vor, doch sie tat ihm nicht den Gefallen, auch nur einen Mucks von sich zu geben.

»Behalte sie im Auge, aber rühr sie nicht an«, sagte Oliver zu Ángel und wandte sich ebenfalls zum Gehen.

Regte sich da ein Gewissen? »Willst du das wirklich zulassen?« Versuchen konnte sie diesen Weg ja mal. »Wir waren verdammt noch mal zusammen im Bett!«

Er drehte sich nicht einmal zu ihr um. »Und das war verdammt geil. Schade, ich hätte das vorhin gerne ein letztes Mal wiederholt, aber du wolltest ja nicht«, erwiderte er über seine Schulter.

»Das hättest du getan? Was bist du nur für ein Mensch!«

Jetzt wandte er doch den Kopf um und sah sie an. »Ja, das hätte ich getan. Das hat schon Spaß gemacht mit dir in der Kiste.« Er bedachte sie mit einem mokanten Lächeln. »Und ich hatte durchaus den Eindruck, du bist auch auf deine Kosten gekommen. Aber wenn ich nicht in einem spanischen Knast verrotten will, habe ich leider keine andere Wahl, als dich aus dem Weg zu räumen.« Er hielt kurz inne. »Ich verspreche dir, dass es schnell geht. Sieh das als Zeichen meiner Zuneigung.« Nun drehte er sich endgültig um und verließ den Keller.

Thea starrte ihm mit offenem Mund hinterher. Wie kaltschnäuzig konnte man sein? Bei Ángel brauchte sie es mit ihren Überredungskünsten gar nicht erst zu probieren. Der brachte es fertig, ihr am Ende noch einen Knebel in den Mund zu stopfen. Um sich abzulenken, versuchte sie, irgendwie an den Knoten zu gelangen. Ángel hatte jedoch nicht nur ihre Handgelenke gefesselt, sondern auch ihre Arme am Körper festgezurrt.

»Bleib still sitzen.« Ángel baute sich breitbeinig vor ihr auf. Thea sah ihm an, dass er zu gerne zugeschlagen hätte, und zog den Kopf ein. Aber Olivers Anweisung schien noch zu wirken. Dennoch verhielt sie sich vorsichtshalber ruhig. Den Knoten hatte sie ohnehin nicht erreicht.

Nach und nach wurde die Haltung unbequem. Die

Stricke quetschten Arme und Oberkörper schmerzhaft zusammen, der Druck auf die Brust – diesmal real und von außen – machte das Atmen schwer, und die Hände wurden taub. Sie war fast erleichtert, als Schritte erklangen, obwohl sie das ihrem Lebensende vermutlich ein Stück näherbrachte.

»Die Morenos haben etwas arrangiert.« Oliver betrat den Raum und wandte sich an Ángel. »Binde sie los, wir fahren nach Palma. Der Eigentümer eines Clubs schuldet den Brüdern einen Gefallen. Der Eingangsbereich ist videoüberwacht, das heißt, man wird uns zusammen hineingehen sehen. Ich werde aber allein wieder herauskommen. Das perfekte Alibi.« Er warf einen kalten Seitenblick auf Thea. »Ihr Problem, wenn sie sich nach meinem Weggehen mit dem falschen Kerl einlässt.«

Thea erschauerte. Würde David Olivers Version glauben? Schätzte er sie so ein? Sie dachte an die Nacht, die sie in seinen Armen geschlafen hatte, obwohl David davon ausging, dass sie mit Oliver zusammen war. Nun bereute sie den bedeutungslosen Sex mit diesem kriminellen Schönling nur noch mehr.

Wenige Minuten später fand sich Thea auf der Rückbank des SUV wieder. Ángel steuerte den Wagen, während Oliver neben ihr saß und eine Pistole auf sie gerichtet hielt. Als Konfrontationstherapie wäre dieser Tag durchaus geeignet. Ihr sollte nur dringend eine Lösung einfallen, wie sie unbeschadet aus dieser Situation herauskam, wenn sie ihren unfreiwilligen Therapieerfolg auskosten wollte.

»Dir ist klar, dass Sargento Martinez sich an dir festbeißen wird wie ein Terrier, falls du das jetzt durchziehst?«

»Das wird er auch, sofern ich das nicht durchziehe.

Nur hätte er dann dich als Zeugin. Du hast zu viel mitbekommen. Von Heiko, Nils, den Morenos. Das sind alles Dinge, die dein Sargento vielleicht weiß, vielleicht auch nicht, aber jedenfalls nicht beweisen kann. Was du gestern gefunden hast, darf er nicht verwenden. Ohne deine Aussage hat er keine Handhabe für Maßnahmen gegen mich. So einfach ist die Rechnung. Ich werde hier die Zelte abbrechen müssen, um ihn abzuschütteln. Aber ich werde frei sein und mein Leben genießen. Die Karibik soll recht hübsch sein.« Sein Blick wurde hart. »Und nun sei ruhig. Sonst überlege ich mir, ob ich Ángel nicht doch gestatte, seine Wut an dir auszulassen. Er ist nämlich nicht glücklich, dass er wegen dir seinen lukrativen Job aufgeben muss.«

»Die Morenos werden ihn doch sicher übernehmen. Skrupellose Schläger werden in der Branche schließlich immer gebraucht.«

»Pff.« Oliver gab einen abfälligen Laut von sich. »Der kann froh sein, wenn ihm die Morenos diese Nummer ungestraft durchgehen lassen. Er hat doch den ganzen Mist losgetreten.«

Thea blickte unauffällig nach vorne. Ángel steuerte entspannt den Wagen durch Palmas Randbezirke. Von der auf Deutsch geführten Unterhaltung im Fond schien er nichts zu verstehen. War er vielleicht eine Schwachstelle?

»Weiß Ángel, dass die Morenos ihn auch beseitigen lassen wollen?«, fragte sie laut – diesmal auf Spanisch.

Ángels Kopf ruckte hoch. Seine Augen suchten im Rückspiegel erst Theas Blick, dann den seines Chefs.

Oliver rammte die Pistole mit Kraft Thea in die Rippen, sodass sie vor Schmerz nach Luft schnappte. »Ich kann auch anders«, zischte er ihr zu, und in Ángels

Richtung sagte er bestimmt: »Lass dich von dem durchtriebenen Miststück nicht kirremachen.«

»Haben die Morenos was gesagt?« Ángels Miene drückte allergrößtes Misstrauen aus.

Thea feixte innerlich. Ángel war einfach gestrickt. Der würde im Zweifel versuchen, seine Haut zu retten.

»Ja, haben sie«, bekräftigte sie und erhielt prompt den nächsten Stoß mit der Waffe. Das traute sich der Feigling auch nur, weil ihre Handgelenke noch immer gefesselt waren.

»Sie versucht bloß, dich zu beeinflussen, damit du dich gegen mich wendest und sie rettest.« Oliver sprach so beschwörend auf Ángel ein, wie es der generelle Lautstärkepegel im Wagen zuließ. »Die Morenos hätten längst etwas unternommen, wenn sie das vorhätten.« Er bedachte Thea mit einem warnenden Blick.

»Die brauchen Ángel noch für die Schmutzarbeit. Erst wenn er mein Blut an seinen Händen hat, wird er geopfert. Dann haben sie zwei Vögel mit einem Schuss erlegt, wie man so schön in Spanien sagt.«

Olivers Ohrfeige traf sie hart und unerwartet. Ihr Kopf flog zur Seite, und sie schmeckte Blut. Sie hatte sich auf die Lippe gebissen.

»Gut gemacht«, höhnte sie. »Ich blute.« Mit einer raschen Bewegung wischte sie ihre Lippe am Sitzpolster ab. »Viel Spaß dabei, der Guardia Civil zu erklären, wie mein Blut auf deine Rückbank kommt.«

Oliver funkelte sie zornig an. Immerhin schlug er sie nicht noch einmal. »Vergiss, was ich dir vorhin versprochen habe. Dein Tod wird schmerzhaft sein. Nicht wahr, Ángel?«

Von vorne kam keine Antwort. Der Spanier brütete vor sich hin.

Kurz darauf erreichten sie das Zentrum von Palma. In der Ferne strahlte die Kathedrale hinter unzähligen Schiffsmasten, die träge im Wellengang wippten. Sie verließen die breite Avenida, die am Hafen entlangführte, und verloren sich im Gewirr kleinerer Straßen. Thea kannte sich nicht gut genug aus, vermutete aber grob, dass sie irgendwo in Santa Catalina waren, dem seit einigen Jahren sehr angesagten Wohn- und Ausgehviertel.

In einer Seitenstraße fand Ángel eine Parklücke. Er drehte sich um und richtete ebenfalls eine Waffe auf Thea. Seine ausdruckslose Miene gab keinen Hinweis darauf, dass die Saat des Misstrauens gekeimt hatte.

»Du wartest hier«, sagte Oliver zu ihm. »Wenn ich offensichtlich allein den Laden verlassen habe, oder vielleicht ja sogar noch in Begleitung« – er grinste –, »bringt dir jemand Thea vorbei. Sie gehört dann ganz dir. Aber entsorge sie so, dass niemand sie findet.«

Oliver drückte die Tür auf, umrundete das Auto und ließ Thea aussteigen. Für jeden Beobachter musste es galant wirken, wie er ihr fürsorglich die Jacke über die Schultern legte und sie in seinen Arm zog. Dass er dabei erneut seine Waffe in ihre Seite bohrte, würde einem Augenzeugen hingegen verborgen bleiben.

Sie waren noch keine fünf Schritte gelaufen, als hinter ihnen eine Autotür geöffnet und wieder geschlossen wurde.

»Warte.« Ángels Stimme.

Oliver drehte sich mit Thea im Arm um.

»Ich mach das nicht«, erklärte Ángel mit Bestimmtheit.

Thea spürte, wie Oliver sich anspannte.

»Bitte?« Olivers Griff an Theas Hüfte wurde schmerzhaft.

»Ich sagte, ich mach es nicht. Ich bin kein Mörder. Das mit diesem deutschen Fahrradtypen war ein Unfall. Das hier ist eine andere Nummer. Da spiele ich nicht mit.«

Halleluja! Niemals hätte Thea damit gerechnet, dass ausgerechnet Ángel ihr eine Gnadenfrist verschaffen würde.

»Ich schwöre, ich werfe dich den Morenos zum Fraß vor.« Oliver hatte inzwischen keinerlei Ähnlichkeit mehr mit dem dauerstrahlenden Sunnyboy. Mit vor Wut verzerrter Miene wirkte er nicht mehr halb so attraktiv. »Halte dich gefälligst an den Plan. Wegen deiner Dummheit stecken wir doch in dieser Scheiße.«

»Es tut mir leid.« Ángel drehte sich um und ließ Oliver einfach stehen, der vor Wut bebte. Und dann – Thea traute ihren Augen nicht – die Waffe auf Ángel anlegte.

»Ángel, Vorsicht!«, brüllte Thea und warf sich gleichzeitig gegen Oliver, der dadurch das Gleichgewicht verlor. Ein Schuss löste sich. Es knallte ohrenbetäubend durch die Nacht. Ángel schrie getroffen auf und fasste sich ans Bein.

In den umliegenden Häusern gingen die Lichter an. Irgendwo wurde ein Fenster geöffnet.

Oliver fluchte unterdrückt.

Thea versuchte, die Konfusion zur Flucht zu nutzen, aber mit den Händen auf dem Rücken hatte sie schlechte Karten. Nach wenigen Metern hatte Oliver sie bereits eingeholt und knallte ihr ansatzlos seine Faust unter das Kinn. Im Fallen registrierte sie, dass Oliver sie auffing, dann wurde alles um sie herum schwarz.

Die Umgebung vibrierte, ihr Körper wurde durchgeschüttelt. Sie lag gekrümmt auf rauem Stoff. Beim Versuch, die Beine auszustrecken, traf sie auf Widerstand.

Ein Kofferraum. Ihr Kopf dröhnte, die Arme schmerzten. Was um alles in der Welt war mit ihr geschehen? Nur langsam und begleitet von Übelkeit kehrte die Erinnerung zurück.

Verdammt, jetzt wurde es brenzlig.

Wenn sie an Olivers Miene dachte, verlor sie die letzte Hoffnung. Er hatte auf seinen Komplizen geschossen, würde sein Geschäft und sein Haus aufgeben müssen und hatte mit der unbedachten Aktion auf der Straße vermutlich auch die Morenos gegen sich aufgebracht. Kurzum: Er war am Ende, und solche Menschen, die nichts mehr außer ihrer Freiheit zu verlieren hatten, waren die gefährlichsten. Wohin würde Oliver sie bringen? Dass sie in seinem Kofferraum lag – daran hatte sie keine Zweifel.

Sie bekam ihre Antwort einige Minuten später. Der Wagen stoppte, der Motor wurde abgestellt. Die Tür. Schritte. Stille. Die Kofferraumklappe wurde geöffnet.

»Raus mit dir.« Olivers Stimme. Sehen konnte sie ihn nur als Umriss. Sie standen irgendwo im Nichts. Außer dem Lämpchen im Kofferraum weit und breit keine Lichter. Sogar der Mond versteckte sich hinter einer Wolke. Ein frischer Wind strich über ihre brennenden Wangen und trug den Geruch nach verrottendem Seetang mit sich.

»Ich kann nicht«, jammerte Thea. »Mir ist schlecht. Und schwindelig.«

Oliver zog sie unsanft aus dem Auto und ließ sie fast auf die Straße fallen. Im letzten Augenblick gelang es Thea, sich auf den Beinen zu halten. Sie trat nach ihm, doch Oliver war auf der Hut, und Thea musste abermals um ihr Gleichgewicht kämpfen.

»Noch so ein Versuch, und ich werfe dich die Treppe runter. Vielleicht habe ich sogar Glück und muss dich nicht selbst erledigen. Ein Genickbruch soll ja recht schmerzlos sein.«

Sofern man sofort tot war.

Er packte sie am Arm und zerrte sie grob über einen vergessenen Gehsteig, der irgendwann in dieses Nichts gebaut und dann der Natur zur Rückeroberung überlassen worden war. Licht flammte auf. Oliver hatte eine Taschenlampe dabei. Eine leere Flasche Jim Beam am Straßenrand zeugte davon, dass wider Erwarten doch gelegentlich Menschen hier vorbeikamen.

Nach wenigen Metern verlor sich der Gehsteig in einem Trampelpfad, der zwischen einer zerfallenen Trockenmauer hindurchführte. Dahinter standen einige Aleppokiefern. Vielleicht waren es auch Pinien. Thea konnte diese Bäume schon am Tag schlecht auseinanderhalten. Es roch jedenfalls wie nach dem Aufguss in der Sauna. Oliver deutete zwischen die Stämme. »Da hindurch und dann runter.«

Thea verstand, was er meinte, als sie eine Treppe erreichten. Die Stufen waren ungleichmäßig und in der Dunkelheit kaum zu erkennen. Thea war sich nur allzu bewusst, dass ihre Hände noch immer hinter dem Rücken zusammengebunden waren. Das kleinste Stolpern …

»Geh schon.« Oliver stieß sie an. Nicht ruppig zum Glück, was Thea hoffen ließ, dass er nicht wirklich vorhatte, sie die Treppe hinunterzuwerfen.

Der Mond kroch hinter den Wolken hervor. Immerhin konnte sie nun erkennen, wohin sie ihre Füße setzte. Sie bewegte sich vorsichtig, aber zügig, um Oliver nicht zu reizen. Hier auf der Treppe war sie ihm in jeder Hinsicht unterlegen, an irgendeine Art von Widerstand brauchte sie gar nicht zu denken. Auch wenn ihr klar war, dass sie mit jedem Schritt ihrem Tod näher kam.

Irgendwann hatten sie die letzte Stufe erreicht. Eine Kiesbucht lag vor ihr, recht eng und schmal. Eingerahmt von hohen Felswänden, an die sich krüppelige Gewächse klammerten. Der Geruch nach faulendem Tang wurde hier unten zu übermächtigem Gestank. Theas Magen revoltierte erneut.

»Ich brauche eine Pause, bitte. Mir ist so schlecht.«

»Wir sind gleich da.« Gnadenlos zerrte Oliver sie mit sich. Vor ihnen schälten sich die Umrisse eines nahezu würfelförmigen Baus aus der Nacht. Eine Rampe, an der im Takt der Wellen das Wasser schwappte, führte von dort ins Meer. Ein Bootshaus. So also wollte er sie loswerden.

»Ertrinken ist ein grausamer Tod«, brachte sie fast tonlos hervor.

Oliver warf ihr nur einen kurzen Blick zu. »Setz dich.« Er deutete auf den Betonsockel des Gebäudes.

Der Stein war feucht und kalt unter ihrer dünnen Hose, aber Oliver drückte sie unerbittlich nach unten.

Thea sah sich um. Kein Wohnhaus in der Nähe, keine Yacht auf dem Wasser. Das war eine der winzigen und bei Tag sicher heimelig anzuschauenden Buchten, von denen es unzählige auf Mallorca gab. Hier konnte sie um Hilfe schreien, bis die Stimmbänder rissen – niemand würde sie hören. Auch Weglaufen war zwecklos. Oliver hätte sie im Nu wieder eingefangen. Ein Schluchzen wollte sich die Kehle hochwürgen, doch sie schluckte es tapfer hinunter. Sich der Verzweiflung hinzugeben würde ihr Leben nicht retten.

Es klapperte hinter ihr, und sie blickte über ihre Schulter. Oliver entrollte eine jener Stahlketten, mit denen Boote am Ufer festgemacht wurden. Er ist abgelenkt, schoss es ihr durch den Kopf, und noch ehe sie sich bewusst dazu entschlossen hatte, riss sie ihre Beine hoch und rammte sie in Olivers Kniekehle.

Der taumelte, strauchelte kurz, fluchte.

Aber er ging nicht zu Boden. Sondern zog seine Waffe. »Noch einmal, und ich schieß dir ins Bein. Los, knie dich hin.«

Thea gehorchte matt. Das war's dann wohl. Das war ihre letzte Chance gewesen. Sie hatte versagt. Versagt wie damals bei André. Vielleicht wäre es eine Gnade, gleich alles hinter sich zu lassen. Immerhin ging sie nicht ohne jeden Erfolg. Sie hatte Oliver gezwungen, seine Drogengeschäfte auf Mallorca zu beenden. Ángel war verletzt. David wusste Bescheid und würde eines Tages Beweise finden und dann auch den Morenos das Handwerk legen. Eigentlich hatte sie den Fall gelöst.

Ohne sich noch einmal zu wehren, ließ sie es geschehen, dass Oliver ihr die Kette durch die gefesselten Arme zog und dann irgendwo hinter ihr festmachte, während auf der Rampe ein kleines, aber sportlich wirkendes Motorboot an einer ähnlichen Kette ins Meer rutschte.

Oliver löste den Haken am Boot, hantierte mit irgendwas an Bord, und als er sich wieder aufrichtete, hielt er eine Flasche Wasser in der Hand. »Hier, trink.«

Die Flasche war geöffnet. Thea warf einen misstrauischen Blick darauf. »Das ist nicht nur Wasser, richtig?«

»Trink.« Er hielt ihr die Flasche an den Mund und unterstrich seinen Befehl durch ein leichtes Anheben der Waffe. Vielleicht sollte sie sich an Ort und Stelle erschießen lassen. Das war weniger grauenvoll, als zu ertrinken. Sie presste die Lippen aufeinander.

»Thea, hör auf mit dem Theater. Du wirst heute Nacht sterben, mach es uns beiden nicht so schwer.«

»Erschieß mich doch.« Trotzig sah sie ihn an.

»Tu ich vielleicht noch, aber nicht hier. Wir wollen ja niemanden aufmerksam machen. Jetzt trink das, dann wirst du selig einschlummern und nichts mehr mitbekommen.«

»Methaqualon?«

Er nickte, presste ihr die Flasche an den Mund und hob die Waffe. »Los jetzt oder ich schlag damit zu. Dabei verabscheue ich Gewalt.«

Dafür beherrschte er sie ziemlich gut. Der Druck der Flasche nahm zu. Die lädierte Lippe platzte wieder auf, sie schmeckte das Blut. Oliver hob die Pistole ein Stück höher, und Thea öffnete den Mund. Sie versuchte, so viel wie möglich aus den Mundwinkeln rinnen zu lassen. Der Mond erwies sich als ihr Verbündeter und schlüpfte erneut hinter eine Wolke. So sah Oliver nicht, dass nur ein paar Tropfen seines Gemisches ihre Kehle passierten.

Als die Flasche leer war, zog Oliver Thea auf die Beine.

In diesem Moment hörte sie es. Motorengeräusche. Mehrere Fahrzeuge. Das konnte nur eines bedeuten …

Auch Oliver hatte sie gehört. Hektisch befreite er Thea von der Stahlkette, allerdings ohne die anderen Fesseln zu lösen. Dann schob er sie grob zum Boot. Als Thea bedächtig hineinkletterte, gab er ihr einen Stoß, und sie schlug der Länge nach auf dem Boden des Bootes auf. Sie prallte hart mit der Schulter gegen das Holz, aber der Schmerz war eher dumpf. Doch zu viel Methaqualon abbekommen, stellte das Eckchen ihres Hirns fest, das noch arbeitete. Der Rest des Schädels war träge und schwer. Sie richtete sich halb auf, doch ihr Kopf sackte sofort gegen die Reling. Oliver beachtete sie nicht mehr, offenbar vertraute er auf die Wirkung seiner Drogen.

Auf der Treppe flammten Lampen auf, die sich schnell näherten.

Oliver kümmerte sich um das Boot und warf zwischendurch hektische Blicke in Richtung der tanzenden Lichter, die inzwischen den Anfang des Kiesstrands erreicht hatten. Der Motor des Bootes tuckerte los.

An Land wurde etwas gerufen, das Thea nicht verstand und Oliver ignorierte. Das Boot setzte sich in Bewegung. Die Bucht war voller Felsen und Riffe, deshalb konnte Oliver nicht Vollgas geben. Ihre letzte Chance.

Sie würde sich nicht vor den Augen der Guardia Civil entführen lassen. Nicht vor Davids Augen, denn sie war sich sicher, wem sie den Aufmarsch zu verdanken hatte.

Als Oliver sich das nächste Mal zum Strand umdrehte, sprang sie auf und stürzte sich auf ihn. Sie legte ihre gesamte Kraft und Entschlossenheit in den Stoß. Sie hatte nur diese eine, alles entscheidende Gelegenheit.

Ihr war schwindelig, das Boot schwankte, sie konnte nicht zielen. Doch es war egal, wo sie ihn erwischte, Hauptsache, sie erwischte ihn.

Oliver gab einen überraschten Laut von sich. Er taumelte, griff an die Reling und versuchte Thea abzuwehren, die ihrerseits beinahe das Gleichgewicht verloren hatte, aber trotzdem mit Tritten nachsetzte.

Es gab ein unschönes Knirschen, als das führerlose Boot einen großen Felsen rammte und sich anschließend mit einem Ruck festfuhr.

Thea prallte gegen Oliver, der nach hinten wegkippte. Bei seinem Versuch, sich an ihr festzuhalten, landeten sie beide im Wasser. Die Kälte raubte Thea für einen Moment den Atem. Im Winter war das Mittelmeer weit entfernt von angenehmen Badetemperaturen. Salz brannte auf der blutigen Lippe.

Immerhin vertrieb die eisige Nässe die sedierende Wirkung der Drogen. Theas Hirn nahm wieder die Arbeit auf und analysierte mit tödlicher Präzision, dass sie dabei war zu ertrinken. Sie war zwischen Boot und Fels geraten, die Dünung zerrte an ihr, aber ohne ihre Hände fühlte sie sich wie ein Fisch im Netz. Sie zappelte und wand sich, bis sie bemerkte, dass sie im Wasser die Orientierung verloren hatte. Ihr Körper schrie inzwischen nach Luft, wenn sie jetzt allerdings einatmete, würde sie den Kampf am Ende doch noch verlieren. Sie presste die Lippen zusammen. Schon tanzten Punkte vor ihren Augen, Blitze, die sich zu einem Strudel vereinten, ihr Bewusstsein schwand …

Starke Hände griffen nach ihr. Kraftvoll riss jemand sie an die Oberfläche. Sie blinzelte gegen das Salzwasser in ihren Augen an.

»Ganz ruhig, es ist vorbei. Ich bringe dich ans Ufer.« Davids Stimme. Vor Erleichterung hätte sie lachen mögen, doch selbst dazu fehlte ihr die Energie.

»David.« Sie krächzte, räusperte sich. »David.« Viel besser klang ihre Stimme immer noch nicht. Sie wollte sich bedanken, ihm sagen, wie glücklich sie war. Über ihre Rettung und darüber, dass er sie festhielt. Die Angst fiel langsam von ihr ab, und sie hätte ihn gerne umarmt, was ihre Fesseln jedoch verhinderten. »Meine Arme.«

»Gleich.« Er sprach sanft, aber bestimmt. Genau diesen Tonfall brauchte sie jetzt. »Wir müssen erst einmal an Land. Keine Sorge, ich halte dich.«

Und das tat er. Er stapfte mit ihr im Arm durch die Wellen und das müffelnde Seegras bis zum Bootshaus. »Willst du dich da hinsetzen?«

»Nein!« Ihre Weigerung kam einen Deut zu energisch, vielleicht sogar an der Grenze zu hysterisch. »Da saß ich gerade schon«, schob sie etwas ruhiger hinterher, und David verstand zum Glück ohne weitere Erklärungen.

»Dann bringe ich dich nach oben. Aber erst befreien wir dich von der Wäscheleine.« Er gab einem Kollegen ein Zeichen, der ein Taschenmesser zückte und sich dranmachte, die Fesseln zu lösen. David hielt sie währenddessen weiterhin in seinen Armen, obwohl er selbst völlig durchnässt war.

»Du musst dich umziehen.« Thea klapperten die Zähne. Die Aufregung und die Kälte sorgten dafür, dass sie mittlerweile am gesamten Körper bebte.

»Du auch. Die Rettungswagen kommen gleich, dann wirst du warm eingepackt.«

Jemand reichte David zwei Decken. Er wickelte erst Thea und danach sich selbst ein.

»Ich brauche keinen Rettungswagen«, protestierte Thea, als von oben das typische Jaulen der spanischen Krankenwagen zu hören war. »Nur eine heiße Dusche.« Und jemand, der sie im Arm hielt.

»Das beweist nur, dass du noch nicht in den Spiegel geschaut hast.« David warf ihr einen strengen Blick zu. »Du siehst aus wie der wandelnde Tod.«

»Ich habe auch schon mal nettere Komplimente erhalten.«

»Das sollte keins sein. Eher ein zarter Hinweis darauf, dass du bitte ausnahmsweise mal eine meiner Anweisungen befolgst und dich zumindest durchchecken lässt.« Er wandte sich an seinen Kollegen, der Theas Handgelenke befreit hatte. »Ich begleite die Señora zum Rettungswagen.«

Thea bewegte die Arme mit einem schmerzvollen Stöhnen nach vorne und ließ behutsam die Schultern kreisen. »Verdammt, tut das weh.« Sie krümmte und streckte die Finger. »Allein dafür könnte ich ihn umbringen.«

Davids linke Augenbraue wanderte nach oben.

»Das haben Sie nicht gehört, Sargento.« Plötzlich überfiel sie ein schrecklicher Gedanke. »Oliver – was ist mit ihm?«

»Keine Sorge, er hat überlebt. Wir haben ihn neben dem Boot aus dem Wasser gefischt.«

Wie aufs Stichwort führten zwei Beamte gerade einen triefnassen Mann an ihnen vorbei. Sein Hemd hing aus der Hose, am Jackett klebte Seetang. Auf Theas Höhe blieb er abrupt stehen. »Du Miststück.« Er spuckte vor ihr auf den Boden. Von dem weltmännischen Charmeur war nicht mehr viel übrig.

Thea trat auf ihn zu. »Das hier hast du dir redlich verdient.« Sie rammte ihm ihr Knie zwischen die Beine. Oliver klappte mit einem dumpfen Laut zusammen. Die umstehenden Männer sahen geflissentlich in andere Richtungen, nur David hatte sie beobachtet. Mit einem Grinsen im Gesicht und zwei hochgezogenen Augenbrauen.

18

Thea wurde davon wach, dass jemand ihren Gurt löste. Als sie blinzelnd die Augen öffnete, schwebte Davids Gesicht über ihr. Er lächelte sie an, so liebevoll-besorgt, dass sich in ihrem Bauch eine kleine Flamme entzündete.

»Ich bin wohl eingeschlafen«, murmelte sie verlegen. Nach der Untersuchung durch die Sanitäter hatte sie darauf bestanden, sich zu Hause zu erholen. Da sie versprochen hatte, sie werde sich sofort melden, wenn Symptome einer Gehirnerschütterung auftraten, hatte man sie widerwillig an David übergeben, der seinerseits zusicherte, auf Thea aufzupassen. Letzteres war durchaus in ihrem Sinne. Bis David alles so weit organisiert hatte, dass er Thea nach Paguera fahren konnte, hatte sie, in Decken eingewickelt wie eine Mumie, in seinem Auto gewartet und war trotz der Aufregung eingenickt. Vielleicht hatte sie noch diese Droge im Blut.

Von der hatte sie David tunlichst nichts erzählt, denn er hätte es fertiggebracht, sie höchstpersönlich ins nächstbeste Krankenhaus zu schleppen.

»Du siehst immer noch ziemlich angeschlagen aus.« Thea setzte zu einer Erwiderung an, doch Davids Schmunzeln stoppte sie. »Selbstverständlich trotzdem zauberhaft dabei.« Er zeigte auf ihre mumienartige Umhüllung. »Wenn ich dich auswickele, meinst du, du kannst dann bis zum Bungalow laufen?«

»Natürlich.« Thea schlug die Decken zurück, die inzwischen durchfeuchtet waren. Sobald die kühle Nachtluft auf ihre nasse Kleidung traf, schüttelte sie sich vor Kälte. »Hauptsache, ich komme schnell ins Warme.«

David half ihr fürsorglich aus dem Auto. Am Kofferraum hielt er an und holte eine Tasche heraus. »Wechselklamotten. Habe ich für solche Fälle immer dabei.«

Im Bungalow schaltete Thea als Allererstes die Infrarotheizung auf höchster Stufe ein, danach stellte sie die Klimaanlage auf Wärme. Beides zusammen würde sie hoffentlich rasch auftauen.

»Geh du zuerst duschen«, sagten Thea und David gleichzeitig, sahen sich an und lachten.

Sie könnten auch zusammen ..., überlegte Thea, schwieg aber. Das war vielleicht zu schnell, und im Grunde wusste sie nicht, wie David zu ihr stand. Sie mochten sich, natürlich. Doch war das nur freundschaftlich? Oder mehr?

Der Blick, den er ihr zuwarf, sprach für mehr. Auch, dass er sie lange ansah und dann in seine Arme zog. Er beugte sich zu ihr. Da hatte sie wohl ihre Antwort.

Mit einem Glücksgefühl in der Brust schloss sie die Augen. Schon spürte sie seine Lippen auf ihren. Er küsste mindestens so gut wie Oliver, war der letzte vergleichende Gedanke, den sie zuließ, bevor sie die Lippen für ihn öffnete, damit er gar nicht erst auf die Idee kam, den Kuss zu schnell zu beenden.

Nachdem beide geduscht hatten, sorgte David dafür, dass Thea sich mit einer Wärmflasche unter dicke Decken ins Bett legte.

»Ich muss noch mal nach Palma«, sagte er bedauernd. »Es war schon das absolute Entgegenkommen meines Chefs, dass ich dich überhaupt begleiten konnte. Wenn du möchtest, komme ich danach wieder.«

»Und ob ich das will.« Sie lächelte müde. »Ehrlich gesagt würde ich sehr gerne deine Arme um mich spüren.«

»Ich bin zurück, so schnell ich kann.« Er beugte sich vor und küsste sie zärtlich.

»Nimm Beccas Zweitschlüssel mit. Hängt neben der Tür«, nuschelte Thea, dann fielen ihr die Augen zu. Doch die Erinnerungen des Tages folgten ihr in den Schlaf, wurden zu Bildern in wirren Träumen, und als Thea schweißgebadet aufwachte, zeigte der Wecker neben dem Bett gerade mal kurz nach zwei. Die Schulter pochte von dem Sturz ins Boot, der Kiefer schmerzte von Olivers Schlägen, und obendrein hatte sie bohrenden Hunger. Eine Weile versuchte sie, wieder einzuschlafen, dann sah sie ein, dass es keinen Zweck hatte, und stand auf.

Sie schlüpfte in frische Sachen, kochte eine Kanne Tee und setzte sich anschließend mit ihrer kuscheligen Decke um die Schultern und einem Teller Käse, Oliven und Brot auf dem Schoß aufs Sofa. An Schlaf war nicht zu denken, ihr Kopf fing gerade an, die Geschehnisse der letzten beiden Tage zu verarbeiten. Thea zog die flauschige Decke enger um sich. Sie vermisste David. So allein in der Nacht drohten alte Dämonen hervorzukriechen.

Das Telefon vermeldete den Eingang einer Nachricht. Um diese Zeit konnte es eigentlich nur David sein, der ihr hoffentlich sagen wollte, dass er sich jetzt auf den Weg zu ihr machte.

Aber es war Becca, die mal wieder ein Café mit WLAN gefunden hatte und ihr nun ein Foto nach dem anderen präsentierte von türkisfarbenem Wasser, Palmen an schneeweißen Stränden und sogar Walen, die sie auf hoher See gesichtet hatten.

»Ich bin so dankbar für diese Reise«, schrieb sie. »Ist

bei dir alles noch okay? Du bist doch hoffentlich nicht Oliver verfallen???«

»Nein, ich liege gerade in den Armen eines gutgebauten Spaniers«, antwortete Thea. Was nicht ganz stimmte, aber mit etwas Glück *würde* sie gleich in den Armen des besagten Spaniers liegen.

»Ach, deshalb bist du noch wach«, kam prompt die Antwort. »Ich habe mich schon gewundert. Bei euch ist es doch mitten in der Nacht. Kenne ich ihn? Ich will ALLES wissen.«

»Er ist Sargento bei der Guardia Civil.« *Und hat mir gerade das Leben gerettet, als dein Geschäftspartner mich ermorden wollte.*

»Klingt spannend!!! Habt ihr euch etwa dienstlich kennengelernt? Warst du unartig?« Einige zwinkernde und belustigte Emojis folgten.

»Nein, es hatte nur damit zu tun, dass das Coco eine Drogenhöhle ist.«

Eine Reihe von lachenden Emojis war die Antwort. »Du hast echt Fantasie. Vielleicht solltest du Bücher schreiben.«

Wenn du wüsstest. Sie ließ Becca den Glauben an einen Scherz. Ihre Freundin würde früh genug aus allen Wolken fallen. Derzeit konnte sie ohnehin nichts machen. Die Ermittler würden das Lager des Coco auf links drehen, alles genauestens überprüfen, und sie konnte von Glück sagen, wenn man ihr gestattete, den Laden nach ein paar Tagen wieder zu öffnen. Bis dahin sollte ihre Freundin die Reise unbeschwert genießen.

Schritte auf der Terrasse ließen Thea aufhorchen und ihr Herz schneller schlagen. »Ich melde mich später wieder«, verabschiedete sie sich von Becca, und gerade als David den Schlüssel ins Schloss steckte, kam von der Freundin die Antwort. »Treib's nicht zu wild und falls doch: Kondome sind im Badezimmerschrank. Schick mir wenigstens ein Foto! Ich sterbe vor Neugier.«

Ein ziemlich übernächtigter Sargento stand vor ihr, aber seine Augen blitzten auf, als er Thea auf dem Sofa sitzen sah.

»Du bist wach.« Kurz umwölkte sich seine Stirn. »Ist alles in Ordnung?«

»Ja, natürlich«, versicherte Thea eilig. David brauchte nicht zu erfahren, wie sehr er ihr gefehlt hatte. Sie wollte weder klammern noch bedürftig wirken. »Ich hatte nur Hunger.«

Sie legte das Handy zur Seite, stellte den leeren Teller auf den Tisch und stand auf. David kam auf sie zu, und noch bevor er sie an sich ziehen konnte, schmiegte sich Thea bereits an ihn und raubte sich einen Kuss. Vielleicht zeigte sie ihm ihre Sehnsucht nun doch etwas zu deutlich, aber er schien sich nicht daran zu stören. Im Gegenteil – er küsste sie stürmisch zurück, hob sie hoch und trug sie zum Bett. »Es tut mir leid, dass ich dich allein gelassen habe«, murmelte er zwischen zwei Küssen. »Bis morgen gehöre ich ganz dir.«

In Davids Armen hatte sie erstaunlich gut geschlafen. Als ein Traum sie quälte, hatte er ihr beruhigend über den Kopf und den Rücken gestreichelt. Es hatte geholfen, und irgendwann waren die Bilder, die sie verfolgten, weniger bedrohlich geworden und sie war in einen tiefen Schlaf gefallen, aus dem sie erst erwachte, als in der Küche Geschirr klapperte. Kaffeeduft kitzelte ihre Nase, und sie schlüpfte aus dem Bett und in die nächstbesten Klamotten.

David stand an der Küchenzeile, röstete Brot in der Pfanne und wandte sich lächelnd zu ihr um. Er trug nur seine Jeans. Thea ließ sich Zeit damit, den Anblick seines

Oberkörpers in sich aufzusaugen. Seine Augenbrauen wanderten nach oben, und er legte fragend den Kopf schief. Thea grinste nur zur Antwort und drückte ihm einen Kuss auf die kratzige Wange.

»Ich verschwinde rasch ins Bad.«

»Mach nicht zu lange, das Frühstück ist gleich fertig.« Mit einem alarmierten Gesichtsausdruck wandte er sich der Pfanne zu, aus der es brenzlig roch. »Mist, das Brot.« Er beförderte die schwarze Scheibe in den Müll. »Ab mit dir ins Bad, damit ich hier in Ruhe werkeln kann.«

David hatte auf der Terrasse gedeckt. »Es ist so schön warm in der Sonne, beinahe wie im Frühling.« Leider hatte er sich trotzdem ein Shirt angezogen. Sie würde später vielleicht dafür sorgen können, dass er es nicht allzu lange trug. Falls sie noch Zeit füreinander hatten.

»Ich muss vermutlich nachher eine Aussage zu Protokoll geben?«

»Ja, wenn du dich gut genug fühlst, würde ich dich mit nach Palma nehmen. Und danach lade ich dich zum Essen ein. Ich kenne einige großartige Restaurants. Wie klingt das?« Er lächelte sie über den Tisch hinweg an, schenkte Kaffee ein und verschwand erneut Richtung Küche – mit einer Selbstverständlichkeit, als würden sie schon ewig zusammenleben. Irgendwie fühlte sich diese Vorstellung nicht einmal seltsam an.

Als er wieder erschien, brachte er zwei Teller mit. »Vorsicht, heiß«, sagte er und stellte ein Omelett vor ihr ab. »Warte noch einen Moment. Die standen zum Warmhalten im Backofen.«

Kochen konnte der Mann auch? Eine ziemlich gute Ergänzung zu ihrer eigenen Unzulänglichkeit in der Küche.

»Jetzt erzähl mal von gestern Abend.« Thea nahm

sich eine Scheibe Weißbrot. David hatte in der Nacht nur die Kurzfassung geliefert, und selbst bei der war sie immer wieder eingenickt. »Ich glaube, ich bin jetzt munter genug für die Langfassung. Meine Rettung habe ich also dir zu verdanken.«

»Mir und Ángel.« David grinste, als Theas Augenbrauen in die Höhe schossen.

»Ángel?« Dieses kleine Detail hatte er ihr bisher verschwiegen. Das hätte sie bestimmt auch im Halbschlaf nicht überhört. Er hatte ihr nur von einer Observation berichtet.

»Ebender.« David weidete sich sichtlich an Theas Verblüffung. »Der war nach seiner Festnahme sehr auskunftsfreudig. Nachdem sein eigener Chef auf ihn geschossen hatte, war er aus irgendeinem Grund davon überzeugt, dass die Morenos ihn beseitigen lassen wollten. Gegen das Versprechen, ihn irgendwo weitab vom Einfluss der Morenos zu inhaftieren, hat er uns bereitwillig alles erzählt.« Er stutzte. »Warum grinst du so?«

»Gut möglich, dass ich an Ángels Argwohn nicht ganz unschuldig bin.« Thea blickte David vergnügt über ihre Tasse hinweg an. »Ich habe versucht, hier und dort eine Bemerkung fallen zu lassen, um Unfrieden zwischen Ángel und Oliver zu säen.«

David lachte auf. »Ich würde sagen, das ist dir gelungen.« Er trank einen Schluck Kaffee. »Nachdem ich wusste, dass du bei Oliver bist, habe ich mein ganzes Team aufgescheucht. Wir haben sein Grundstück observiert und natürlich auch den SUV verfolgt. Trotzdem ist uns der Wagen in Palma entwischt. Bis wir die Schüsse hörten und die ersten Notrufe aus der Nachbarschaft eingingen – da wussten wir, wo wir hinmussten. Vor Ort fehlte von dir und Oliver allerdings jede Spur, dafür fanden wir den verletzten Ángel. Nachdem ich ihm deutlich zu verstehen gegeben hatte, dass ich es ihm persönlich anlasten würde, wenn dir etwas geschieht, hat er noch im Rettungswagen von Olivers Versteck erzählt. Das kleine Motorboot dort haben sie benutzt, um die Ware in die Bucht zu bringen, während sie die großen Yachten für den Schmuggel zwischen den Inseln verwendet haben.«

»Er hat also auch Drogen geschmuggelt?«

»Laut Ángel ja. Der Laden mit all den Kräutern, Gewürzen und Salzen bot eine perfekte Tarnung, durch die Marktbesuche mit dem Truck kamen sie unauffällig in jede Ecke der Insel, ohne dass jemand Verdacht schöpfte.«

»In der Tat kein schlechter Plan.« Thea nickte bedächtig. »Hat Ángel denn auch etwas über den Mord an Heiko ausgeplaudert? Hat er gestanden?«

Thea reichte David den Salzstreuer, der sein Omelett probiert hatte und seinen Blick nun suchend über den Tisch gleiten ließ. Salz aus dem Coco. Irgendwie bizarr, obwohl dies hier natürlich ganz gewöhnliches Meersalz war.

»Ángel hat gestanden, beteiligt gewesen zu sein, stellt es aber als Unfall dar.«

»Ein Unfall?«

»Hm.« David schluckte einen Bissen herunter. »Dein Nachbar hatte die Pakete verwechselt. Statt seines Pakets mit einem orangefarbenen Fahrrad auf dem Adressaufkleber hat er eines von ähnlicher Größe mit dem orangefarbenen Firmenlabel dieses Salzhändlers mitgenommen. Das neben einer geringen Menge Salz eine weitaus größere Menge Anthranilsäure enthielt. Denn so tarnten sie die Lieferungen.«

Thea nickte. So weit hatte sie sich das zusammengereimt. »Und Ángel bekam Panik, dass Heiko den Inhalt irgendwie entdeckte?«

»Er hatte vor allem Angst vor Olivers Reaktion. Das Paket hätte dort, wo dein Nachbar es weggenommen hatte, nämlich gar nicht stehen dürfen. Seit du im Coco arbeitest, haben sie darauf geachtet, die speziellen Lieferungen schnell verschwinden zu lassen. Es war Ángels Aufgabe, sich darum zu kümmern, und Oliver hätte ihm die Hölle heißgemacht, wenn er von seinem Fehler erfahren hätte.« David schob sich ein weiteres Stück Omelett in den Mund und kaute genüsslich. »Ich weiß nicht, wann ich das letzte Mal so ausgiebig gefrühstückt habe.«

»Und das auch noch in der Sonne.« Thea spießte ihrerseits etwas von ihrem Omelett auf die Gabel. »Das ist dir wirklich gut gelungen.« Sie steckte sich den Bissen in den Mund.

»Was ist dann bei Heiko passiert?«, fragte sie, kaum dass sie geschluckt hatte. Automatisch wanderte ihr Blick zu der Wand, die ihre Terrasse von Heikos trennte, und ihr Magen zog sich kurz zusammen.

»Ángel hatte beobachtet, wie Heiko den Bungalow verließ. Er wollte die Gelegenheit nutzen und ist eingebrochen. Doch bevor er mit dem Paket verschwinden konnte, kehrte Heiko zurück. Es kam zu einer tätlichen Auseinandersetzung, in deren Verlauf dein Nachbar stürzte und sich dabei unglücklich den Kopf anstieß. Ángel habe es daraufhin mit der Angst zu tun bekommen und sei geflohen. Dass er dabei von Nils Hansen beobachtet wurde, wusste er angeblich nicht.«

»Aber das passt doch nicht zu den Obduktionsergebnissen?« Thea sah David stirnrunzelnd an.

»Nicht ganz. Die Spuren deuten darauf hin, dass dein Nachbar einen Schlag erhalten hat und daraufhin so

stürzte, dass er sich die tödlichen Verletzungen zuzog.«
David blickte bedauernd auf seinen leeren Teller.

Thea teilte den Rest ihres Omeletts in der Mitte durch
und hielt ihm ihren Teller hin. Das Thema schlug ihr ohnehin auf den Magen. Schade um das schöne Frühstück.

»Und die Sache mit dem geöffneten Schlafzimmerfenster?«, fragte sie, während David sich das Omelett
von ihrem Teller angelte. »Konntest du das auch klä-
ren?«

»Konnten wir.« David nickte. »Ángel hat Oliver alles
gebeichtet. Der war also bereits im Bilde, als du am
nächsten Tag mit ihm gesprochen hast. Als du ihm dann
gesagt hast, dass du Heikos und sein Paket noch nicht
zurücktauschen konntest, ist ihm der riesige Fehler klar
geworden. Ángel hatte zwar die Drogen aus dem Bungalow geholt, aber vergessen, ein Ersatzpaket hinzustel-
len. Um uns nicht mit der Nase darauf zu stoßen, dass es
bei alldem um dieses eine Paket ging, musste er ebenfalls einbrechen, um dort ein neues, harmloses Paket zu
platzieren. Er hat gehofft, dass die vorübergehende Abwesenheit des fraglichen Kartons noch nicht aufgefallen
war.«

»Das hätte ja fast funktioniert. Vermutlich wäre er damit durchgekommen, wenn er ein Paket in der richtigen
Größe hingestellt hätte. So genau hätten wir doch dann
gar nicht mehr darauf geachtet.«

»Wir?« Davids Augenbrauen wanderten aufreizend
langsam nach oben, aber dann schmunzelte er und hob
in ergebener Pose die Hände. »Also gut: wir. Ich gebe
zu, dass mir die Sache mit den Kartons womöglich nicht
aufgefallen wäre.«

»Gut, dass du es einsiehst.« Thea nickte zufrieden
und zwinkerte ihm zu. »Oliver hat also das schlecht ge-
wählte Paket bei Heiko abgestellt.«

»Ja. Er ist durch die Vordertür nicht hineingekommen. Du erinnerst dich – das Schloss war plötzlich so hakelig? Deshalb hat er das Schlafzimmerfenster genommen.«

»Unglaubliche Geschichte.« Thea schüttelte fassungslos den Kopf. »Alles nur wegen eines Versehens. Hätte Heiko genauer hingeschaut, als er das Paket bei mir abholte, wäre all das nicht geschehen. Sie könnten weiterhin ihre Drogen verkaufen, und Heiko und Nils würden noch leben.« Nachdenklich schob Thea einige Krümel auf ihrem Teller hin und her. »Zu Nils hat Ángel nichts gesagt?«

»Es tut mir leid, nein.« Davids Tonfall verriet sein Mitgefühl. Er spürte wohl, dass Thea noch immer daran zu kauen hatte. »Falls Oliver nicht auspackt, werden wir nie erfahren, was an der Cala d'en Monjo geschehen ist. Die Art seiner Verletzungen rührt von einem Sturz her – entweder infolge eines Unfalls *oder* eines Stoßes. Ángel geht davon aus, dass Oliver nachgeholfen hat.«

»Weil ich ausgeplaudert habe, dass Nils den Einbrecher gesehen hat.« Das leckere Omelett lag Thea plötzlich wie ein schwerer Klumpen im Magen.

»Lass es.« Davids Stimme peitschte hart über den Tisch. Thea sah ihn erschrocken an. »Ich habe es dir schon einmal gesagt: Ich halte dich für eine gute Ermittlerin, aber wenn du dir für alles die Schuld gibst, wirst du daran zerbrechen. Vielleicht war es ein Unfall. Oder es hat jemand nachgeholfen. Möglicherweise Oliver, vielleicht aber auch Ángel, der bei aller zur Schau gestellten Auskunftsfreudigkeit offenbar keinen großen Hang zur Wahrheitsliebe verspürt. Ich denke nicht, dass er uns bezüglich Nils Hansen reinen Wein einschenken würde, wenn er der Täter wäre. Also hör auf damit, dich zu kasteien.«

Thea schluckte trocken. Ihr Kopf gab ihm teilweise recht. Sie traf sicher nicht die alleinige Schuld. Dennoch: »Ich habe Fehler gemacht, die dazu beigetragen haben, dass ein Mensch tot ist.«

Schon wieder. André. Nils. Sogar Heiko könnte noch leben, wenn sie ihm das Paket aus dem Lager geholt hätte.

»Du hast mit einem Freund über eine Begegnung gesprochen.« Als er *Freund* sagte, sah David aus, als hätte er Zahnschmerzen. »Du bist nicht die erste Frau, die auf den falschen Mann hereinfällt.« Er verhakte seinen Blick in ihrem. »Es ist, wie es ist, Thea. Es ist gut, selbstkritisch zu sein. Doch was du tust, ist zu viel.«

Sie nickte langsam. »Ich werde daran arbeiten.« Sie lächelte leicht. »Immerhin habe ich es durch die unfreiwillige Konfrontationstherapie gestern geschafft, nicht mehr in Panik zu verfallen, wenn jemand eine Waffe auf mich richtet. Dann schaffe ich den Rest auch noch.«

»Das wollte ich hören.« David erwiderte ihr Lächeln und stand auf. Er umrundete den Tisch, zog Thea hoch und umfasste ihr Gesicht mit beiden Händen. Seine Augen funkelten spitzbübisch. »Eigentlich trage ich ja Schuld an allem.«

»Du?« Jetzt waren es Theas Augenbrauen, die in die Höhe wanderten.

»Ich hätte dich schon längst weggesperrt haben sollen.« Grinsend beugte er sich vor und küsste sie, bis sich ihre dunklen Gedanken in der Hitze zwischen ihnen auflösten wie Tau im Sonnenlicht. »Aber das behalte ich mir fürs nächste Mal vor.«

Dunkle Schatten über Marseille

Anna-Maria Aurel
DIE MARSEILLE MORDE
- DAS TOTE MÄDCHEN
Frankreich-Krimi
DEA
448 Seiten
ISBN 978-3-404-18988-5

Eine Tragödie erschüttert den kleinen Ort Carry-le-Rouet an der malerischen Küste nahe Marseille: Die 15jährige Schülerin Emeline Bernier ist tot – Selbstmord. Zuvor wurde sie in der Schule gemobbt – und kurz vor ihrem Tod muss die Situation völlig eskaliert sein. Polizei-Inspektorin Nadia Aubertin und Staatsanwalt Pierre Frigeri ermitteln gegen den Willen ihrer Vorgesetzten, deren halbwüchsige Kinder in die Ereignisse verwickelt sind. Schon bald gibt es weitere Tote. Und auch Nadia, Pierre und ihre Freunde sollen zum Schweigen gebracht werden …

Lübbe

Sommer an der Adria – und eine Leiche vor der Kirchentür

Margherita Giovanni
ADRIA MORTALE -
TÖDLICHES TONIKUM
Kriminalroman

352 Seiten
ISBN 978-3-7857-2840-6

Früher Morgen in Pesaro del Monte piccola cattolica. Ein heißer Tag kündigt sich an, doch der junge Mann, der vor der Kirchentür sitzt, ist kalt. Aus seiner Brust ragt der Griff einer Waffe. Geistesgegenwärtig wird Pensionswirtin Federica Pellegrini geholt. Sie kennt sich mit Verbrechen aus und hat einen guten Draht zu Commissario Garibaldi, der die Ermittlungen übernimmt. Rasch beginnt die Gerüchteküche im Dorf zu brodeln: Warum musste der 18jährige Aniello sterben? Angesichts der wilden Mutmaßungen beschließt Federica – sehr zum Missfallen des Commissario –, dass hier nur eine helfen kann: sie selbst. Aber einen Mörder fangen zu wollen kann gefährlich werden …

Lübbe